长日无尽

Sebastian Barry

DAYS WITHOUT END

［爱尔兰］塞巴斯蒂安·巴里／著

杨凌峰／译

浙江文艺出版社

版权合同登记号：图字：11-2017-323号

图书在版编目（CIP）数据

长日无尽 /（爱尔兰）塞巴斯蒂安·巴里著；杨凌峰译. —杭州：浙江文艺出版社，2022.9（2024.5重印）
ISBN 978-7-5339-6919-6

Ⅰ. ①长… Ⅱ. ①塞… ②杨… Ⅲ. ①长篇小说－爱尔兰－现代 Ⅳ. ①I562.45

中国版本图书馆CIP数据核字(2022)第120478号

责任编辑 王莎惠
责任校对 唐 娇
责任印制 吴春娟
封面插画 渔 淰
装帧设计 尚燕平
数字编辑 姜梦冉 诸婧琦

长日无尽
[爱尔兰] 塞巴斯蒂安·巴里 著 杨凌峰 译

出版发行 浙江文艺出版社
地　　址 杭州市环城北路177号
邮　　编 310006
电　　话 0571-85176953(总编办)
0571-85152727(市场部)
制　　版 浙江新华图文制作有限公司
印　　刷 浙江海虹彩色印务有限公司
开　　本 880毫米×1230毫米 1/32
字　　数 185千字
印　　张 9.625
插　　页 4
版　　次 2022年9月第1版
印　　次 2024年5月第10次印刷
书　　号 ISBN 978-7-5339-6919-6
定　　价 69.80元

给我的儿子托比

我看见长路迢迢，有浪游人

衣衫褴褛，满身疲惫

——约翰・马萨阿斯[1]

①约翰・马萨阿斯（John Matthias），美国诗人，生于1941年。

目录

第一章

密苏里这地方，拾掇尸体的手法无疑是顶尖水平。那些死去的可怜骑兵，被打扮得整整齐齐，就像是为了结婚，而不是准备下葬。他们的制服都用灯油刷过，挺括利落，那样子是他们活着时从未见过的。他们的脸刮得干干净净，仿佛入殓师绝不想看到有任何胡须出现。那个骑兵沃齐豪恩，认识他的人，如今没有谁能认出他来了，因为他那邓德里雷爵爷样式的连鬓长胡子[①]，之前无人不知，现在却不见了。可话说回来，死亡也总会把你的脸变得挺陌生的。他们的棺材盒，是很便宜的木头做成的，这一点不假，但还不是问题的关键。你抬起这些盒子，随便哪个，里面的尸体就会让底板弯曲下沉很多。锯木厂把木头锯得太薄了，只是薄薄的一片，而不是一块厚板。不过，挂掉的那些伙

①连鬓长胡子（Dundrearies），两鬓任其生长垂挂的胡须样式，因19世纪风靡一时的爆笑喜剧《我们的美国亲戚》中邓德里雷爵爷这一人物的造型而得名。——译者注

计，才不会计较这类的破事。关键之处在于，看到他们最后被弄成蛮不错的模样，考虑到这个，我们就还有点儿高兴。

我现在所说的，是我第一次掺和打仗这档子事儿步入尾声时的情景。那差不多是1851年，应该就是吧。细皮嫩肉的少年期已过，我十七岁，就在密苏里志愿当兵了。只要你没缺胳膊少腿的，他们就会收你。假如你是个瞎了一只眼睛的小伙子，他们大概也照样会收你。在美国，唯一比最差劲的工资更差劲的，就是当兵拿的那份军饷。他们喂给你的伙食，是些奇奇怪怪的玩意儿，结果你拉的屎也是奇怪的臭味。但有份活儿干，你还是开心，因为如果你不肯为了那几个美元卖命，你就得饿肚子。这可是我学来的一个教训。反正，我讨厌挨饿的滋味。

我跟你讲，有一种人就是喜欢当兵，也不管那收入是有多可怜。这是真的。首先，你能分到一匹马。那也许是匹瘸腿的老马，也许是有疝气的老毛病，脖子上也许有球那么大的一个肿瘤，但那终归是一匹马咯。第二点，你能得到一套制服。接口缝线的部位也许会有这样那样的破绽，但终归是一套制服。蓝制服，蓝得就像大头苍蝇的外皮。

对天发誓，在部队里生活过得不错。我那时十七岁，要么就是刚到十七岁，我不能很肯定。当兵之前的那些年月，我不能说过得容易。但跳舞跳了那么久，我身上还是练出了不少肌肉，整个人细瘦又结实。那些客人，我不想说他们的坏话，我应该替他们说些好话才是。换作是你，既然拿出了一块大钱请人跳舞，你也总会指望能跳上一会儿，在地板上划拉几个舞步吧。

军队收了我，说到这个，我还挺自豪的。感谢老天，约翰·柯尔是我在美国的第一个朋友，也是最后一个朋友。几乎整段军旅生涯，他都跟我在一起，我们各个方面也都挺合得来。我是个毛头小伙子，他也差不离，但即使才十六岁，他看上去还是活脱脱一副大人的样子。我第一次见到他时，他大概十四岁吧，我觉得他很特别，酒馆老板也是这么说的。“是时候啦，小伙子们，你们不再是小孩子了。”他这么说的。约翰皮肤黑黑亮亮的，瞳孔也是，那时人们把这称为“印第安眼睛”。排里年龄稍大的那些家伙总说，印第安小子们都是坏种，是邪恶的坏小子，身手麻利，瞄你一眼的工夫就把你干掉；他们还说，印第安人就该从地球上消失。“当兵的都喜欢吹牛说大话，打仗的勇气很可能就是这么来的。”约翰说，他是个通情达理的人。

我跟约翰·柯尔，我们俩是一起去征兵报名点的，我俩算是捆绑销售吧。我们落拓潦倒，都是一副裤子包不住屁股的模样。我们看上去肯定像小叫花子。他在新英格兰出生，然后他老爹的农田里寸草不生，什么也种不出来。约翰出来闯荡时才十二岁，第一眼看到他，我就知道自己有伴儿了。就是这种感觉。约翰是典型的美少年，尽管饥饿，尽管面如菜色。我在密苏里的一道树篱下遇到他，远离圣路易斯老城大雨滂沱，我本以为会在泥沼地区遇到躲雨的野鸭子什么的，没想到是一个大活人。天跟漏了似的下着暴雨，我狼狈地寻找藏身之处，一眼就看见了他。要不是那场雨，我也许永远也不会碰上他，当一辈子的朋友。可以说，这样相遇挺奇怪的，是命中注定，是运气。但他见到我的第一个举动，是掏出了一把随身带着的小刀子，挺锋利的，用断开的铁栅栏尖头磨成。假如我看上去要对他使坏的话，他就打算拿刀扎我。我估计他大概十三岁，很警惕，一副离我远点的表情。不管怎样，就在前面刚说过的树篱下，我们开始说上话之后，他告诉我他太奶奶是印第安人，部落的人很久以前就从东部跑出来了，现在生活在印第安人的地界上。他从未见过族人，不知道他为什么这么快就跟我说起了这些，大概就因为我态度很友好吧。他也许这样想的，如果不立马让我知道那些不好的事情，他就会失去这突然而至的美好友情吧。想来如此。我就告诉他了，这个问题怎么看才是最好。我也是个出身可怜的穷孩子，来自（爱尔兰的）斯莱戈，一个败落的小地方。我们麦克纳尔蒂家的人也一样，真没什么值得夸耀的。

考虑到约翰·柯尔那脆弱的小心灵，我讲故事的时间点也该大跨度地向前跳进，这样就可以跳过我们早几年的经历了，除非约翰认为那些时光自有重要之处。我不觉得这段时光令人羞耻，或是充满苦难，我把它叫作“我们跳舞的日子”。毕竟，我们那时只是孩子，又不得不在一个危险的地方求生。我们确实也活了下来，所以才能活着讲述这个故事。我们在树篱下相识，然后搭伴合伙去讨生活——如此自然、挺方便的一个选择——未成年的约翰，不满十四岁，跟我一起并肩走上了雨天的烂泥路，朝着那边疆地区的下一个城镇前进。那里有成百上千的矿工，六七间闹哄哄的酒馆开在泥泞的路边，巴望着那些糙汉能去找点乐子。并不是说，我们对这样的事有多了解。那时约翰·柯尔还是个纤弱的少年，有河水般黑亮的眼睛和瘦瘦的脸，身形细长如猎犬。我那时也更年轻，差不多十五岁，已经有了在美国和爱尔兰的冒险经历，但外形看起来跟约翰一样，还是小男孩的样子。不过，孩子们的自我判断不太准确，有时自以为庄严又高大，在外人看来不过是个小不点。

“四处瞎跑乱撞，已经烦了。两人做伴比一人独行强些。”约翰这样说。

然后，我们的想法就是找个活儿干，哪怕给人倒尿桶，或者体面人不愿干的任何差事都可以。关于大人，我们一无所知。我们其实什么都不懂。不管什么混账工作，我们都欢天喜地去干，哪怕是清理阴沟、清扫粪便，或者被派去暗杀什么人，我们也无所谓，只要不被逮住就行。在这个无情的世界上，我们只是两块想混口饭吃的无用木屑罢了。约翰把可以维持生计的差事叫作“天国的面包”，因为自从他老爹的庄稼颗粒无收以来，他就经常四处瞎转悠，人们通常愿意对他施以援手，给他唱圣歌，也分给他些许分量寒酸的食物。

像达格斯镇那样的地方可不多。其实，就是没有。达格斯镇到处闹嚷嚷的，难以安宁，马匹脏乎乎的，门推来关去都踢里哐啷直响，不时有怪人疯疯癫癫地喊叫。来到这里的时候我几乎衣不蔽体，身上套着个装麦子的旧麻袋，腰部打着个固定的结，约翰要好一些，他有一套古怪的黑西服，很旧，从面料上的沙眼破洞来看，至少也穿了三百多年了。不过，约翰似乎觉得这身衣服挺舒服，裤裆的透气性极好，好到你几乎可以透过破洞目测他那家伙的大小，好到你和他说话时的目光得转向别处才行。我后来想出了一个应对策略：尽量把目光聚焦在他那张讨人喜欢的脸上。我们在一座崭新的房子前，构成墙体的木头还带着砍伐的痕迹，一看就是刚建成的样子，仓促到连墙上的铁钉都还闪着些许光泽。有块招牌上写着酒馆，就两个字，一个不多一个不少，招牌下面挂着一块更小的木板，上面写着：*招男孩，要干净。*

“看到了吗？”约翰·柯尔说。要说文化学识，他比我还差点儿意思。“你看，”他说，“我们至少能满足一半要求。”

酒馆里面非常舒服，装修用了大量的深色，从地板到天花板都是暗沉的镶木，长长的吧台色泽乌黑、质地光滑，仿佛下一秒就有黑油从木头缝隙里渗出来。我们觉得自己就像是爬进小姑娘软帽里的臭虫，格格不入，很不自在。就像那些富丽堂皇的美利坚绘画，盯着的时候觉得画面气势恢宏，置身其中就没那么安逸了。吧台后面的人穿着体面的羚羊皮外套，不动声色地在擦拭着台面——那里已经够亮，根本没必要再接着擦了。这酒馆一看就是新店开张的样子。通往楼上房间的台阶上，一个木匠在忙着安装扶手栏杆，眼看就要装完了。那酒保的眼皮耷拉着，他也许早就看清楚我们了，甚至可能已经表达过“滚出去”的意思。然后眼睛睁开了。我们预计他会厌恶地后退一步，会破口大骂，但没有。这个眼光敏锐的家伙反倒微笑了，似乎挺高兴看到我们。

“你要找干净的男孩?”约翰问道，语气恰到好处，有一点拳击场上出手试探的意思，但仍然预示着相当的威胁。

“欢迎，欢迎你们。”那人说。

“我们?”

“是的，你们。要找的就是你们这样的，特别是那边更小个的那个，”他说，用手指了指我，然后像是害怕约翰会生气并闷头跑掉那样，也顺便带上了他，“你也行的。”他补充道，“一个晚上给你们每人五十美分，只要你们喝酒悠着点，喝多少都免单。我们后面的棚屋可以供你们休息，那里还是挺不错的，舒服又安逸，暖和得像猫窝。只要你们表现合格，待遇就是这样的。”

“那是要做什么呢?”约翰心存狐疑地问道。

“世上最轻松的工作。”那人说。

“比如说呢?”

“哎呀，就是跳舞啦，全部的工作就是跳舞。只是跳舞。”

“我想我俩可不是什么能跳舞的。”约翰说。他看上去大受挫败，极度失望。

“你们不需要正经八百地跳舞，不用像字典里对这个词的定义那样的，”那人说，“反正不是高踢腿那样的舞蹈。”

“那好吧，”约翰说，看上去依然在概念理解方面感到困惑，“可是我们什么像样的衣服都没有。”他边说边向对方展示自己破破烂烂的外衣。

“这不是问题，所有东西都由我们提供。”

此刻木匠已暂停了手头忙活的工作，正坐在楼梯上，咧开嘴巴笑着。

“跟我来，先生们，我给你们看看工作穿的服装。”酒保说。按照他那架势，我们觉得他很有可能就是这里的老板。

他大步走过那崭新的地板，皮靴踩得咯吱直响，打开了进入办公室的房门。那里挂了个牌子，写着办公室。“哎呀，小朋友们请进，”他说，一边伸手挡着门，“我可是有礼貌有风度的人，我希望你们也讲究礼仪风度，因为哪怕是粗野的矿工，也喜欢文雅的举止。”

我们一前一后进了门，然后惊讶地看到，长条架横杆上挂着一排女人的衣服——那种连身长裙。我们仔细地打量周围，打量每个角落，发现这间屋子里除了连衣裙什么都没有。

“跳舞，八点准时开始，”他说，“挑合身的衣服穿就行，跳一晚每人五十美分，小费什么的你们可以自己收着。”

“可是，先生，”约翰说，仿佛面对的是一个让人忍不住要同情的可怜疯子，“我们不是女人啊。你看不到吗？我是个男孩子啊，托马斯也是男的。”

“没错，我很清楚你们不是女人。你们刚走进来的那一瞬，我就能确认。你俩是俊俏的美少年。招牌上说的也是招男孩子。我倒是巴不得能雇佣女人哪，可达格斯镇这里压根就没女人，除了杂货店的老板娘和马贩子家的小女儿之外全是男人。可男人没了女人会很苦闷、很沮丧的，那种感觉悲哀又凄凉。我希望替他们排除那情绪，在这过程中也顺手挣上几个钱，是的，小兄弟们，这就是伟大美利坚的风格做派。他们需要的就只是幻觉，只要幻想对方是那温柔女性就行。你们就正适合做这个，只要你俩愿意接下这份差事。就只是跳舞而已。不用亲嘴，不用搂搂抱抱，也不会动手动脚。哎呀，就只是一起跳舞，那种最文雅、最斯文的舞蹈。你们可能都想象不到，粗野的淘金工们跳舞时会有多礼貌多斯文，那模样简直让人落泪。你们已经足够俊俏了，跟姑娘一样秀气，希望你们不介意我这么说，尤其是更小个的那个，”他边说边朝我这边看了一眼，又连忙转头对约翰补充道，“但你也一样，你也一样。”

约翰看着我。我说我无所谓。好歹比披着麻袋饿肚子强。

“就这么着吧。”约翰答应下来。

“在棚屋那里，你们要好好洗把澡，要多擦肥皂，到时候会有人负责给你们内衣穿，那非常重要。内衣都是我从圣路易斯带过来的，你们穿起来会很好看，小家伙们，我估计几杯小酒下肚，那些男的没有一个能抵挡这种诱惑。达格斯镇的历史，开始了一个新纪元。那些孤魂野鬼般的男人从此有了小美妞陪着跳舞。这一切都挺不赖的。”

我和约翰从办公室走了出来，边走边甩动肩膀，仿佛是在说，这世界真疯癫，但时不时地也有小幸运降临。“每人五十美分”。在往后的军旅生涯中，记不得有多少次了，我和约翰总喜欢在临睡前，在不同的栖身之地——空旷的大草原上，在荒寂的山坡间——重复这个短句，每一次都能开心地傻笑起来。“五十美分，每人五十美分。”

就在那天晚上，在那个世界一角昏暗迷失的历史中，泰特斯·努恩先生——那酒馆老板的名字——以某种男人特有的判断力，帮我们穿上了长裙。说句公道话，对扣子和固定衣服的丝带，还有诸如此类的一切细节，他还是很了解的。他甚至还非常有远见地往我们身上洒了些香水。这是我三年来最干净的一天，也许也是有生以来最干净的一天。坦白说，在爱尔兰的那些年，从来没有人夸过我清爽整洁。可怜的乡下农夫连浴室都难得一见，连肚子都填不饱，卫生习惯什么的根本不值得一提。

酒馆很快就宾客盈门了。海报一夜之间贴到了全镇各处，矿工们挺买账的，纷纷前来找乐子。我和约翰坐在木墙边的两把椅子上，模仿着姑娘的端庄举止和稳重安静。我们都不怎么看那些矿工，视线就只是直直地看着前方。沉稳斯文的女孩，我们其实也没见过几个，但模仿起来倒是有模有样。我套上了金色的假发，约翰戴酒红色的。我们坐在那里，整个人就像某个国家的国旗。努恩先生想得挺周到，在我们的束身上衣里塞了棉花。让我们看起来更凹凸有致，只不过依旧光着脚。努恩先生说，他在圣路易斯把鞋子给忘了，得往后再添置喽。他还说要小心，别被工人们鞋子踩到，我们说知道了。

淘金客里有各种各样的人，他们来到一处地界，这我已看过千百次了。他们把美的东西全都毁坏抹掉，在河水里排泄，树木随之委顿凋零，就像村里原本活泼快乐的姑娘那样受到了侵犯。这些人喜欢粗蛮的食物，猛烈的威士忌，狂野的夜生活。说实话，哪怕是个印第安妞儿，他们也一样喜欢，只是那亲热方式让人难以接受罢了。淘金工们来到帐篷搭建的临时村镇，继而在那里胡作非为。倒也不能说所有矿工都是强奸犯，毕竟他们中只一小部分人是那样的。其他的矿工，有些人来自更文明的地方，是某个学校的老师或者教授，也有因犯错而丢失饭碗的牧师、破产的店主、被妻子抛弃的男人……形形色色的人就像被扔掉的旧家具，但他们都走进了努恩的酒馆，他们的生活就此改变。努恩先生总是站在吧台那边，面前放着一把猎枪，一眼就能看到，他一伸手就能抓起枪。美国的法律是允许酒馆老板开枪对付矿工的，没错，行动自由度就是这么大。

也许，我们对应着客人记忆中的某个女人，扮演着他们初恋的女孩。我们长得干净又漂亮，我简直都希望能跟自己相识，和自己约会了。也许，对有些人来说，我们就是他们的初恋。整整两年，我和约翰每晚都陪他们跳舞，而他们从未有过令人厌恶的举动。在这边疆地区，那间酒馆中，他们是绅士。午夜之后，他们被威士忌打倒，烂醉如泥。他们唱歌，随着曲调吼叫，他们打牌赌钱，偶尔还拔枪相向，他们挥动铁拳，彼此打斗，可一旦轮到跳舞，他们就成了老派传奇故事里讨人喜欢的角色，达达尼昂[1]那样的火枪手，连啤酒肚都似乎突然变得平坦了。为了来见我们，这些人刮胡子，精心沐浴，穿上了最漂亮的衣服。约翰成了乔安娜，而我被称作托玛欣娜。我们就那样跳舞，跳了又跳。我们就那样旋转，一圈又一圈。实事求是地说，我们已经成了很好的舞女，甚至能跳华尔兹，慢三快三都行。我敢说，达格斯镇从未有过比我们更清纯、干净的

---

①达达尼昂，法国大文豪大仲马《三个火枪手》中的主角。

“女”孩子。我们穿着长裙旋转起舞，杂货店老板卡莫迪先生的老婆兼做女裁缝，负责不断改大我们的衣服。或许我们不该像流浪汉那样胡乱吃喝，但总体来说，我们还是长高了，而不是长胖了。我们的改变在客人们眼里并不起眼，他们依然觉得我们是此前的那两个小美妞，对我俩评价挺好，甚至有人慕名从方圆好几英里的地方赶过来，只为将自己的名字登记在小硬纸板上写着的等待名单中。“那个，小姐，能赏光跟我跳一支舞吗?”“啊，可以的，先生，十一点四十五之后，我有十分钟时间，只要您愿意用上这个空当。”“我求之不得。”那些百无一用、在泥堆里滚大的男孩，可从未有过这样的乐趣和风光。有人向我们求婚，承诺说会给我们配备骏马大车；有人送给我们昂贵的礼物，那礼物闪亮得可以让阿拉伯的沙漠酋长拿去向他的新娘献殷勤。但是，我们当然也知道，那些男人不会随随便便把自己送进婚姻的牢笼，只不过逢场作戏，随便说说罢了。上面的这些，都是美好的一面，有自由，有快乐，有欢笑。

淘金工们那肮脏卑贱的日子，实际上是一种郁闷无望的生活，一万人中大概只有一个幸运儿能找到属于他的金子。而达格斯镇的矿工挖的甚至都不是金矿，而是铅矿。那种营生，多半就是泡在烂泥和浑水里，但在努恩先生的酒馆中却藏着两颗钻石，努恩先生自己是这么说的。

可是，自然规律不可阻挡。一点一点地，少年期的红润俊秀从我们身上褪去了，我们变得更像男孩而不是女孩，更像男人而不是女人。尤其是约翰，在那两年期间有了非常大的变化。他高得差不多要开始跟长颈鹿竞争了，当然走的也是长颈鹿的路数。努恩先生找不到适合他穿的长裙了，卡莫迪太太天天穿针引线改衣服也来不及了。大家都明白，我俩的舞女生涯走到了尽头。那是我曾经有过的最快乐的经历之一，但分别总会来的，努恩先生不得不开口点破僵局。我们在黎明的晨光中握手道别，甚至还流下了眼泪，我们在达格斯镇会成为人们记忆中的钻石。努恩先生说，圣托马斯和圣约翰，每逢这两位圣人的庆祝日来临时，他都会写一封信给我们，告诉我们镇上所有的新消息。我们同样也会写信给他的。积攒下来的那一点儿美金，是为期望中当骑兵的日子准备的。比较诡怪的事情是，这天早晨的达格斯镇像被遗弃了的鬼城，没一个人来欢送我们。我们知道了，我们只是一点儿零碎的传闻片段，无头也无尾，在那镇上从未真正存在过。没有比这感觉更好的了。

第二章

总而言之，我俩一起去当兵了。旧营生算是破产了，自然的成长给身体带来了自然的改变。训练一结束，我们就走上了行军路，循着“俄勒冈小道”的线路西进，开往加州。按计划，这行程是骑马一周又一周，然后在某个地方左转继续走，否则的话，你会发现自己真就跑到俄勒冈去了。行军计划就是这样明确而漫长，我们穿越密苏里时，很多很多破衣褴褛的印第安人也在那里，他们在河上划着小船向前，到处乱跑，他们当中有些人大概是要去领取政府给发的养老年金，甚至还一直朝着北面的加拿大去。这些人看上去脏兮兮的，模样悲哀。非常非常多的新英格兰人在向西开拔，或许还有些来自斯堪的纳维亚的人，但其中绝大多数是美国人，举家迁徙，破釜沉舟，连头都不回。进入犹他州的话，你得小心那些摩门教徒，不能信任他们，因为他们早已名声在外，是魔鬼。我们队伍中的军士长是这样说的，但我不知道他是不是真跟摩门教徒干过仗。途经沙漠是家常便饭，也不能算是名副其实的沙漠。那些迁居的移民，他们的牛群在沿途留下了大量的骸骨，有时候一架钢琴会被从大车上丢弃，餐具柜也是，因为拉车的牛实在吃不消了。在那种荒芜、干旱的地方，如果在途中突然看见一架黑亮的钢琴，那感觉真是够吊诡的。

“哎，我说约翰，在这片沙尘地里，那钢琴他妈的是怎么回事啊？”

“肯定是这琴想找一间酒馆咯。”他回应。

我俩大笑起来。军士长摆出个臭黑脸，凶巴巴地瞪我们一眼，但少校没管我们，他大概在想着沙漠的事情。过几天，等那些水壶都空了，该从哪里才能弄到水？我们希望他能有一张地图，上面有什么记号标注了这个地方，我们真心希望他有。人们从这里穿行而过，已经有几年了，他们说这西进的小道一直都在拓宽；大草原上，一道宽达一英里的脏乎乎的痕迹，军队每次经过都能注意到这个。我们这个连队，有一半是年龄较大的，腰硬腿软，其中有些人，我们都拿不准他们还能不能骑马。骑行久了，屁股疼得要命，后腰也是。但他们还能怎么着，讨生活哪有不受罪的？你要么骑，要么就死。那条线路一直很危险。有个像我们一样的年轻人，就是开头提到过的沃齐豪恩，之前的那一年，他曾看到很多大车，好几百辆吧，铺开了在路上逶迤行进，然后他看到阵势浩大的一群野牛就那么狂奔着，直接冲过了车队，结果成百上千的车夫和坐车的，被活活踩踏得丢了性命。我们经过那里的时候，他猜说，野牛大概躲一边避让了，但为什么他就不晓得了。也许，是它们不喜欢那类货色那帮破人吧。但野牛看似从来都不怎么讨厌印第安人。那些白人青年总是咋咋呼呼的，大概就因为这个吧，沃齐豪恩是这样认为的。还有他们那些流着鼻涕的小崽子，抽抽噎噎的，一路鬼哭狼嚎地叫苦，要么去了加州，要么就北上去了俄勒冈。骑兵沃齐豪恩说，自己虽然很多事情都无所谓，但心中还是希望，有朝一日自己能有一群孩子。他估算了一下，打算生十四个，就跟他光荣的妈妈一样。沃齐豪恩是个天主教徒，这在美国很少见，除非是爱尔兰人，但话说回来了，他就是爱尔兰人，至少沃齐豪恩本人是这么说的。沃齐豪恩的脸挺精致漂亮的，模样看起来像铸币上的某位总统，但他个子实在太小了，大概只有一米五几，撑死了也不到一米五五。骑在马上，也没有任何改变，你不会觉得他变高大了。他踩着的马镫是抬高了给小孩用的，凑合着还挺管用。他是个讨人喜欢的小个子。

然后我们到了那里，草长得更高的地方，离那些大山也更近了，但队伍只是沿着山边向前。我们就要进入某个地区，接下去将会排列成密集队形。不过，少校早就心知肚明了，约翰说，因为他夜里无意中听到少校说了的。夜晚扎营时，我们就那么睡在地上，制服臭烘烘的，负责放哨的就看护着马匹。后半夜到黎明，马儿们不停发出咕哝声，约翰说，它们是在跟上帝聊天，那种神仙语言他弄不懂。我们这三百号人，还要再骑行一周时间。我们的探子加入了队伍，是两个肖尼部落印第安少年。他们的手势语言跟文字一样灵活，他们告诉我们，东北方向七英里的地方有野牛，我们于是打算选人组成一个小队，明天去北边捕杀几头野牛。三百人当中，如果说我不是最好的枪手，那我就是在撒谎。我也不晓得为什么会这样，在训练之前我可是从没打过枪。“你的眼力真是神准。”主管射击训练的军士长这样评价。很快，我就能举枪打死野兔，子弹正中兔子头，一百英尺开外，轻轻松松。去干活之前，我们最好别饿肚子。我们心里明白，自己要接的活儿就是清理印第安人，加州那边的人想把印第安人给清理掉。想赶尽杀绝。骑兵队要领取那份赏金，按法律来说当然行不通，但上面有个大人物已经同意帮忙了。老天做证，地方上的老乡割下一张头皮也能拿到两个美元。靠这种古怪手法去挣耍牌赌博的本钱，可真不厚道。有些志愿者都准备出动了，盘算着或许能打死六十头“公鹿”[①]，把尸体拖回去领赏。

少校说，他其实挺喜欢印第安人的，他不觉得这些“挖草族”会带来什么祸害。那些人就是被叫作“挖草族”。“他们跟大平原上的印第安人不一样，”少校说，“‘挖草

①公鹿（bucks），这里指印第安青壮年。

族’甚至连马都没有，每年的这个时候，你可以看到他们都聚在一个地方祷告拜神的。”少校说这些的时候，脸上带着忧虑又伤感的神色，一副“说得太多”或者“知道太多”的样子。我看着军士长，这名叫威灵顿的家伙从他那灰扑扑、脏兮兮的鼻孔里喷出两声哼哼。“去他妈的印第安人，咱们会让他们好瞧的。”他几乎是自言自语地说，边说还边龇牙笑，就仿佛他是跟一帮兄弟在一块闲扯，可是没人拿他当兄弟。军士长太毒舌，说起话来总让人联想起挥舞的大砍刀，没什么人会真的欣赏和抬举他。他讨厌爱尔兰人，说英国人太蠢，德国人就更差劲。“那他自己是什么鬼地方来的?”约翰忍不住嘀咕道。有半数的时候，大伙儿都听不清军士长到底在说什么，因为他讲话时仿佛傻笑着，只除了喊口令的时候，那时就清楚得很。开拔！前进！减速！下马！我们这些爱尔兰人、英国人和德国人听得耳朵都要爆炸了。

第二天，沃齐豪恩、约翰和我，还有一个叫伯尔的小家伙，跟着两个探子一起去找牛群。我们首先进了沼泽湿地，肖尼部落的小家伙们知道穿过那里的小路。我们顺着那路线迂回前进，心里还挺满足的。厨子烧了些麻雀，我们狼吞虎咽地吃了，盘算着去捕捉体型更大的猎物。肖尼部落男孩——我似乎记得其中一个叫作鸟歌——肤色黝黑如乌木，性子沉着冷静。他们用自己的语言交谈，对彼此说出那些古老的信息，甚至在前天夜里一起动手制作了几个祈祷袋——其中一只旧袋子是用野牛的阴囊做成的，他们大概把幸运符之类的东西一起放进去了吧。袋子现在系在了小马的脖子上，少年们骑在上面，屁股底下居然没垫马鞍，早在我们还根本没听闻到一丝一毫的动静时，他们就慢了下来，似乎是意识到有什么东西正在靠近。他们带着我们朝侧边走了差不多一英里的距离，方便我们在上风向的位置开始动手。我们前面有一座镰刀形的山丘，长满深绿色的草皮。这片野地很安静，几乎没什么风，除了一种类似大海的声音，可那附近没有海洋，我们是知道的。我们随后往山上去，从高处能看到挺远的，大概有四英里。我一下惊呆了，不禁长吸了一口气，下方盘踞着一大群野牛，估计能有两三千头那么多。它们肯定是下决心要悄悄行动了。两个肖尼部落少年现在让胯下的小马放慢了步伐，迈着细致的小碎步，跟在后面的我们也学得有模有样。我们要从坡上下去，尽量接近野牛，但不能惊动它们。野牛的警觉程度，大概还赶不上笼舍里最机灵的鸡。正如之前设想的，风对着我们的脸吹过来。我们知道，一旦野牛觉察到我们，那麻烦、那动静可就大了。果然，离我们最近的那十来头野牛像是觉察到了什么似的，猛地弓身前冲。我们的气息，在它们闻起来肯定就跟死神的味道一样，我们倒是希望自己真有那般力量。鸟歌腿一夹马肚子，向前冲去，我们也策马跟上。约翰的骑术可不是盖的，他从印第安小子之间飞驰而过，追击目标锁定在最大一头母牛身上。我也盯上了一头大母牛，这肯定是因为，母牛肉在我们当中更受欢迎吧。地势又向下沉降了，感觉近处的野牛把一切都搅动起来，紧接着，仿佛有上万只大蹄子狠狠捶击着硬邦邦的地面，牛群如潮水般向着斜坡低处奔涌而去。那洼地吞没了它们，一头不落，但地势随后又在我们前面抬升起来，牛群们便再次出现了，那野牛攒聚而成的洪水不断翻滚着，仿佛是巨大煎锅里黑乎乎的糖蜜，冒泡翻涌，奔腾起伏，那是种比黑莓更深更暗的颜色。

我盯的那头母牛，猛地急转向右突围，一边钻来扭去地从它同伴身旁找空当；我不确定，是不是有个什么天使告诉它了，说我跟在它屁股后面。应对野牛一定得像对付杀手那样，像对付缠到腿上的响尾蛇那样，在被杀死之前先把它消灭掉。它还想引诱追猎者上钩，然后会突然从侧边全速扑过来，倾尽全力把猎人的马顶翻，然后在他们根本还没来得及喊上帝救命之前就折返回来，干脆利落地把猎人踩死。因此，猎捕野牛时，要记住，绝对不能摔到地上去。我追捕的那头母牛也会按它的本性行事，玩那套鬼把戏，我知道必须逼自己靠近它，尽量往它脑门上开一枪。这可不是轻松差事，要随时举着长枪伺机开火，而我的马匹这时似乎疯狂地爱上了地上的兔子洞，拼命往可恶的洞里踩。马得站稳些才行。此时，我们的移动速度也许达到了每小时三四十英里，就好像呼啸的狂风那样往前翻卷，但或许这只是幻觉，是牛群发出的呼呼声——仿佛大风暴从山上席卷而下——让我们产生了联想。无论如何，我依旧情绪高涨，对周遭发生的事情毫不在意，一心只想击杀那头母牛。一些画面在我脑袋里闪光：骑兵弟兄们在烤母牛，从它身上割下大块的牛排，血顺着肉块流下来。

我看到另一个肖尼部落男孩（我现在完全不记得他叫什么名字了）正追着一头非常肥壮的公牛，他骑在小马背上，摆出只有印第安人才能做到的那种姿势，身子后仰，瞄准猎物射箭。那头公牛猛烈地狂吼和咆哮，像一堆发了疯的牛肉和牛毛。这番景象转瞬即逝，我的注意力回到了自己的猎物身上。果不其然，就在我以为稳住身子可以开火的那一刻，这狡诈的母牛很聪明地避闪开去，扭头从侧面向我攻过来。好在我的马并不是第一次与野牛对峙，它向右边跳了一大步，舞蹈高手般躲开了突袭，我趁机将枪口对准了母牛，果断开火，美妙的橙色火焰推着子弹呼啸向前，炽热燃烧的黑钢铁穿透了它的前胛。被击中的母牛疯狂扭动着受伤的身躯，而我跟着它一路飞奔，如火苗般疾速奔行，然后猛地转向朝左边奔跑，仿佛是在试图逃离即将到来的厄运。我又补了一枪，击中了它后腰和屁股中间的位置，它的身体重心于是开始向下拖坠了，下垂了大概半英尺吧。哎呀，荣耀归于上帝，那可是个不错的信号，我的心鼓胀起来，自豪感在我的胸中炸裂扩散开来。它的重心越来越低，下沉，再下沉，一路扬起满地的尘埃，受了重伤的身体爆发出最后的蛮力。它足足跑了十五英尺，最后终于倒下了。我猜我肯定打穿了它的心脏，它现在是一头死野牛了。但我还得继续骑行，立刻驱马跑向空旷之地，否则的话，牛群可能会掉头狂奔过来，让我在乱蹄之下丢了命。于是，我就那样策马飞奔，一边还不忘高声欢呼，就跟发疯似的，因为内心的狂喜，我几乎都要哭出来了。之前哪里有过这么兴奋的事情？我一口气跑到了四分之一英里开外的地方，马儿累坏了，但我能闻出它呼哧呼哧的喘气声里也有胜利和骄傲的意思。我勒转马头，转上两圈，沿山丘小跑了一段，然后停下来瞭望。胯下的马，胸肺大概全部打开了，正在拼命地呼吸，调整节奏。那种感觉可谓是极度的荣耀和自豪，也挺疯狂的。野牛群继续迁移，向远方走去。它们彻底消失在了地平线上，动作可真够快的。

我和约翰，还有鸟歌他们，总共杀死了六头野牛，死牛被留在了身后，就像一场战役之后的阵亡者。长长的野草都被踏平了，跟癞皮狗身上脏乱的毛皮似的。鸟歌在笑，我能看到他，而约翰却像是个什么沉默无声宗教的信徒。其实他某种程度上也在笑，只不过没有声响，甚至连一丝微笑的神色也没有。他这家伙还是挺古怪的。我们都明白，下一刻要干的活，就是跪在地上弯腰剥牛皮，把最好的肉从骨架子上分割下来，再把湿乎乎的大肉块绑到马背上，至于那巨大的牛头，就留在原地，任其腐烂。那些牛头本身的样子看来挺庄严的，如此硕大壮观，让人不禁要肃然起敬，恐怕连上帝他老人家也要惊奇地看上两眼吧。我们挥动尖刀，让利刃从温热的鲜肉中划过。鸟歌最擅长切这个了，他一边打着手势，一边哈哈大笑，示意说这是该让女人们干的活儿。那得是健壮的女人才行，我也试着用手势回复，按我所知，他就是最棒的。这是拿鸟歌开了个大玩笑，他大吼了起来，我猜他心里在说，这帮白人真讨厌。这也许是真的。尖刀割开鲜肉，仿佛在画画，用嗜血的刀刃描摹崭新的国家。这片黑土地上全是广阔的大平原，红色的河流冲破堤岸，被我们染得充满污秽，干燥的土地变成了喧闹沸腾的烂泥。肖尼部落小兄弟们在生吃野牛的肺脏，他们的嘴巴就像排水口，吸进暗黑的血液。

只有伯尔这笨家伙没能射杀野牛，他看上去就像个心情低落的孩子。不过那天夜里，在营地篝火边，他得到了第一块烤肉。生肉在火焰中噗噗冒出气泡，逐渐转成棕黑色。大伙儿弓腰围在火堆旁，内心被充盈的幸福感填满。大家彼此热切地闲聊，敞开肚皮尽情吃肉。四周是空旷漆黑的荒野，霜露和冰冻的风交织成奇异的网布，落上我们的肩头，神奇的黑暗天空缀着闪闪寒星，仿佛一只巨大无边的盘子，装了无数宝石和钻石。肖尼人在他们自己的营帐里唱歌，整夜都在唱，直到军士长威灵顿终于从他的毯子上爬起来，说，真想端起枪崩了他们。

第三章

在军队里，你每个月都能遇上成打的爱尔兰人，但他们不会就这个话题讨论什么。你一眼就能看出那是个爱尔兰人，因为实在是挺明显的，他们说话的样子与众不同。一般来说，爱尔兰士兵不怎么剪头发，喝酒的架势也非常特立独行。“爱尔兰人是文明的模范”——你可别跟我说这种话。他们也许是天使，却穿着魔鬼的衣裳，也或者是魔鬼披着天使的外衣，所以你跟一个爱尔兰人说话时，实际上是在跟两个人说。他可以帮你的忙（其实没什么用），也可以出卖你（也不至于把你骗到家破人亡）。爱尔兰人骑兵可以是战场上最勇敢的，也可能是最怯懦的。我见过冷血杀手般的爱尔兰人，也见过心地仁慈温和的，但这些人本来也是两种特点集于一身，身体里燃烧着一团可怕的火焰，仿佛是火炉炉膛的那层外壳。生为爱尔兰人，你大抵也会如此。假如你骗了某个爱尔兰人，哪怕只骗走了一点点钱，作为报复，他也会放把火烧了你家的房子。他会锲而不舍地谋划这件事，一直到死，才会放下要让你倒霉的念头。我也不例外。

我来简单描述一下自己遇到过的事情，以及是什么把我带到美国来的，但我也没心情多说。俗话说得好，晦气的事越少讲，越能快点了断。

我老爹是出口牛油的，不过是小本营生，把木桶装的牛油从斯莱戈的港口运出去，卖到英国。所有好东西都要运到那边去。奶牛、牛肉、猪、绵羊、山羊、小麦、大麦、英格兰品种的小粒野麦、甜菜、萝卜、卷心菜，以及其他各种零零碎碎的杂货。留下来给爱尔兰人自己吃的就只有土豆了，如果土豆也没了，那倒霉的爱尔兰就什么也不剩了。我妹妹就只能挨饿，光脚，裹着破长袜，连像样的袜子都没，只有破衣烂衫。我老爹属于混得好一点的，他戴着一顶高高的、饱经风霜的旧黑礼帽——我们给英格兰输送食品，得到的回赠就是破旧衣衫和磨损变形的帽子。我还只是个小毛孩，所以对那些铁定亏本的生意无知无觉。到了1847年，农田里颗粒不收，连我老爹也穷得一无所有。我妹妹死了，我妈也是，倒在斯莱戈镇上我家房子的石头地板上。我们住的那条街名叫卢恩格伊，在爱尔兰语中的意思是卢埃格尼，一个古王国的名称，我的祖先当过国王，反正我老爹是这么说的。老爹活着的时候是个非常活泼的人，他爱唱歌，舞也跳得好。在港口码头上，他喜欢跟那些收货的船长讨价还价。

饥荒的时候，牛油还是继续往外卖的，但不知道怎么的，我家的日子就是过不下去了，我爹的那份营生终究是倒闭了，然后正如我说过的，我妹妹和我妈都死了。她们的死就跟流浪猫差不多，没人会留意，因为整个镇子都在不断死人。大河岸边，也就是码头所在的地方，船依然开进港口，仍旧还是装货，但早已不是我老爹的货了。这些古董旧船开始往加拿大运人，都是些饿垮了的活死人，在船舱里，他们也许会拿彼此当活命的食物吧。这不是说我亲眼看过那个。我才十三岁，从心底里，在本能深处，我知道自己也必须逃命。黑沉沉的夜色中，我就偷偷爬上了一艘船。我最多就只能讲这么多了，那是很久以前的经历，是在到美国之前。我跟那些衣不蔽体，一无所有的人，那些饿得前胸贴后背，有气无力的人，一起在船上待了六周。很多人中途掉下了船，掉到了海里。

船长自己也发烧死了。到达加拿大时，我们的船上连一个管事的司务也没有。船长跟我们一起安置在隔离棚屋中，成百上千的人死在了那里。我们什么都不是，没人愿意收留我们。加拿大害怕我们，觉得我们等同于瘟病和灾祸，我们虽然是人，却跟老鼠没什么两样。饥饿把人掏空毁了，那些本可以证明人是人的东西就渐渐没了——语言、音乐、家乡斯莱戈、故事、将来、过去，全都变得微不足道。遇到约翰·柯尔时，我就是那样的一个人，一只虱蝇，一个蝼蚁，连恶人都嫌弃和回避我，好人就更是用不着我。

这是我新生命的开端，跟约翰的相遇、相识可谓是一个胜利，我真的这样认为。很久以来的第一次，我感到自己重又像个人了。从前的事情就说到这里吧。

我之所以提到过去，是因为假如不讲，往后的一切读者们就没法恰当地理解，更无法体会看到屠杀的我们，怎么会无动于衷？那首先是因为我们本就什么也不是，什么都没有，该怎么办我们倒是知道的。那种处境对我们来说，再熟悉不过，就像在家乡面对亲人的死亡。我老爹也死了，我看到了他的尸体，饥饿就是一堆大火，是焚尸炉。以前还是人的时候，我爱我爸爸，然后他死了，我饿得要命，然后就爬上了船，思念、亲情什么的抛在脑后了。

还是回头说我最初在军队的那段时光。我们到了科尼堡驻扎，附近恰巧有些新冒出来的采矿小镇，而我们的驻地就紧挨着其中的一座。科尼堡位于加州北部，周围基本上是荒芜的旷野，荆棘丛生，但据说地下埋藏着大量的金矿，多到简直要溢出到地面上来了。印第安人，确切地说是伊尤若克部落，占据那些地盘。也许那里不叫科尼，可能我忘了，因为科尼堡是个爱尔兰语名字，人的记忆时常出错，我对此始终持怀疑态度。要讲故事，我得首先相信它才行，但我也可以先发个提示警告，就像卖票的那样，卖出一张向西的车票，不过沿途会出什么岔子就不敢保证了，火车必定要穿越荒野，遭遇印第安人、亡命之徒，以及风暴。科尼堡当地有个民兵团，是由镇上的市民和一些散布在四处的矿工组成的。一想到印第安人，他们简直就没法安生，于是就成群结伙地出去，把那些山地都“清理过滤”了一遍，试图杀掉那里的印第安人。如果抓获了印第安人，只要他们愿意，就可以让这些俘虏去劳动，干挖矿、洗矿之类的活，这就是加州通行的法律。至于抓来的女人和孩子，他们会带回家当奴隶或者小老婆，不过话说回来，他们大多数人其实更乐意直接开枪打死这些俘虏。

在科尼堡的那天晚上，我们拍完了铺位上的灰尘，也吃了那点儿口粮，然后那些镇民就来了，告诉我们最新发生的可怕事件，那些印第安人干的坏事。他们说，在居住地边缘，有个矿工，伊尤若克人竟然把他的骡子给偷走了。按照他们说话的那架势，那可是世上所曾见过的最好的骡子。那些衰人偷了他的骡子，把他绑在那里，扔在灰土里，还朝他脸上抽了几鞭子。他们对他说，他是在一个墓地上挖矿，所以他必须停止。这些伊尤若克人，身材并不高大，只是小个子。镇民们说，那部族的女人是所有造物中最丑的女人。有个新英格兰人，名叫亨利森，是他说了这个，还因此哈哈大笑了。少校听着这一切，都足够有耐心，但当亨利森说女人时，少校让他闭嘴了。我们不明白是为什么。亨利森倒是闭嘴了，足够恭顺。他说，看到骑兵到来他很高兴。对镇子来说这是大好事。然后，我们就觉得挺自豪的。不过，怎么说呢，骄傲是傻瓜的早餐吧，过不了多久就没那么神气啦。

军士长从头到尾都没吭声，他坐在一张只剩两条腿的高凳上，双眼瞪着地面，仿佛是在巴望着快点听完镇民的控诉和呈词，然后冲出去实施原本的计划，当然也包括去给民兵团已经开始行动的人收尾善后。亨利森说，他们希望这片土地能得到清洗，然后少校却什么都没说，只是用他那种安静无言的惯常方式，轻轻点了点头。他的面部轮廓优雅俊美，跟亨利森的脸对比起来看，后者显得尤为古怪和黝黑，就好像他吞食了过量黑火药似的。然后，镇上居民们给了部队一桶酒，我们一直喝啊喝，喝到后半夜，然后开始打牌赌钱，也如预期的那样发生了短暂的打斗争吵，大伙儿都失了理智，就像被下了毒的狗。

我和约翰，歪歪倒倒地走回那硬邦邦的营寨铺位，在驻地边界墙下那指定的撒尿点暂停了片刻。墙头上有个哨兵，我们只能看到弓着的黑乎乎的背影，他很可能是趴在那儿睡着了。少校也在那里，刚完事，正忙着把裤子前面的开口重新拉紧。

“晚安，少校。”我对着他那黑乎乎的肩膀说道。他转头看看我们。我举手向他敬礼，这是按规矩理应要做的。他也被威士忌浸透了，头架在肩膀上的样子跟平时很不一样。他举手回礼，动作笨拙而混乱，随即又摇了摇头，仰面向天注视，瞪着夜空中的星星。

“少校，你没事吧？”我问道。

“走那么远，就为了找一头被偷的骡子。”他的语气恶狠狠的，犹如舞台上举止夸张的演员。紧接着，他开始独自嘟囔起来，我隐约听到了亨利森的名字，还有关于写给上校的几封信、烧杀抢劫，以及杀害定居者之类的话题。这些话看上去就像是冲着营寨防御墙说的。少校踉跄了几步，试图让双脚能在湿乎乎的地上站稳——三百号撒尿的士兵绝对能弄出一片不小的烂泥地，那种臊臭味浓烈得要命，墙头那哨兵竟然也受得了。

“走那么远，就为了找一头被偷的骡子，还有一场显而易见的大胜仗。”他说，最后一个词特别加重了音调，就好像那是他可能会交给亨利森他们的一样东西。

我们搀扶着他回到他的营房宿舍，然后摸索着，一路歪扭地走回自己的铺位。

“少校那家伙，他是个好人。”约翰说。只有醉汉才有那般确定无疑的口气。

第二天一大早，天光明朗。尽管身体受了酒精的摧残，我们还是跨上了马鞍。虽有阳光，天却冷得仿佛黑沉沉的梦境，隆冬的太阳已不像之前的那般热烈。地面上到处都结着薄薄的白霜，周围的红杉林里挂着大片的雾凇，裹尸布那样垂在枝头。低矮的长丘陵如波浪起伏，野草横生，树木要么是枯死了，要么是被伐尽了，我们也不确定。有通知说，骑行路程将长达十四个钟头，民兵团前一天夜里提供了信息，所以前方领路的侦察兵知道行进的路线；还有消息说，民兵团天不亮就已经提前动身了，这让少校大为懊恼。他摇摇头，咒骂那些人该死。管他呢，我们的长枪已子弹上膛，准备就绪；我们肚子里有食物；对这场出征行动，我们都倾向于设想会圆满成功。西进的长途跋涉使人腰背伤痛，但在我们的大脑意识已经渐渐模糊。长距离的骑行会持续磨损尾椎骨，我觉得屁股里面大概已经积存了一些自身的脊椎骨粉末，以至于马儿每踩进一道沟槽，蹄子每打滑一次，都会带来一阵剧烈的刺痛。这次我的坐骑是一匹皮毛顺滑的灰色骏马，很漂亮，让人没法不心生欢喜，可约翰却跨坐在一匹令人沮丧的噩梦上面。他不得不拼命拉缰绳，几乎把马嘴拉裂了，才能让那匹母马顺着路走。在沙漠区的一处地方，那马把马颔缰给咬断了，所以能自由自在地上下摆头，任性地扭动着。约翰默默忍了。那马毛色黑亮，跟乌鸦一般，看得出约翰心软了。

三百匹马一起呼吸，十一月寒冷的空气中就此出现了一道卷曲的白色雾气。因为吃力跑动，它们那汗津津的温热身体冒着白雾。我们被要求努力保持行军队形，但那古老的红杉林才懒得搭理这一套。它们把我们隔开，不断抽打和刮伤我们，就仿佛它们自己会移动似的。有些树真够粗的，绕树一圈简直能拴上五十匹马。美利坚那些好奇的鸟儿，在树顶的枝丫间鸣叫；从更高远的上方，落下无数的点点白霜。时不时地，会有什么东西在树林中折断开裂，声音就像滑膛枪开火。没有一丝迹象和气氛能让你感觉这些树欢迎我们的出现。它们显然自由自在地生活着，不屑于搭理我们，就连我们弄出的多番嘈杂响声——拉动马具、蹬马刺、调试设备的噪声，马蹄在地上跑跳叩击的咔嗒声，以及各种敲击、摩擦和颠动的声音——也不能引起它们的关注。士兵们显得异常沉默，几乎一言不发，大部分时候都在一声不吭地骑行，仿佛事先约好了一般。我觉得，是那些树木将沉默凝重的空气压到我们身上的。少校抬起胳膊发布命令，队伍重复着这一动作，往后传达指令。前方一定发生了什么事，没看到之前我们就感觉到了。突然之间，一阵巨大的紧张恐慌氛围侵袭了我们，你几乎能听到身体内的骨头在紧绷和收缩，我们的心脏似乎是囚禁在胸腔中的俘虏，渴望着逃离。有些人发出咳嗽声，想把喉咙中黏痰般的恐惧吐掉。我们能听到正前方有巨大的声音，燃烧的声音，仿佛一万只欧椋鸟聚集在那里。

透过树木，我们看到明晃晃的火焰正凶暴猛烈地跳动着，黑白交织的大团烟雾升腾到空中，野火在一处宽广草地的谷底燃烧。远处坐落着四五栋红杉原木建成的大木屋，起火的只是其中一座，应该就是它引发了这场火灾。少校让我们在草地上向两侧展开队形，就仿佛是打算包抄而上，向大火冲锋。我们被告知要放缓马的步伐，慢慢向下靠近，长枪举起，随时待命。民兵团的人遍布四周，在这印第安聚居营地间到处跑来跑去，冲彼此大呼小叫。我很快就看到了亨利森的身影，他高举着一个大火把，忙碌得就跟可恶的律师一样，不知道接手的是什么了不得的案子。我们很快就接近了他们，亨利森转头回来跟少校说话，但我听不清他在说什么。我们被打散分成了几组，民兵团的人告诉我们，右侧的灌木林里有印第安人。我们策马顺着陡峭的斜坡前进，感觉自己是在斜坡上飞驰。一如往常，骑兵伯尔和沃齐豪恩在我旁边。由于那些小树丛过于浓密，我们被迫下马，几十个人步行挺入灌木丛。不久后身旁响起了惊叫和呼喊声，还有尖厉的哭喊。我们将刺刀装上长枪向前冲去，边跑边留意着躲避脚下软绵绵的地面植被。浓烟从燃烧的木屋那里飘下来，极具侵略性地弥漫在灌木丛中，填塞进每一处空隙里，以至于丛林中暗得像黑夜，伸手不见五指，我们的眼睛也刺痛得厉害。我们看到有印第安人的轮廓，就用刺刀戳过去，在乱窜的人和扭动的尸体间，我们来回走动，在昏暗中移动的任何活物我们都不放过。两个、三个、四个……一个个印第安人倒在了我的刺刀尖下。我很惊诧，竟然没人朝我开枪。同样让我诧异不已的还有心中那已遏制的狂喜，如同一个巨大的煤块在胸腔中燃烧。我刺了又刺，余光里的约翰也是，我听到他在低声怒吼和咒骂。我们要让敌人统统毁灭，这样自己才能活命。每一秒我都在想，或许下一刻就会有名声赫赫、漂亮锋利的印第安战斧劈开我的爱尔兰脑壳，也或者会有炽热的子弹穿透我的胸膛。然而什么事也没发生，只有我们野蛮的嘶吼和疯狂的刺杀声响彻丛林。我们之所以不敢直接开枪，是怕误杀了自己的战友。然后，活儿看似全部完工了，我们能听到的只有幸存者的哭声，还有受伤者那凄惨可怕的呻吟。烟雾散去，我们终于能看清战场上的景象了，我的心突然一沉，落到了肋骨之间。我们的周围全都是妇女和儿童，没有一个印第安武士。我们攻陷的只是可怜女人们的藏身之所，她们在此避难，只求不被烧死或杀死。我大为惊恐，甚至觉得受了冒犯或侮辱，但更多的是在生自己的气，因为我知道，自己从刚刚的那场攻击杀戮中享受了诡异的乐趣，仿佛是一口气灌下去六大杯威士忌。沃齐豪恩和伯尔从地上拖起一个妇人，躲进了树丛间，我明白他俩是要从那女人身上找乐子。我可太清楚了。从母亲怀抱中滑落的幼儿，现在也跟剩下的活人一起，被刺刀刺死。骑兵们还在丛林里忙活，我相信他们会一直干下去，直到精疲力竭。沃齐豪恩和伯尔，在丛林那边淫声浪叫，然后又再次开始了无情杀戮。最后，还是少校冲过来，带着极其震惊和厌恶的表情，用他最大的声音吼出了命令，才终于打破了当下的局面。我们全都列队站在了那里，直喘粗气，我们筋疲力尽的脸颊直冒着冷汗。我们的眼睛亮亮的，腿却直抖，就像牧犬奉命扑杀羔羊之后的模样。

我们慢慢走回去，非常疲倦和萎靡。民兵团的镇民们站在那里，离火堆二十英尺。还是烟雾升腾，火光熊熊，杂沓一片，树脂不断爆出闪亮的火星，噼啪直响，就像描绘地狱场景的古老画作。骑兵们集中在一起，不怎么说话了，就只看着火焰，看着那些镇民。我们不知道我们身在何处。那一刻，我们甚至都不知道自己叫什么名字了。我们那时是不同的人，我们是别的什么人。我们是杀手，是凶犯，但跟曾经有过的任何杀手又不一样。然后，伴随着巨大而诡异的一阵哀叹般的声音，木屋的屋顶塌陷下来。它崩落在庞大的焖烧的火苗间，溅起纷乱的碎火星。火星冲到上方的空气中，不停地翻滚舞动，有红有黑，欢乐不已。火星扩散成浩大纷乱的雷暴云，木屋的墙壁也坍陷下去。在那团最暗、最黑的火苗中剧烈燃烧的，是尸体。印第安武士们被一个一个地摞在一起，足足有六层。你可以看到那些被损毁的脸，能闻到肉被火烤的气味。尸体在熊熊烈火中诡异地扭曲着，没有了之前的墙壁挡着，便滚落到烧焦的草地上，更多的火星溅射到空中，周遭的一切都如同世界末日。此时此刻，我的头脑没法再思考，仿佛被抽干了血液，彻底空了，只剩一片喧嚣的轰鸣，和久久不散的震惊。骑兵们流泪了，但那不是悲伤的眼泪，我知道。其他人把帽子扔向了空中，就仿佛那是一场疯癫的欢庆，还有的人捂住脸、抱着头，仿佛刚刚听闻了自己心爱之人的死讯。在那种时刻，这边原野上没有任何的活物，包括我们自己，我们不过是一群身心分离的游魂野鬼。

第四章

镇民们计划好了，要举办一场盛大宴会来表达谢意。一条短街，两边各有几栋新房子，就是那镇子全部的景象了。我敢肯定，骑兵沃齐豪恩与伯尔被少校悄悄地关了起来，在驻地的禁闭室里，定时有吃的喝的通过送餐小窗口递进去。少校说，他到时会适当处置他们的。镇上忙活着准备第二天犒赏军队的筵席，还有别的各种待办杂项事情。他们弄了一头熊给屠夫宰杀，还有鹿肉和狗肉。那些印第安人看来是养了一大群狗，民兵团把狗儿围拢到一起，就像赶绵羊那般把它们一路赶回了镇里，狗吠声高低起伏、连绵不绝。

少校往镇上派去了一支特遣队，让队员们带着从镇上铁器店暂借的铁锹，前往废弃了的印第安营地旁边的野地，下令挖出两条长长的土沟，把尸体往一路运输并丢弃到坑道里。若是任由尸体横陈荒野，狼群可能就会啃食尸体，少校不愿事情搞成那个样子。不过，民兵团的队员们似乎并不以为然，他们对少校的周全考量表示质疑，而少校呢，一直保持着礼貌教养，说话的声调也很平稳，但心里根本不打算妥协。少校拿定了主张，也向我们传达了他的意思，我们只好很不情愿地站成了一排，手拿铁锹乖乖干活，就在那让人心神不宁、毛骨悚然的鬼地方。印第安人据说是会灵魂转世的，转世后就跟另一个大活人一样。我当时是怎样的感受？我倒是不介意回忆一下，只可惜那段记忆每次都能把我带回加拿大，带回到那发烧难民的隔离棚里。在脑袋里反复回访伤心地，对我有什么好处呢？那次我们不停地挖坑填埋，尸体就那么扔进去，成百上千的死人，其中还有幼儿。要知道，那时我自己也还是个孩子，亲眼看见着一切，尤其是目睹和自己一样的人，被世间剥夺了全部的价值时，我感到异常绝望和黑暗。死神静悄悄地降临，穿着那凶残恐怖的靴子，真他妈的该死。

我们就这样不停地挖着地沟。我们是英雄，被吓坏的英雄。我注意到约翰是我们这些人中最擅长挖坑的。我敢说他绝不是第一次干这个。于是我便开始模仿他的动作。在爱尔兰时，我只徒手拔过土豆，而且还是在我老爹用铁锹挖松了土豆周围的泥土之后。那土地是我爹保留的，很小很小的一条，在我们家屋子后面。我爹算不上一个货真价实的农夫，他的农田里到处是白霜，蜿蜒流过营地的小溪流，在这种低温天里已经开始结一点儿薄冰了。我猜，大概就是那小溪，让这里成为一个适合停留和安居的好选择吧。野草都已干枯，完全无动于衷的样子，它们那尖锐的茎秆擦刮着远方的天际线。天空清透高远，是那种最浅的蓝色。我们挖了整整四个钟头，骑兵们一边干活一边唱起了歌，是大家都熟悉的一些淫词艳曲。我们汗流浃背，远远看去，就好像一大片寒冬中凝了热气的窗玻璃。少校督促着我们干活，以他那奇怪的方式，有点儿冷淡和漠不关心的意思，就像那野草。他原本就预期要干点儿什么的，他现在就正干着。在镇上时，他提出过要让牧师跟着一起来的，但镇民们否决了那主意。长时间的挖坑之后，我们被安排去搬运尸体，要把妇女和儿童的死尸抬过来，放进坑里，然后去彻底烧毁的木屋那里，在废墟残片和黑灰当中筛选武士的遗骨（比如头颅之类的），只要能发现就得捡拾回来，全都扔到坑里。有些人投放骸骨的动作轻柔小心，脸上会浮起不安忧虑的神色；其他人则是一副无所谓的样子，就像在扔垃圾似的。但那些心软的人一直保持着温柔的动作，比如约翰，虽然他说话时还是像平常那样，总将一些老套的俏皮话，完全是没话找话说，但好歹让心里好受一点儿，让这天的日子好过一点儿。我现在弄清楚了，那些女人和孩子，很多人之前已经跑出了矮树丛，因为你依旧能看出她们慌乱冲出来时，在灌木下方地面植被上踩踏造成的痕迹。我发觉自己反倒希望那些“公鹿”，有很多也早就逃远了，但有这样的想法，我大概是在自找麻烦吧。这地方这么美，风景如画，而我们干的活儿却如此下贱肮脏。我不由自主地会冒出一种更人道的念头，这或许是大自然希望人类稍微往回退一退，忘记那些俗事纠缠，并尝试唤醒我们冷酷外壳下的本性，让良知像会打洞的穴居小动物那样回归该去的地方。所有尸骨都堆放进了坑里，我们用之前挖出的土填坑覆盖，就仿佛是在往两块巨大的馅饼上面添加油酥裱花，真不是滋味。我们站定，按少校的命令脱帽默哀。他念叨了要说的几句话。“上帝保佑这些人，”他说，“我们受命而为，是在执行指定的任务，但愿上帝能宽恕。”“阿门。”我们同声说道。

天都差不多黑了，我们还要骑行几个钟头。活儿已完工，我们上马往回赶路，

第二天，我们在驻地营寨早早起身了，为的是去参加宴会。我们在大水桶中仔细洗掉身上的污垢，穿上自己最好的衣服——平素穿的制服，不过我们尽量把衣服刷平整了。理发师贝利一刻不停，尽量多给几个客人理发、清理胡须。人们身穿背心，在理发店门口排成一条长队。剪下来的头发装进一只麻袋，点火烧掉了，因为头发间早有虱子幼虫齐聚，在酝酿一场狂欢宴饮。一切准备就绪，我们带着所能摆出来的全部风度和考究姿态，骑马进入镇子。一下子看到三百人跨马骑行，大概挺赏心悦目的，我们也都感觉到了那幕场景中的美妙之处。我们当中有些人，喝酒都快把肝喝得裂成两瓣了，尽管都还是很年轻的小伙子，甚至还没满十八岁。硬邦邦的马鞍把我们的后腰尾椎那里

都磨烂了，每天醒来时浑身都疼，但这个骑士行列那小小的庄严华丽派头，也刺激了我们的神经，仿佛自己真的做成了什么了不得的事，仿佛肚子里腾起了一团火，一种类似肯定了自身的价值、认定自己合乎正道的感受。但未见得就是正义。只是去满足了多数人的愿望，也就是符合这一类标准的东西，我说不准。对我们来说，就是这样的一码事。到了现在，我想那已经是很久以前的往事了。不过，似乎还依旧在眼前一般，历历在目。

少校把沃齐豪恩和伯尔放出来了，让他们也参加欢庆。他似乎认为这是正确的做法。他说稍后会继续留意他们的。不过他俩又能往哪里跑呢？我们周围什么也没有。

为欢迎我们，镇子被装点了一番。我必须说，装饰得还挺美妙。人们沿着小街插了很多面小旗帜，在路边点起了用旧包装纸做的灯笼，烛光透过纸面闪烁，像一团团跳动的灵魂。在户外，牧师大声念了一段长长的祷告词，接着全镇的人跪下，齐声赞美主的恩泽。他们都是受到恩惠优待的那部分人类，印第安人在那里没有存身之地，他们去天国的门票已经被撕毁，上帝的代理执法官收回了他们灵魂的身份文件。我为他们感到了一丝的悲哀，这是一种奇怪的、内耗的、持续不断的哀伤。在骑马需七个钟头才能抵达的远方，他们被埋进了土坑里，高高耸立的红杉树，鸟儿以及经过的动物，都让那里的一切显得愈发寂静和深沉，也更加庄严肃穆、令人生畏。那里没有牧师昂扬激越地为死去的人们祈祷，那些倒霉蛋拿到一手烂牌，必输无疑。例行仪式都完毕了，全镇人站起身来，忘乎所以地高呼，欢天喜地，然后风卷残云地大口吃肉，酒桶被哐哐地接连打开，各种的喧闹声音相互交织。大伙儿跳舞，彼此拍打捶击后背，颠三倒四地讲老故事。人们竖起耳朵听着，仔细判断在哪个环节应该放声大笑。时间不再是我们所认为的，会流失和终了的东西，它变得接近永恒，仿佛在那一刻，一切都静止了，停歇了。我很难清楚地表达这种感受，不过你可以试着回望从前那些无边无际的年月，那时的你还从未有过这样的念头或想法。现在，当我在田纳西写下这些文字，就是在这么做。我在回忆，回首张望那漫长的岁月，那种长日无尽的滋味。这样的时光显然已经过去了，我时常想起那个夜晚，我们无忧无虑地说了哪些话，发起过哪些劲爆生猛的话题，醉醺醺地瞎吼了些什么，那其中蕴藏着什么傻乎乎的快乐，还有，那时的约翰是多么的年轻，多么的俊美，比世上有过的任何人都英俊。那一刻，我们就好像会永远年轻下去一样。心在飞扬，灵魂在歌唱，旺盛的生命力从躯体中迸发出来，轻盈如屋檐下翻飞的雨燕。

部队的大致计划，是让我们在这卫戍驻地熬过寒冬，等春天到来，然后再看看有什么安邦定国的任务可效力。关于伊尤若克部落印第安人，我之前已经提过，印象中他们都是些小个子，不足为患，只不过听多了镇民们的七嘴八舌，我们就怀疑起来，觉得伊尤若克人并不那么无害和好对付。到处都有绘声绘色的故事，说他们强奸、抢劫，说他们会呼啸而至，心怀鬼胎地突然造访那些地处偏远的民宅。除非亲眼看见，否则谁能说得如此有鼻子有眼？先不说这些了。按部队的物资配给日程要求，差不多有几百头从加州南部送来的小牛如期抵达，那是我们未来的伙食。圣约翰纪念日这天，正如努恩先生承诺的，我收到一封他的来信，随之而来的是各种消息。冰越结越厚了，水倒是不缺。那样的低温之下，所有的军需补给存货都能够保鲜，取暖用的木材可以从附近的森林里砍伐。我们把衬衫和毛呢裤子洗了，晾在灌木上，等到出去收的时候已被冻得硬邦邦的，像死尸。几头可怜的母牛在它们原先站着的地方冻僵了，仿佛是因为不小心看到蛇发女妖美杜莎的脸，变成了石像。大伙儿成天打牌，输掉三年军饷的人都有，连靴子都被拿来当赌注，输了的人不断向赢家求情。撒尿时，尿液刚流出来就给冻上了；拉屎的兄弟如果出货不顺畅或者犹豫不决，屁股上很快就会挂起了一条长长的冰棍。威士忌一如既往地蚕食我们的肝脏。但这样的生活，已经是我们当中绝大多数人曾经所能想象的好日子了。沃齐豪恩和伯尔也回到了其他人的群落中，似乎少校已经忘掉了他俩犯过的错误。密苏里的哥们儿唱起了他们的密苏里民歌，粗放豪迈的堪萨斯人唱他们自己的，那些来自新英格兰的怪家伙，当然就唱着英格兰的古老歌谣，天晓得他们唱的什么。

天开始下雨，并且越下越大，就像老天发了脾气似的。尽管我们在不易积水的高处，但附近的每条小河都依旧变成了粗壮的巨蛇。那恣肆的大水不放过任何东西，比如我们营房那可怜的屋顶，我们的床板铺位甚至成了小木船。稍微估算一下就能肯定，如果连日连夜地下雨，没一个人的制服会是干的。我们浑身湿透了，肋骨都是湿的。

“加州这鬼天气，真是让人抓狂，怎么会有精神病愿意跑到这里来的?”约翰说道。他那声调和语气充分表达了一点：这个目的地可不是他自己选择的。

我们四仰八叉地躺在刚才说到的铺位上。春天估计就快来了，差不多了吧。没人口袋里还有余钱可输在牌局上了，只除了军士长，大部分钱都被他赢走了。我们骑兵大队的其他群组中也有另外的行家——帕特森和威尔克斯，他们打起牌来有如神助，稳赢不输。现在，他俩正忙着想办法不让赢来的票子浸水，毕竟，美国佬的钞票很容易受潮腐烂的。山上高处的积雪融化了，也开始往下奔流。

第二天早上，约翰扯着我的胳膊把我叫醒。“你得动一动才行，不能再躺着啦。”他说。果然如此，大水漫上来，已经淹过了他的铺位，很快也要吞没我的了。空气中弥漫着一股老鼠尿的气味，假如你闻过那个就明白了。刚想到这里，我们就看到几十只小老鼠正在水里游泳，奋力求生。我们稀里哗啦地蹚水而出，走向那姑且叫作练兵场的空地。

大伙儿也冲出了他们的营房棚屋，边跑边忙着套上裤子的背带。但是，我们也没有更高的地儿可去。这里怎么会有洪水的？我们一脸茫然，自言自语。设计修建这个营地的人可真是个天才。果然，眼前降雨和洪水正在向我们展示，建造这个营地的手法有多不寻常。想象一下，那里的地形就像一个巨大的扇贝，后方是山，还有流过驻地边界墙的那条小溪，之前倒是蛮有用的。现在呢，被洪水覆盖，值夜的哨兵还站在墙头，满脸疑惑的神情。有个视死如归的号手吹响了起床号，其实没那必要，我们这时早已全都起身了，少校几乎是一路游泳过来的，三百号人就指望着爬到屋顶上去，那看似也是唯一的办法。另外有几十个弟兄，摇摇晃晃地往营地内用于夏天遮阳的几棵树上爬，尽量不想表现出来自己因为恐高而瑟瑟发抖，只能闷头往上爬，像穿制服的猴子。我自己和约翰，费力地蹚过那如铅一般厚重的浑水，也同样爬上了一棵树。

我们还没有完全上到高处树杈时，远处就有前所未见的诡异的情况发生了，仿佛有什么人把海洋兜底托举到了山林的顶上，然后扔下去。海洋正一边翻腾着浪花，一边呼啸着朝着低处的我们奔涌而来。看到那般景象，我们感到自己渺小不堪，不过是三百个愚蠢无助的小动物，站在一串低矮的屋顶上。少校几乎是尖叫着喊出命令的，几位军士长然后原样重复喊出来，然后士兵们就努力去给出回应。但是，少校说的是什么？军士长们喊出来的又是什么？

要往哪里去？我们已经成了一片浅浅海洋中的臣民。席卷而来的浪头看上去就像二十英尺高的死神。洪水来得太快太突然了，连下个赌注都来不及。你动作没那么快，连打开本子记一下赌注的时间都没有。很多原本属于自然界的动植物直接就被冲进了我们的营地，树林有一半也被卷了过来。水里有树，有枝杈和灌木，有熊和鹿，还有鸟和短吻鳄，但老实说，我可从没见到鳄鱼来过那地儿。倒是有狼、山猫和蛇。那一刻，洪水挟持了所有的一切；只要是无法生根的，就会像船只启航，被拖动翻滚起来。屋顶上的那些家伙，在这赌局中拿到了最差的一手牌，就好像是自然的大手一挥，把他们从桌上拨拉下去了。我能感觉到，我们身下的这棵树受力时折弯了，而树干底部的周长可是有十二英尺的。老兄，它竟然被冲弯腰了。然后又直了起来。这一来，我们就跟弓上的箭差不多，几乎被弹射出去。“抱紧树杈，稳住，约翰！”“你也抓紧，托马斯！”于是我们就坚持着，死死抓住枝干，把自己紧贴在树上。那棵老迈的大树顽强抵抗，在咆哮腾涌的恶水撞击下不停发出碰撞声；往后会不会再听到这样的声音，我真不敢说，那声响都很接近于音乐了。

肯定有几十个骑兵淹死了。沃齐豪恩和伯尔，他俩也许希望能跟着一起死掉的，但他们活了下来。我和约翰大难不死。谢天谢地，约翰没事。少校，还有另外两百人，也活着。树上的人大部分也都获救了。那些屋顶实在太低矮了，接下来的几周，我们陆续在地势更低的地方发现了尸体，洪水退落之后。镇民们过来帮忙填埋尸体。幸好建筑师没疯癫到把镇子建在洪水通道上，不过他们显然是以为，住在这里的人早就知道山坳的地形是呈扇贝状展开的，会提前提防洪水。他妈的。

洪水过后，一场诡异的热病侵袭了整个军营。也许是黄热病，大概是因为营房太潮湿了。我们的小牛当然也没了，所有的粮食衣物之类的“干货”都成了“湿货”。镇民们尽其所能给了我们一些东西，但少校说决定动身回密苏里，即使大草原上的草皮可能才刚刚冒芽。

“这趟小小的行程一下就搞定了。”他说，语气干巴巴的。这就是少校的幽默，是湿乎乎的营地里最干燥的玩意儿了。

眼下，冬季正在忙着换季前的最后一搏，在这早已荒凉的世上收紧她的绞索，而此时的我们正准备动身回密苏里。如果说，我们的队伍是在路上在泥泞中艰难拖行，那还不足以充分表达旅途的艰难。也许我们是因为之前的卑鄙行动而在接受惩罚吧。这时节，山下没有可猎杀的动物，没多久，我们就饿得前胸贴后背了。这趟路程要持续几周，我们现在开始担心饥饿可能会带来糟糕局面。像我这样挨过饿的，更是比谁都更担心害怕。我见识过饥饿的恐怖，世上人多的是，当碰上大屠杀和饥荒的时候，我们是死还是活，这世界都不在乎，反正活人多的是。我们有可能饿死，倒在蛮荒野地上，死在不知何处的沙漠里，死在一趟不是行程的旅途中，这场所谓的“行进”实际上只是向东逃命罢了。不管哪里，总是有人丢命的，成千上万的人，而世界根本不把这个当回事，至少我观察到的是这样。当然也有伤心大哭、痛不欲生的时候，但平静的大水终究会淹没过往，盖住一切，时间老人会完成自己的使命，然后撒手离开，继续迈动缓慢的脚步去往下一处地方。知道这些事，对我们来说还是挺合适的，因为这会让我们竭尽全力去求生。毕竟，能活下来就是胜利。现在我已经老了，不行了，再那样让自己去绝处求生是办不到的，我只想回那支孤零零的可怜队伍，试着回顾那时的经历。我们已经损失至少十分之一的人，他们被遗弃在荒野间，一片愁云惨雾。但洪水和饥饿无法泯灭人的意志，我不得不对这一点表达敬意。我已经见识过很多次，毕竟坚强的意志也不是难得一见的，它是当时我们这群人中最好的东西。

眼下，我们都在祈祷，像牧师或者圣处女那般虔敬，希望能遇到那些定期开往西部的商队大车。只不过，哪怕真等到车辆从我们身旁经过，车上的食品和日用品可能也跟我们一样，朝不保夕。即便如此，我们还是希望遇到其他人，看见同类的脸。一英里接着一英里，满眼尽是美洲大陆那干枯稀少的矮小灌木，以及起伏的瘦瘠地貌。我们时常能遥望见南面的远方，层层叠叠的山峦巍然耸立，心中清楚，绝对不能往那个方向去，因为那里无疑是印第安阿帕奇部落和科曼奇部落的领地。那些野蛮人一见到陌生旅者，就会立刻拿他们当晚餐。少校很了解那些阿帕奇青壮年们，毕竟他已经跟他们打了十五年。

“他们几乎是清一色的精壮瘦长，也是你们所能听闻过或见过的最可怕的恶魔。他们会定期南下去墨西哥，生吞活剥了当地的农夫。他们会屠杀遇见的每一个人，然后把什么小牛、马驹、女人甚至孩子，全都俘虏回自己的领地。这些野蛮人体力惊人，能连续走上个把月的时间，像幽灵一般骑马穿过那魅影重重的不毛之地。有人，有马，有枪，你也可以追踪他们，但你永远也找不到他们的，甚至都撞不到他们的影子。然而，当你早上从梦中醒来，会发现拴着的马儿全都不见了，哪怕有五十匹，都在一夜之间全部消失。哨兵倒在他们之前站岗的地方，像石头一样死透了。最惨的是被他们当俘虏抓回他们的村落，当作娱乐消遣，女人们就拿锋利的小刀子割你解闷，名副其实的千刀万剐，一种最缓慢、最煎熬的死法。血一点点地流出来，流进大草原那热乎乎的尘土里。当然，他们也可能会活埋了你，土埋到脖子为止，让蚂蚁啃食你的脸，让狗咬掉你的耳朵和鼻子（假如女人们还没割掉它们的话）。那里的规矩是，武士决不可出声哭喊，以此来表明自己是多么勇敢坚强，他们认为这样告别人间才算体面。但白人，骑兵们，一看到女人拿着小刀走近，就已经鬼哭狼嚎啦。虽说都是个死，但要点在于，如果武士失去了什么重要的东西，比方说，如果头从躯干上分离了，那他就没法到达那‘快乐的狩猎场’——武士死后的天国。所以，女人们切割俘虏时通常会很仔细，不会砍切掉大块的部件，只会小块小块地割。切下一只耳朵，或者挖出一颗眼珠子，那样既不妨碍人死后去天国，又能妙趣横生。残暴的族群无处不在，这点很麻烦。墨西哥土匪们，各种各样骑马闯天下的白人糙汉，歹毒的亡命之徒，杀人不眨眼的偷牛贼，所有这类无法无天的野蛮人秉持着一个想法：杀印第安人的话，最好大卸八块，剁烂了拉倒。首先清理掉头发，要知道，毛发对印第安人来说非同小可；之后直接撕下头皮，那长长的丝滑的黑发一直能到腰这里，头顶上的那层头皮跟头发一起削下来；最后用大砍刀把头砍下来，胳膊也砍下来。可见暴徒们对印第安武士毫无尊重可言，对他们死后的生活也没半点顾虑。这一类的行径让阿帕奇人、科曼奇人都怒火冲天，他们开始报复，疯狂地复仇，大开杀戒。他们会把人的手指一根一根地切断，然后把脚指头剁下来，再然后是睾丸。慢慢地割，慢慢地切，你们最好祈祷别落在他们手里。”少校是这样描述这些野蛮人的。“白人不懂印第安人，印第安人也不懂白人，这就是带来麻烦的关键所在。”少校边说边摇着头，依然是那种平稳的语调。

自此，我们对印第安人的恐惧感深入骨髓，就跟害怕饥饿那样，不过眼下饥饿依然是最令人恐慌的东西。

第五章

想象一下我们有多惊恐和崩溃吧，当我们看到在地平线上，奥格拉拉部落的小伙子们跨坐在马背上，两三百人杵在那里。我们自己的马匹呢，只剩下骨头架子。它们能进肚的只有水，别的几乎什么都没有。马匹需要正常的饲料，草和诸如此类的，而我那可怜的坐骑瘦骨嶙峋，骨架子就像金属杆子那样戳了出来。沃齐豪恩以前是个圆乎乎的小个子，眼下已毫无胖的痕迹，约翰·柯尔更是瘦得可以拿来当铅笔使了，只消往他的小身板里插一根铅芯就行了。我们进入大草原地区已经整整一天了，马儿们能吃到的只有最早冒出来的那一点儿稀疏的嫩芽，才半英寸高。我们渴望能看到商队大车，几乎望眼欲穿，哪怕看到一群野牛也好。我们开始梦到野牛，成千上万的牛群呼啸而过，噔噔噔地踩过梦中的荒原，直到我们在月光下醒来，发现眼前什么都没有。我们在黑暗中冻得直哆嗦，撒出的黄尿在空中画出一条孤单的抛物线。温度计显示，气温正在不断下降，渐渐地，连呼吸也成了一种煎熬。实在是太冷了，连那些小溪流，闻起来都是一股铁的味道。夜里，大伙儿裹着毯子，彼此紧挨着入睡，远远看去就像一堆大草原上的土拨鼠，为了求生挤在一起。结满冰霜的鼻孔中冒出阵阵的呼噜的声音，马匹就抬起腿，蹄子跺了又跺，它们在黑暗中呼出的热气，在空气中化作藤蔓卷须和花朵的样子。现在，我们所处的地区不同了，太阳升起的时间提早了一点儿，也更急切了，就像凌晨时分就匆忙起身的面包师，早早点燃烤炉的炭火，好让镇上的妇人们一大早就能买到新出炉的面包。但事实呢，老天爷啊，那太阳只是正常升起罢了，它才不在乎谁看到了它，一个浑圆透亮的圈挂在天上。雨水又开始下个不停，让新生的小草激动慌乱一番，雨水裹挟着雷电轰然而下，像骇人的小子弹那般捶打敲击着地面上的小石子、碎土屑和尘埃，激得它们猛然蹦跳起来，仿佛在跳躁动的吉格舞。地下的草喝醉了，满怀生长的雄心扭动身子。雨水方歇，阳光又倾泻下来，无边的辽阔大草原上雾气弥漫，一眼看不到头。成群的鸟儿在空中盘旋，四处回转，汇聚成一片欢腾的云彩。要捕获敏捷又奇妙的黑色小鸟可不容易，你得有一把大口径的霰弹短枪才行。我们继续骑行，大概走了十到十五英里，奥格拉拉部落那些家伙也一直跟着我们移动，盯着我们。他们心里大概在疑惑，这帮傻瓜怎么都不停一停，吃点儿东西呢？实际上我们根本没东西可吃。伯尔晓得那些人是苏人，而且说自己认出了他们，我真不明白隔得那么远，他是怎么看清楚的。我们的两个肖尼部落探子本可以认出苏人的，但他们被洪水冲走了。损兵折将，队伍规模不断缩小，我们现在只有两百号人，可能还略微不到点，少校好几天没点名数人头了。军士长威灵顿是唯一无动于衷的那个家伙，至少看上去是这样。弗吉尼亚山区的民歌，他一唱就能接连不断地唱出上百首，歌词各种各样，什么“可怜的老妈妈孤苦一人，子女远在他乡”。他的嗓音无情又生硬，而且很粗野，恶狠狠地擦刮着大家的耳膜，叫人毛骨悚然。一英里又一英里，那可恶的奥格拉拉苏人始终紧紧跟随着我们，一步不落。我甚至开始有了这样的想法，如果他们眼下就发起进攻，把我们给结果了，倒也算是解脱，我不会反对，这样至少能让威灵顿那令人抓狂的悲歌立刻停止。

又是凄凉阴郁的一天，到了上午过半的时候，军士长突然昂扬振奋起来，他的歌声也随之消停了。他伸手指向远处的平原，有一个骑手从他们的群落中跑了出来。他高举一根杆子，杆子上一面三角小旗子飘扬在冷风中。少校让我们的整队人马都停下，叫大伙儿都聚集到一起。他布了一个阵势，十排人，每排二十个骑兵，每人都端好长枪，瞄向那渐行渐近的印第安人。那人似乎不以为意，继续径直骑行过来，我们现在可以更清楚地看到他了。忽然之间，他在半路停了下来，跨着马立在原地，马儿稍稍前后走动了几下，被主人呵斥了几句，终于安定下来。这人还没完全进入火枪射程之内，军士长就迫不及待想来个远程试射，但少校拦下了他手上的动作，然后策马跑出了阵形，踏过草植稀疏的开阔地带，向前奔去。军士长紧紧咬住嘴唇，他可不赞成这种做法，但又不能出声表示反对。“少校啊，他以为印第安人跟他一样是绅士。”他嗤之以鼻地小声嘀咕。

我们就暂停在原地。当然，牛虻们很快就发现了我们。我们确实食物匮乏，但它们可不愁。我们的耳朵、脸和手背上，一会儿就被叮满了一层密密麻麻的牛虻，这些黑黑的小魔鬼爬来爬去的，可恶至极。但我们几乎都没去留意它们，弟兄们跨坐在马鞍上，身体全都前倾，就仿佛能听到前方即将展开的那连本带利、孤注一掷的赌局。不过，那赌局是没机会了。现在我们能看到的是，少校停在了骑手身旁，那印第安人的嘴一张一合，显然是在说话，同时还频频点头，并且比画着手势语言。气氛相当紧张，甚至连牛虻都似乎停止了叮咬，整片大草原安静得就像一座图书馆，只有广袤无边的新生野草在风中交叠合拢，再分离打开，显露出它们那暗黑的下腹部，藏起，再显露，只发出细微的窸窣之声。这里的大头戏，属于天空。辽阔无垠的天空，一路铺展开去，很可能是直到天国吧。少校与那印第安人交谈，大概讲了二十分钟，然后突然就掉转马头，小跑着回来了。印第安人在原地看着他，看了有一会儿，军士长随即又端枪瞄准了对方，但什么紧急情况也没发生。

印第安人拉动胯下小马驹的缰绳，转头平静地走回了他同伴的行列。少校继续往回骑，身姿很是优美华丽，他的坐骑是一匹好马，是骑兵队最贵的良驹之一，可眼下也已经皮包骨头了。

“消息怎样?”军士长问道。

“他就想知道我们在这里干吗，”少校说，“看来我们是到了更北边的地儿，我们还以为我们更靠南边一点儿呢。这些不是住在保留地的印第安人。”

“那些杂种，管他妈的是谁呢。”军士长说着又往地上啐了一口。

“不过他说他们有肉，愿意给我们一些。”少校说道。

对此，军士长看似无言以对了。大伙儿惊讶不已，深深松了一口气。这是真的吗？但是，我们看到印第安人果然留下了肉，而当我们过去拿肉时，他们已经彻底离场远去了。忽然消失，简直是来无影去无踪，大概也只有他们能做到。生火的和厨子立刻忙乎起来，我们有烤野牛肉吃了！肉还有点儿生，我们便已迫不及待地把肉从火上扒拉出来了，塞进嘴里。

单是有东西吃这一点，就已是极大的快乐了，或者说是狂喜。现在大口咀嚼的，可是实实在在的、像样的吃食，美妙得就像我们有生以来第一次吃到的美食，喝的第一口母乳。因为饥饿，我们得以成为人的那一切东西本已开始流失，现在，它们回来了。大家重又说起话来，笑声也回来了。军士长装出恼火又困惑的样子，说肉里可能被下了毒，其实当然没有毒。军士长接着又开始咕哝，念叨说真搞不懂印第安人，他们原本绝对有机会杀了我们的，可他们竟然没下手。去他妈的印第安人，草原土狼都比他们更讲道理。少校拿定了主意，就是不插话。他一言不发，用牙齿起劲地咀嚼黑乎乎的大肉块，狼吞虎咽，肚子咕噜咕噜直响。

“那个，我不说出来就对不起自己，”伯尔开口了，“我对印第安人的印象变好了。”

军士长看了他一眼，眼神狼狈。

“我对他们的印象就是变好了。”伯尔又重复了一遍。

军士长吹胡子瞪眼地站起身，一个人走开了，独自坐到一个长满草的小土丘上。

不得不承认，这真是快乐的一天啊！

我们从边疆前线动身已有四五天了，估计现在离密苏里，也就是我们称为家的地方，只剩下不多的路程了。可就在我们即将抵达时，一场风暴劈头盖脸地袭击了我们。气温骤降下来，风暴似乎决心将触碰到的一切都冻结成冰，包括我们暴露在外的身体。我从没在这么冷的户外骑行过，无处可藏，只能硬着头皮向前。第一天，我们勉强挺过来之后，可那风暴毫不心软，肆虐得更加猖獗了。世界成了一个永恒的暗夜，但当真的夜晚到来时，温度依然会猛降，可能有零下几十度吧，我们不能确定。体内的血液告诉我们，这种冷能把温度计上的液柱拉到最底部，一种奇异又野蛮的严寒。我们把脖子上的小围布蒙到嘴巴和下巴上，试图保存一丝暖意，但没过一会儿就毫无用处了。手套也冻上了，手指很快就僵硬地紧箍在缰绳上，坏死般毫无知觉，我们几乎感觉不到自己还有手了。风是冰冻的刀片，仿佛能把弟兄们的大胡子给剃个精光，只不过胡子本就已冻得如金属一样坚硬。我们全都变成了白色的，从头到脚结满了冰霜，那些马匹，管它是黑的、灰的还是棕的，眼下全都成了白马。眼前的一切都盖着一层糖霜般白乎乎的毯子，冰雪质地，绝无暖意。

想象一下当下场面吧，两百号人顶着寒风行进，草在马蹄下发出碎裂的声音。头顶上那片黑蒙蒙的天空，被隐形的蛮横之力撕开扯裂，我们时不时地看到月亮那白得刺目的球形烈焰，飞快地闪过那天幕的裂罅。我们一秒钟也不敢张嘴，就怕那水汽瞬间凝冻，嘴再也合不上。风暴侵袭过一处又一处的大草原，这世上每个日子，风暴都能拿来完成自己的雄图伟业。它广阔得无法想象，肯定有两个国家那么大了吧。它迎面冲击我们的身体，要不是因为印第安人给了吃的，我们恐怕第二天就死在严寒中了。肚子里的这点存货，勉强够我们支撑下去，但不久后我们又有了新麻烦——风暴后的烈日几乎融化掉了我们的衣服，就像拆散一块块破毛毡那样。我们皮肤上的冰霜逐渐开始融化，过程异常痛苦，很多弟兄们默默承受着这暴烈的疼痛感。沃齐豪恩这家伙的脸红得跟小圆萝卜一样，当他脱掉靴子时，我们发现他的双脚也遭了殃。到了第二天，他的鼻子变得黑乎乎的，像煤烟，就好像他在鼻子上戴了个黑套子，焦黑的模样。谁都能看出，他那双冻伤的脚再也穿不进靴子里了。受折磨的并非只有他，其他几十个人的状况都很不好。

我们很快到了标志着那一带的边界线的河边，保持着列队进入那河水浅滩。河有两英里宽，但一路的水深大概只有一英尺。马蹄子撩起水花，我们很快就全身湿透了。这对倒霉的沃齐豪恩可没什么好处，他因为疼痛呻吟哀号起来，估计没一个人能忍受这种剧痛吧。也有其他伙伴处于同样糟糕的状态，但沃齐豪恩不知怎么搞的，叫得最惨，大概他的脑袋出了更严重的问题吧。等我们到达对岸时，少校不得不把他从马上拖下来，设法要把他捆绑起来，因为确切地说来，他，沃齐豪恩，现在已经不是人类了。我们被吓得不轻，惊恐万分。这哀号的伙计，还有那么可怕的疼痛，我们似乎莫名也能感受到。然后，有人把他绑上了，他挥动双手重重捶打自己的脸，为了确保事态不发展得更严重，眼下他只能接受那毫无尊严的待遇——被肚子朝下横挂绑到了马背上。然后，多少承蒙上天垂怜，他沉入了一种昏迷状态。在这样惨烈的情形下，我们终于到达了目的地，筋疲力尽，奄奄一息。接下来的几个月是在驻地的医院里度过的，不少弟兄失去了脚指头和手指，医生说那是冻伤，但更确切的说法应该是“冰冻大屠杀”才对。沃齐豪恩以及另外两个不幸的骑兵，没能活过这年的夏季。他们腿部的伤口迅速腐烂，生了坏疽。他们的尸体被安置在入殓房里，就是我在故事开头说过的，都被打扮得整整齐齐，穿着库房找出的备用制服。他们失去的那些东西被添置补回了，沃齐豪恩有了用蜡做的一个新鼻子，胡子刮得一根不剩，跟石头一样干净——这是来自入殓师的善意。远远看去，沃齐豪恩像个穿戴考究的得体少爷。

我觉得可怜虫伯尔的命运更悲惨。军事法庭和主持审判的军官对伯尔违反了什么军规一无所知，只知道骑兵伯尔曾与印第安人交战，是胜利者的一员，但少校可完全没忘记当时的状况。他那高洁的道德观念促使他发起了对伯尔的指控，所以，伯尔完了。被派去送他最后一程的是我和其他五个弟兄，不得不说，伯尔挺硬气的，一副视死如归的样子。在那些关禁闭的日子里，他养出了黑黑的长胡子，一直拖挂到胸口，我们对准他的胡子开枪，射中了他的心脏。乔·伯尔就这么走了。他父亲从马萨诸塞州过来，把他的遗体接回家了。

约翰·柯尔说他受够了，不想再跟印第安人打仗了，但我们不得不挺过之前同意的服役期，没有别的选择。军队生涯肯定会让我们变得更丑恶，但总比被一枪崩了好。

第六章

我估计大家都差不多，总会遭遇一种特别厌倦的感觉，但命运却规定大家必须回去，再度直面噩梦。我们又一次受命离开了舒服温暖的杰弗逊城，之前历经千辛万苦走过的那条路，如今还要再走一趟。为什么要这样？因为当兵的生活就是这样的，没道理可讲。好在我们在驻地军营中已经休整了三个月，还算精力充沛。有些机灵的老兵随身带了熊皮，他们不愿像已经蹬腿的沃齐豪恩那样被冻死。军队里没什么像样衣服能让我们用来抵御严寒，照理说本该给士兵们分发一些羊毛衣物的，可我们压根儿就没见到过。上士，也就是军士长说，我们这些人活该被冻死。弟兄们每人都拿到了一张纸，上面印着我们应得的补给服装，那些衣服原本预计会很快运抵军营的，但我们连鬼影子都没看到。“一张纸是没法穿身上的。”我的美少年约翰·柯尔这样说道。

季节更替，所有满怀希望的人又要动身前往人迹罕至的僻远荒野了。他们希冀着能捡到金块。这一年，可以看到比往年更多的“追梦人”。假如你曾稍稍注视过那些白人小伙子——苍白脆弱的脸色跟百合似的，三千个这样的小伙子与他们的家人一起——你就会明白我的意思。他们就好像要去野餐似的满怀期待，但事实是，到达草地之前要走上整整六周。可以想见，他们中的很多人都会在途中送命。在圣路易斯，我们被告知要沿着北边的一条路行进，因为密苏里和拉勒米堡之间的草叶都被吃光了，沿途的几千匹马驹、牛犊和骡子食量惊人。第六骑兵团有很多新兵蛋子，愁闷孤零的爱尔兰小家伙，他们通常个子挺大，也开玩笑，爱尔兰人习惯的那些戏耍捉弄他们都会，但这嬉笑背后藏匿着荒原野狼那凶恶的目光，饥饿的狼群在饥饿的月亮下凝视着行人。我们这是要去增援拉勒米堡的驻军力量，因为那边的大平原上有大量的印第安人集结，少校和上校想要让他们停手，停止屠杀那些倒霉的移民。

上校派出了信使。每一个印第安部落，曾踏足于白人迁移路径上的，只要是他知道的，都派了信使过去。成千上万的白人移民被贫困和饥饿驱遣而来，而我们阵营被安置在拉勒米堡北边几英里，一个名叫马河（霍斯克里克）的地方。上校把军队放在了马河较低的河岸那边，一排排的营帐依地势往高处搭建，夏季的太阳俯照万物，也烘烤着营帐帆布，夜里闷热得叫人难以入睡。那一段的河水比较安宁，要过河也不怎么费事，上校把政府人员和那些瞅准机会来挣快钱的商人隔开安置，同时要求河对岸的部落居民搭建好自己的棚屋。现在，有了大概三四千个尖顶的临时住所（更像是帐篷），它们被各种彩绘的兽皮和小旗子装饰着。大名鼎鼎的首首尼人，模样华贵的苏人，提顿人、奥格拉拉人、阿拉帕霍人，以及从加拿大南下而来的阿西尼博因人，即使在烈日当空的正午，也照样披挂着华丽服饰，如火焰般明亮夺目。少校认识那些奥格拉拉人，因为在我们受磨难时，是他们给予了我们救命的食物。奥格拉拉部落的酋长同样也驻扎在这里，名号叫作“第一个抓住马”。这些人发出的声音如同嘈杂的乐曲。营地中竖着一座遮阳棚，军官们穿上各自最好的一身行头，集合在棚下，坐在椅子上。我们能看到酋长们那穿着披风，排列在天棚暗影中的身影，他们那被太阳晒红了的脸，目光蹭过帽檐，多少有点儿严峻阴沉地望向前方。每个人都像上浆似的挺直了身姿，尽量显得庄重严肃。宏伟的长篇大论开始了，骑行步兵分队和骑兵团，恭敬地骑马伫立在一定距离之外；在另一边河岸上，印第安各部落坐着，一片寂静，这种沉寂就像雷暴前的安宁，大地挺胸收腹，深深憋住一口无限长的气。然后，上校的声音便在河谷间隐约飘荡。让白人移民通过，作为交换，印第安人得到弹药和食物供给。翻译们忙着沟通，双方达成了协议。上校看上去极为满意。我们都认为，大草原上新的一天已曙光初现，总打打杀杀的也不是个办法，印第安人已经疲倦了，我们也是。

我们连队的一个哥们儿，斯塔林·卡尔顿说，上校把牛吹得太大了，母牛竟然没飞上天，真是奇了怪了。但话说回来了，士兵们喜欢用悲观怀疑的态度去看事情，这能让他们感到快乐。军士长对这一切又说了些什么，我不想说，他是唯一不真正开心的家伙。

山被晕染成一片紫色，我猜山也是欢喜的吧。漫长的白天挥动着画笔，日光渐弱，沉入黑暗当中，然后，篝火在搭建营帐的大平原上闪亮，如花盛开。在这美丽的蓝色夜晚，大家到处串门拜访，印第安武士们自豪满满，遇上寂寞的士兵，他们便很大方地领个女人过来供士兵们消遣。约翰和我找到了一处僻静的小山坳，躲开那些多管闲事的窥视目光，带着一身的安逸悠闲和已经卸下忧虑的轻松心境，在印第安人的帐篷之间漫步，听着孩童安睡的呼吸声，也寻找识别出奇异之人——印第安人称他们为“温特”，意思是“有两个灵魂的人”，而白人则称他们为“百搭妻”，即喜欢打扮成女人样子的武士。约翰盯着他们看，但也不会让目光停留太久，以免冒犯人家。“百搭妻”出征去打仗时，还是一副印第安男人的装束，这我是知道的。仗打完了，他们便穿回明艳的女装。我们继续向前走，约翰忍不住发抖，就像个畏寒颤抖的孩子。两个当兵的，就这样走在那亮晶晶长钉子般的星芒之下。约翰的脸长长的，迈着大步的腿也长长的。月光并不能为他的容颜增色，因为他已经够美了。

第二天上午的最终仪式上，少校要向印第安人转交礼物。一个名叫泰坦·芬奇的家伙，带着一台达盖尔银版照相机预先到了军营，要为这些和平日子的友好事件留下记录。印第安部落都汇聚成浩大的一群，拍照留影；少校与酋长拍了一张合影，就仿佛两人是多年好友似的。阳光很好，白得就像少女的胸，泼洒在这片土地上。他俩靠得可真是很近。赤裸上身的印第安酋长与军服上绶带齐整的少校紧挨着，肩并肩站立，站姿随意却满怀诚挚。印第安人的右手紧紧抓着少校那银线镶嵌的衣袖，仿佛是在提醒有什么危险，或者说是在保护他免遭危险。泰坦·芬奇请他俩都保持姿势，像石头那样稳住，然后，在那个永恒的瞬间，他们被定格在相片中，充满人道主义的光辉，和平宁静，彼此感激。

友好的仪式完成了，印第安人疏散远去，我们也回归了平日的军营生活。奈森·诺兰德，斯塔林·卡尔顿，一等神枪手利戈·马根，团里的这几位小伙子是那个时期跟我们走得比较近的，跟我和约翰的关系都不赖。这时候，约翰的疾病开始显现，某种病痛正折磨着他。他不得不静静地躺在那里，卧床好几天，浑身绵软无力。医生也说不出那是什么病，甚至响尾蛇可以从他的胸口上爬过去，而他根本动不了，只能听之任之。前面说到的几位弟兄，在约翰身处困境之际，给予了他关心和照顾。他们称约翰“小帅哥”，他们让厨子给约翰做肉汤，还把吃的送到约翰面前，就好像伺候皇帝一般。这并不是说利戈·马根，还有其他的哥们儿，就都安然无恙，他们也常常哼哼着诉苦，腰疼得就像断了似的，甚至还饱受淋病的困扰。有时他们也会狂饮胡闹，烂醉如泥。他们是人，人就是这样。利戈·马根是我最喜欢的，他的全名叫以利亚，那个《圣经》中先知的名字，所以我猜他也是神奇之人。利戈·马根性格很好，公牛模样的脸形，四十五岁左右，来自田纳西。他老家的邻居们大都是养猪的，后来这行业不景气了，完全挣不到钱。按照我的经验，在美国，不管什么生意都迟早会遭遇暴跌崩盘的情况，让人输个底朝天。世界又何尝不是这样呢，如此不安宁，多少带点儿野蛮和残忍。时间始终在流逝，不会停下来等任何人。好消息是，约翰终于有了康复的迹象，脸庞也渐渐丰盈起来，但接着精神头儿依然起伏不定、忽高忽低。我们都有些不知所措。

秋天的脚步慢慢近了，住在保留地上的那些印第安人即将遭遇一名“老杀手”的威胁，“杀手”的名字叫饥荒。这肮脏的老东西骨瘦如柴，长着黑心肝，索取的赎金就是村民的性命。政府那边承诺的粮食迟迟不到，或许也永远不会来了吧。少校看上去很恼火，可以想见，他的内心正饱受煎熬。他可是个实诚人，之前给印第安人的承诺绝非戏言。

眼下的天气状况相当不稳定，雷暴炸开了天空，将天国倾倒下来的闪电劈头盖脸、稀里哗啦地砸到没有屏障、无边无际的大地上。上帝化身为穿大围裙的农夫，四处播撒那亮闪闪的黄色种子。大山远处的荒僻野地在呼吸，吐纳着炽烈的火焰，明晃晃的。奈森·诺兰德的耳朵已经被多年火枪射击的炸响给毁了，特别脆弱，在这之后的三天内，他差不多变成了聋子。雷电那吞噬万物的狂暴表演，与即将到来的噼里啪啦的雨声之间，有一段空白，像受了伤害之后的暂时平静，我们就在这间隙中骑行。雨水倾泻下来，把草都压平了，像熊脂抹平了女人的长发。军士长威灵顿现在挺高兴的，因为西边某个村庄里的苏人袭击洗劫了几个离群落单的移民，夺去了他们生活的希望。上校分配了五十个人手给他，说要阻止这样的事情再发生。那些苏人似乎是少校的奥格拉拉朋友，但这并不妨碍上校的决定。

中尉把我们分成了两组。他带领二十个人，照着指南针的引导，往着正西方向去了。我们跟军士长一组，出发去搜查一处小河谷，他估计峡谷沟壑中可能隐藏着那村庄。看起来，那河道往东北方向蜿蜒了将近十英里，阳光烘烤着之前的雨水，整片原野都冒着水汽。草儿们开始再次挺直了身板，那动态几乎在眼前清晰可见，仿佛一场声势浩大的振奋与觉醒，好似有三千头熊一起甩掉严冬的倦怠，活跃起来。溪水在潮乎乎、水淋淋的岩石之间一路狂奔，像被刺棒驱赶的公牛，草地鹨到处欢唱着，一副对自己很满足很得意的样子，肥胖的草蚊子成群结队地到处飞舞着。

我们可是没法感到开心，因为我们身处下方，高处的岩石只会对敌人有利。我们严阵以待，盘算着可能会看到军士长口中的野蛮人随时冒出来，但那一整天，我们都只是在继续向前搜寻，直到这片土地的纵深处，那里没有溪流，只有平原，还有烘烤般灼热的一片寂静。闷闷不乐的军士长然后下令按原路返回，他骂骂咧咧地埋怨说，不该让新来的波尼部落探子跟着中尉他们走了。那些少年样貌很漂亮，穿的制服要比我的好不少。可中尉把他们给带走了。“在这样的野地里跟踪搜寻，白人可是一点儿也不行的。”军士长这样说。我们感到很惊讶，因为那语气听来仿佛是夸奖。

我们在此前行军路线分岔的地方安营扎寨，草蚊子像睡帽般围着我们，我们只能竭尽所能眯上一会儿。天一亮，我们就爬出了毯子——越早天亮越让人高兴。我们在溪涧中洗了洗疲惫的脸，不分昼夜地奔流了许多个钟头之后，溪水终于平静了。溪里的雨水肯定向前流进了普拉特河，应该很快就会奔泻进入密苏里河。我们在小浪花亮闪闪的水边，用锈钝的剃刀刮着胡子，约翰吹起了口哨，一首华尔兹舞曲，虽远离新英格兰，但这曲子他始终记得。

我们在那一带打探晃悠，等着中尉他们回来。军士长叫我们把马刀刀鞘中残留的雨水给弄干，否则刀肯定就会生锈。我们遛马，尽量用草喂足它们。骑兵没一个不爱马的，哪怕是跛足的残疾马也一样能得到喜爱。这时候挺闲，没什么要做的，利戈又露了一手打牌的神技，让斯塔林·卡尔顿输了个精光。但我们只有草叶可以赌，钱要等到月底才会有，假如那时候真能领到军饷的话。上个月，波尼部落探子差点儿就甩手走人了，因为他们的酬劳没能到手，直到他们看到我们这些士兵也都两手空空，才又平静下来。有时候，当你远离了城镇那甜美的钟声，就失去了一切，人们似乎会把你给忘了。真他妈的倒霉，我们这些穿蓝衣的大兵。

军士长叫我们起身上马，我们备好马，沿着中尉他们走的路线骑行，尽量循着他们马蹄残留的蹄印。大雨冲刷过后，痕迹已变得很淡，但我们就那样行进，军士长一直都在骂骂咧咧。这些日子里，军士长的胃挺难受的，肚子胀得很大，据说是肝脏出了问题，那恐怕是因为他喝了太多太多的威士忌，以至于年轻人的精气神儿已经从他身上彻底消失了。他现在看上去就像个老头，就好比是，人一辈子会有大约十张脸，我们就那么一张一张地按顺序使用它们，而军士长已经用到“很后面”的脸了。

继续前行了两英里，我们又一次陷入了炎热的镣铐之中，这整片土地都因为炎热散发出白乎乎的光影，就像沙漠空气中波动的光。太阳幸好是在我们身后，在南边的天空，这多少算是手下留情吧。我们每个人的鼻子都被晒脱了一百次皮，熊脂能缓和晒伤，但那气味实在太刺鼻了，而且见鬼似的，我们都好久好久没看到熊了。

“耶稣大爷，求你了，”斯塔林·卡尔顿说，“要是不这么热就好了。”

然后天气似乎变得更热了。你能感到后背烫得像烧烤用的铁板。来一点点盐，再来几小枝迷迭香，就可以开始炒菜了。万能的神啊，救命啊！我的马也挺讨厌酷暑的，开始走得有些趺趺撞撞了。军士长骑着一头挺不错的骡子，是他在圣路易斯弄到的，因为他说了，骡子才是最好的坐骑，他大概是对的。我们就那么向前行进，而太阳也一路追杀着我们。我觉得简直可以逮捕太阳了，因为它在大平原上蓄意杀人，尽管杀人未遂。忽然，斯塔林·卡尔顿直挺挺地从马上倒栽了下去。要是他清楚自己是什么时候生的，要是有一张出生纸，那上面显示着他的出生日期，那就能证明他真的没多大。他干净彻底地从马鞍上掉下来，撞到了灰扑扑的软泥地上，军士长和另一个骑兵把他拖起来架回到马背上，用水壶喂他喝水。他看上去完全吓坏了，羞愧不堪，就像在教堂里失控放了个响屁的姑娘。但天气太热了，我们都没心情取笑他。继续向前的路上，军士长认为他看到了在远处有什么东西，说句实话，他的眼力确实跟探子们一样好，但我们不想承认这一点。我们下了马，牵着坐骑，最大限度地保持方向前进，沿着一行低矮的灌木，踩着满地的风化岩石，喜滋滋地向着军士长看见东西的方向行进。脚在靴子里差不多融化了，现在里面的每一寸皮肤都在冒汗，脚滑来滑去，就像滑腻的眼珠似的。

又走了四分之一英里，军士长停了下来，在那里估算着什么。他说他看不到什么活动的东西，但看到远处有很多的印第安棚屋。我们也能看到那些黑乎乎的影子，尖尖的顶棚指向天空，那广阔无垠的白色天空。军士长可不喜欢他所看到的这些景象，他厉声喊出了一个急躁的命令，我们就又跨到了马鞍上。军士长把我们部署成了两排的队形，接下来，老天做证，他竟然下令发起攻击。前方是静默无声的大草原，只有恒定持续的风儿吹奏出音乐，而他却叫我们冲锋。不是有个什么老故事吗？说什么大战风车的。但我们遵命夹踢马肚子的两侧，甚至在马腰腹上弄出了擦痕，泛出细小的血珠子。马儿们也从昏醉麻木中醒转过来，嗅到了那紧张的空气氛围。军士长吼着，要我们抽出马刀。他自个儿先这样做了，我们也跟着拔出了军刀。三十把马刀展现在阳光下，太阳让每一寸刀锋沉醉狂喜。我们从军这么久，军士长从未下过这样的命令，因为按照给出的信号，你一听之下不仅是拔出马刀，甚至要直接开火了。肯定有什么东西让他绷紧了弦。突然之间，一种我们已不记得的燥热，潮水般涌回到我们的体内，男性的阳刚气息填满了我们的皮囊。有些弟兄忍不住呼喊起来，军士长扯着嗓子朝我们叫嚷，要大家保持队形。我们心生疑惑，不知他在想什么。很快地，我们就抵达了那棚屋村镇的边缘，并且势如破竹地冲了进去，就像古老故事书中的骑士那样长驱直入。我们纵马飞驰在聚居地的中心，马儿们兴奋莫名地喷着响鼻，不断地转着圈儿，以至于我们的视线很难盯住瞄准的目标，余光所能看到的，只有我们另外的二十个骑兵战友。他们看上去全跟死人似的，横七竖八地躺在棚屋营地的中心，差不多是堆在一起了，看来是在全无防备的情况下，被暗枪打死的，因为大部分尸体的头都朝着相同的方向。不仅如此，中尉的头还被砍下来了。他们的军帽没了，皮带、佩枪、马刀、鞋子和头皮，都没了。奈森·诺兰德，古铜色的大胡子依旧格外扎眼，他的眼睛睁着，直勾勾对着太阳；来自加拿大新斯科舍的男孩，那个精瘦的高个子，他头上全是黑乎乎的血，愿他安息。有两个印第安人也死了，同伴没把他们同伙的尸体带走，我们对此感到惊讶，说明肯定事出有因。否则的话，营地就会空空如也，一干二净，只有柱子还留在那里。这次，他们不得不仓促离开，连棚屋都来不及拆了带走，地上散落着水壶，柴火还在燃烧着。军士长下了坐骑，放任他的骡子自己走开，它大概是要走到阴凉处去，随它走吧。军士长脱下作战帽，右手抓挠着他光秃的脑壳，他眼中含泪。愿上帝保佑众生。

第七章

我们沮丧地在营地当中四处巡察，寻找线索，想弄明白到底发生了什么。我们不知道印第安人是否还在附近，还会不会回来。我们在一座棚屋中发现了一个骑兵弟兄，他应该是自己悄悄爬进去的。这简直就是奇迹，一阵狂喜的热流漫溢在我的胸口。这位兄弟脸上中了一颗子弹，但仍旧有呼吸。“凯勒布·伯斯还活着！”发现他的那士兵喊了起来。我们全都聚集到那帐篷门口。军士长捧起他的头，试着喂他喝水，但水大部分都从嘴角流了出来。“是今天一早发现他们的。”凯勒布·伯斯说道。他跟我和约翰一样年轻，所以还不明白自己快死了。他想要告诉我们事情的来龙去脉，说波尼部落探子走掉了，不知道是什么原因。然后中尉就带着他们直接开进了印第安营地，问那个酋长，屠杀移民的事跟他是否有关。酋长说是的，因为那些人在协议禁止的保留地上逗留。凯勒布·伯斯说，中尉随即就发脾气了，嘴里骂了一声，就把紧靠酋长站在边上的那个人给击毙了。酋长立刻喊来了帮手，旁边帐篷中还藏有另外十二位武士，中尉一行人根本就不知道。那些武士冲出来开火，中尉和弟兄们都措手不及。印第安武士在乱战中死了一个，可全部骑兵弟兄都中枪了，包括凯勒布。他面朝下躺在草地上，一声不吭，一动不动。印第安人然后非常匆忙地撤离了，凯勒布于是就爬进了棚屋，因为太阳开始在空中越升越高了，他不愿让自己被晒干烤熟。他说他知道兄弟们会来的，说见到大家实在是太好了。军士长伸手在他的伤口四周摸索了一圈，想看子弹打到哪里去了。实际上，子弹是直接打穿了腮帮子，飞到不知道什么地方去了，就像一枚小宝石飞过了那大平原。军士长点点头，就仿佛有人问过他什么问题似的。

在这片从未耕犁翻种过的地面上，为死去的同伴挖墓坑是件很费劲的差事。但尸体已经开始膨胀了，我们又没有车能把他们拖回去，不埋不行。我们把所有的棚屋，还有其他零零碎碎的东西都搜集起来，堆在一起点着了，烧出一片空地来挖坑。利戈·马根说，他希望那帮印第安人能看到烟雾，接着就急忙跑回来抢救他们的剩余物资。他还说，最好的做法是把被害战友们埋葬了，然后快马加鞭去追击那些杀人犯，把他们一个个都干掉，给弟兄们偿命。事实是，我们没有足够的后勤保障去追杀敌人，还有，凯勒布·伯斯该怎么办，我心里想着但没说出口。印第安人大概都跑到一整天行军路程之外的地方了，隔得这么远，骑兵是不可能发现印第安人的，他们可是比狼还诡计多端。对此，利戈跟我一样，明白得很，但他继续放狠话说要复仇，不断念叨着发现敌人之后可能的报复手法，乍一听来，他的手段和计策可真不少。军士长很有可能是听到他说什么了，但他此时只是独自站在远离印第安棚屋的地方。绿草被太阳烤得够呛，简直要变成蓝色的了，军士长的旧靴子旁边，草叶亮晶晶的，像一把把蓝色的尖刀。军士长背对着我们，对于利戈说的那些话无动于衷。利戈摇头晃脑的，大谈特谈他的行动方案，而斯塔林·卡尔顿满脸深红（接近于紫褐色），呼哧呼哧喘得像条老狗，边喘气还边用手中的铁锹做动作。他的脚重重地踩踏到铁锹沿上，向下用力，一直在挖。大伙儿都说他有过无法无天的日子，曾杀过人；还有人说他专门拐骗孩子，把印第安孩子弄去加州当奴隶，反正终归是谁也不知道实情如何。如果有人斜眼悄悄观察他，他肯定会喊："你瞅什么呢?!"对他，大家都得小心戒备着。打牌输钱他倒是不在乎，有时候也显得挺快活的，但你绝对不会想知道，什么事情能真正激怒他，因为那可能就是你能搞明白的最后一件事了。没人会觉得他是个彬彬有礼的家伙，此时他究竟为什么卖力挖坑，为什么这么乖顺，谁也猜不透。他看上去倒也不是食量特别大的那种人，体力也就那样，挖坑这种苦差事把他搞得大汗淋漓，汗水就像是从被切开的仙人掌顶部冒出来的水珠那样，顺着他的脸往下流淌，他于是抬起脏兮兮的大手把汗抹掉。他挖坑挖得几乎跟约翰·柯尔一样好，手法娴熟，即便是满怀哀痛之情的我们，也明显注意到了他那令人赏心悦目的动作。印第安人的尸体，我们不知道怎么处理才合适，就原样留在地上。军士长突然走了过来，割下了那两个死去的印第安人的鼻子。“我可不想让他们顺顺利利地去了‘快乐的狩猎场’。”他把鼻子远远地扔到了大草原上，就好像要防备死者随时可能复活，去把鼻子找回来那样。我们把死去的同伴随身携带的信件、便携式《圣经》，以及其他杂物都翻找出来，准备寄送给他们的父母妻儿，然后我们继续干活，恭敬地将这些遗体挪入坑洞中，用一层土将他们盖起来。每个人身上都有了泥土堆起的一个小丘，仿佛豪华旅馆里的鸭绒被。军士长为了让自己振作起来，说了三两句话，倒都是些合情合景的词句，然后他命令我们上马。利戈扶凯勒布·伯斯坐上马背，把他安置在自己身后，因为团队当中，最强壮的阉公马就是利戈骑的那匹。随后我们骑行离开，没一个人回头看。

军营的墙壁上钉上了一张纸，酋长与他的队伍被确定为一号重犯。这公告书是军士长亲自钉上去的，上校在抓捕命令上签了字，但这并未驱散军营中的恐惧和哀伤，反而在此之上叠加了一层对复仇的渴望。这三种情绪如亲兄弟般相生相伴，就好比是用威士忌来冲淡啤酒。波尼部落探子终于跑回来了，但对于此前望风而逃的举动，他们没法给出合理的解释，上校就认定他们是临阵脱逃，要把他们枪决。少校反对，他认为探子们算不得严格意义上的士兵，不能按照军规枪毙。除了那个老掉牙但也挺有用的短语“拿猴蛙”，意思是“你好”，别的波尼语，就没谁会讲了。那两个探子始终没法用手势比画清楚这整件事情，军营里也没有其他会说波尼语的人了，因此沟通几乎是不存在的。他们俩也很困惑，竟然要被枪毙，他们吃惊之余是震怒，但还是顺从地走到了墙下，显出高贵的风度。“在战争中，不惩罚犯错的人就很可能会遭殃。”军士长用野蛮人的口吻说道。没人开口跟他唱反调。约翰·柯尔跟我悄声说，大部分时候军士长这家伙都是错的，但偶尔也有对的时候，比如这一次。我也认同约翰的观点。完事后，大家都喝得醉醺醺的，军士长整个晚上都紧紧捂着自己的肚子，之后的事情都没人记得了，直到一大早被尿意憋醒，记忆洪水般涌回到脑袋里，大家这才想起发生过什么事，胸中积压的郁闷像一阵阵疯狂的狗吠声。

也不是完全没有好消息的，最起码在医务室治疗的凯勒布·伯斯渐渐好转了。这大概算是苍天对他那天真信念的礼赞吧。让我特别萦怀难忘的是奈森·诺兰德，我和约翰共同的朋友。我记起约翰·柯尔往奈森的墓坑里放进了一根小嫩枝，一种野草，约翰称之为狼毒附子草，但我觉得那叫羽扇豆。约翰说自己是在乡下长大的，野花野草什么的，比我了解得多，只不过如今我们身处异地他乡，花草的名字也变了。约翰还说，在新英格兰，人们用狼毒附子草来毒杀被捕获的狼。把这东西捣碎了混在肉里，喂给狼吃。我反驳说，他尽可以把这东西捣烂，拿去毒杀野狼，但狼保准会跳起来咬人，因为这玩意儿只是羽扇豆罢了，根本没毒。约翰听着听着就笑了。奈森·诺兰德的死令我们极为伤心。野花被安置在他那血肉模糊的脸旁边，羽扇豆也好，狼毒草也罢，管它叫什么。这是一抹紫色烟云，一小簇塔形的花贴在奈森模样凄惨的皮肤上，多多少少稀释了空气中挥之不去的阴郁之感。约翰此前已经给他合上了眼睛。目睹了好友这样悲惨的结局，我们满心悲戚。

愁闷阴森的冬季又回来了。我们龟缩在营寨里，期待着春天到来。熬过冬季的士兵们，他们的眼睛都是湿黏黏的，眼神游移不定，就像酒徒的眼睛。因为饮食太缺乏营养，他们的皮肤泛着一层灰白。各种干肉倒也不缺，但都是从长期冷藏的食品储存室里取出来的，无休无止地吃，越吃越反胃。每隔一段时间，来自纽约州和缅因州的土豆会装在超大的马车中运过来，甚至会有些橙子从另一边的加州运回来。可大部分情形下，能吃到的只有廉价的劣质口粮。印第安人也转入了冬眠模式，天知道他们是怎么把给养物资从秋季延续到春天的，印第安人从来都是一副毫无计划的模样。假如他们真的弄到了大量的食物，也会立马吃个精光，如果弄到了一桶威士忌，也会开怀畅饮，一醉方休，比疯狂吮吸花蜜的大黄蜂还要贪婪。我们希望酋长也像我们一样忍受着饥饿的折磨，那种几乎要人性命的饥饿感，但他依然保持着挺凸的大肚腩，就像怀孕六个月的女人，当然了，斯塔林·卡尔顿似乎也不曾少掉一两肉。营寨中还散落着少量其他的印第安人，他们像皇帝那样坐在屋顶上悠闲观望，而女人们则设法讨骑兵们的欢心。少校组建了一所印第安人学校，让到处瞎跑乱撞的孩子，还有那些娶了印第安老婆的骑兵的儿女，一起入读。冬季来临，温度计里的水银柱一旦下降，玩三张纸牌赌局的老千、小贩、做棺材的、兜售抗蛇毒药浆的、神药郎中、民兵志愿者、五行八作的商人，以及诸如此类等等，基本就都卷铺盖向东部去了。少校本人也往东走了，随行的是一个十人小团队，因为有消息说，他要在那边迎娶一位波士顿美人。反正利戈·马根一口咬定是这样，但他是怎么知道的，我们就不晓得了，恐怕是他从某份陈芝麻烂谷子的报纸上看到的，而这些旧报是跟移民们一起辗转而来的。号兵和我们的几个鼓手吹吹打打，把少校送上了东行之路，我们友好地欢呼，祝福他好运。营寨中也有大量的移民，这就让口粮供应更加捉襟见肘了，我不清楚有多少人已经下定决心返回东部，但这里的几乎每个活人之前都曾远走他乡，去到加州或者俄勒冈州，发现那里没有自己想要的东西，才回头往东行进，勉强在冬季来临之前赶到了这里。那预期中的应许之地，大概也笼罩着一片愁云惨雾吧。我，神枪手利戈·马根，从鬼门关逃命的凯勒布·伯斯，斯塔林·卡尔顿，小帅哥约翰·柯尔，都保持着一点点共识，那就是我们是一个特别的朋友群体，尤其是为了打牌玩。在最严酷的深冬时节，我们哪怕吃老鼠肉也照样狼吞虎咽，斯塔林也依旧是一身的肥膘，晃来晃去。我们怀疑自己串通好了，在牌局上联手跟利戈作对，不然就是他那大名远扬的妙手神技失灵了。不管怎样，我们这小小的经济体只是在固定的几个人之间流转，屈指可数的几分钱，还有代币筹码，从一个口袋转移进另一个口袋，来来去去。我对那个冬季的记忆，用一声声的开怀大笑就可以基本概括了。

我们的关系处于最好的状态，因为我们一起见证了屠杀。在士兵们当中，凯勒布几乎被当成了圣人。每个礼拜日，只要他把帽子捧在身前，应该可以收到一笔小钱的。经历残杀和恐怖惨剧大难不死的人，是特别之人。他经过时，其他人就盯着看，他们会如此这般那般地谈论他——瞧，那边就是凯勒布·伯斯，那幸运的哥们儿。幸运之人，是你打仗时希望能在你左右的战友，他能给你那种渴盼的感觉，能让你觉得世界充满神秘与奇迹，觉得上帝也许会以某种方式守护着你。骑兵们都是些灵魂粗糙的弟兄，寻常的随军牧师从我们这里可得不到什么乐趣，但这并不表示我们就没有珍视的东西。我们珍视那些故事，故事里的故事，讲出来的时候就是一个整体。这些东西是无法伸出手指触摸到的。每个活着的人都问过自己，他为什么来到这个世上，世间走一趟又可能是什么目的。看到凯勒布·伯斯身受致命伤之后还能从死神大门口回来，这事的某处地方，就是完全地混杂了这两个概念，不明所以，也就是明白了一点什么。我不是在说，我们明白自己所知道的东西。我也不是说，斯塔林·卡尔顿或利戈·马根跳起来，说他知道什么奥秘了；其他任何人也一样不行，我说的可不是那个。

先生，不是那个意思。

暮春时分，最初的移民大车队到来了，也带来了少校和他的新娘。她并没有侧坐在马鞍上。她打扮得体，穿着淑女的马裤。她进入营寨大门，像来自遥远遥远国度的一个信使，那里是另一个不同的天地，人们的吃食装在精美的盘子里。田野像一只超级巨大的包裹，打开了；平原上点缀着千千万万的花朵，亮晶晶的。白天，你可以感觉到那最初的一丝暖意，那让身心得到疗愈的暖意。越过这色彩缤纷的辽阔地毯，少校与他的新娘来了。万能的上帝啊。按照风俗的要求，他把新娘抱进了门。我们全都站在少校的住所前面，齐声欢呼，一边把帽子抛向空中。除此之外，我们也不知还能有什么可做。我们为少校感到高兴，高兴得就仿佛是我们自己娶了那新娘。约翰·柯尔说，他从没见过哪个女人能比得上这一位。他说得没错。少校一个字都还没讲，营寨负责写公报的哥们儿就说，这新娘婚前的名字叫作拉维尼娅·格拉迪，所以我猜她身上有爱尔兰血统。少校姓尼尔，于是她现在应该被称作尼尔太太了。我突然注意到了少校的教名，说实话我挺惊讶的，之前一直不知道他还有这个名字。迪尔森，真见鬼，迪尔森·尼尔。对我来说这可是像新闻一样，或许人世间的其他事情，我们也是以这样一知半解的方式去了解的吧。

少校哪，现在跟新生了似的，快活得就像雨中的鸭子。我这可不是在瞎说。像他这种人，觉得世界压在他身上，他必须孤单地负重前行。看到结婚给他带来的变化，实在是好事。第二天，新娘出来露面时，甚至都没穿过长裙，所以我就估计，她肯定是打算就只穿马裤了。我注意到，那实际上还是某种款型的裙子，只是分成了两条裤管。以前，我从没见过类似这样的，我就想着东部大概变得很进步了吧，各种各样的新东西正纷纷涌现。她也喜欢那些修身的墨西哥小夹克，肯定有十件之多吧，因为每天穿的都是一个新颜色。作为曾经的职业舞女，我忍不住要好奇她的内衣可能是什么材料。在我那时候，内衣全是花边和缎光加工的棉布。她身上有一种流畅顺滑的风度，就像鲑鱼在水中自在游动。她长着乌黑的头发，像松针般光滑润泽。头发用缀饰着闪亮水钻的发网箍着，就好像随时要去谈生意办正事。她的腰带间，挎着一把新型的柯尔特转轮手枪。她的装备比我们先进。估计是吧，我们都认为这尼尔太太真是一流人物。看到她对少校那么好，我心里也感到温暖。他俩在营地里随处走动，挽着彼此的胳膊，她说话就像个间歇喷泉，随便说点什么都很合文法，听上去就像神父那样出口成章。上校第一次与她碰面时我也在，上校结巴得就像个小学生，我觉得责任不在他。你只要看她一眼，就好像被火舌亲吻着，行个贴面或吻手礼什么的更是需要勇气，我反正做不到。我想，她在女人当中也是最甜美的蜜桃。营寨中也住着其他军官的老婆，甚至连军士长也有个唠唠叨叨的老女人。但尼尔太太跟那些女人不同，她让你相信，万事万物都分等级种类。

我密切地观察她，我想搞清楚她是怎么把枪佩带好的，确切地说，是如何迈动那双迷人的腿的。这些细枝末节，其他人大概都不会在意。我知道自己恐怕是对她着了迷。她说话时怎样微微扬起下巴。她的眼波又是怎样闪动——或许她自己并未意识到。就仿佛她眼中点亮了烛光。她的胸，就如陶土小雕像般饱满、圆润，带着防范的意味。那些墨西哥小夹克，全是装饰缝线，就显得硬挺挺的。让她看上去像一种柔软又美好的造物，但被裹在了铠甲里。在假扮姑娘的那些日子里，我细想过“女人的秘密”这个词语，因为按努恩先生的要求，我试着伸手摸自己的假咪咪体验过。而眼前这里，这他妈的才真是“女人的秘密”。

真他妈的极品美人，约翰·柯尔说。我猜她应该就是。

酋长肯定南下去墨西哥或者得克萨斯州抢掠了，因为我们已经好久都没听到他的任何音信了。事态就那样继续发展着，生活中很多事情也是这样。我回望有生以来的五十年，心中迷惑，那么多年头都到哪儿去了。或许它们就是像那样流逝的，只是我都没怎么注意到。一个人的脑袋中，恐怕只能储存一百天的清晰记忆，而他已经过了成千上万个日子。我们对此无能为力，只能凭空消耗生命，像个什么都记不住的醉鬼。两年、三年过去了，我能记住的只有少校的两个女儿——尼尔太太生的小宝贝。她分娩之后仅仅休息了一天，就又在营寨中随处走动，仿佛自己还是个印第安少女，有事情急着去忙活。那是一对双胞胎女儿，但长得不太像，一个是黑头发，另一个是沙黄色头发——那是少校的发色。眼下，我甚至都想不起来夫妻俩给她们起的什么名字，毕竟，她们当时都还只是小不点儿。黑头发的那个，后来有个昵称，叫“寒鸦”，因为她偏爱那些会发亮的东西，总喜欢偷偷拿走。对了，我记起来了！黑头发的那个女孩叫海芙齐芭，金发的叫安琪儿。我不可能忘掉安琪儿，天使嘛。少校有时会坐在门廊里，像鸟儿一般，对婴儿床上的她们柔声细语。

然后，我们新招的探子传来了消息。他们是黄石河那一带的克劳人，挺精干的一个组合。他们说看到酋长往拉勒米西北的方位骑行。于是，他们就跟踪他到了那地方，然后尾随着进了一座新村庄。克劳人数了，大概有三十座棚屋。军士长肯定一直在等着这时机吧，因为他提交了一份装备申请书，要求配备一门野战炮，这家伙肯定是早在一年前就计划好了的。那人比恺撒大帝还要沉着镇定，觉得根本不需要打搅少校；到了第二天的黎明，我们准备就绪，精神饱满地出发，去搜寻那个村庄。一路上，那样子苗条秀气的野战炮发出哐里哐啷的响声，听起来蛮快乐的。

第八章

弓箭手射箭时要尽力稳住拉伸的状态，将弓向后拉，能绷多紧就绷多紧，静静等待瞄准猎物、释放弓箭的时刻。当弓弦被拉到胳膊无力再坚持之际，人的内心就会萌生一种奇怪而强烈的无力感，觉得此时自己已无能为力，只能眼看着箭离弦飞去，所以，弓箭手必须对任务中所有的环节都有绝对的把控力，否则就会搞砸。跟着克劳探子留下的马蹄印，我们的队伍秩序相当不错，我边走边思考着关于弓箭的事情。酋长是个老谋深算的家伙，要找到他，在他和他的手下身上寻仇，绝不像野餐那么轻松。军士长觉得当时发现那些被杀害的弟兄的骑兵，这些老部下，自然都应该在这一天出发去找那座村庄。凯勒布·伯斯也一起来了，置身我们当中，就如复活的耶稣。在那期间，凯勒布已经留起了浓密的大胡子，还有了个小儿子，他的妻子是个漂亮的苏人，也是奥格拉拉苏人，所以我就觉得那有点儿别扭。我估计，多少有那么一点点，爱大概会笑话历史吧。

刚过去的那一年，对军士长的磨损也挺明显。我们尽管还很年轻，却也看得出来，消耗磨蚀他的不仅仅是年纪。他现在消瘦憔悴，像枯木的枝干，尖尖地从地面刺出来。从前他身上的肥膘，他那狂躁的说话气势，都在某种程度上衰竭了。我原本把他当作野蛮兽类、奸邪恶人，如今也不这么觉得了。他的言行举止粗暴强硬，跟“黑山”[①]一样，他的脑袋里什么都没有，只有军令、喝酒和烟草。他说的话，没一句是不加了咒骂的脏字来增味的。但那只是他表面上的样子，背地里的他呈现一种奇异的安静状态，我对此怀有欣赏钦佩之心，因此，我就发现自己很乐意找机会与他相处。夏季的场地热得都冒泡似的，他照样带我们在那训练，仿佛是希望美洲的毒辣阳光能把我们都烧成灰，就像篝火中的树叶。如果你听错了一条指令，或者应该向左转时却向右转了，他的态度就变得严厉而残暴。我看过他用马刀刀背猛揍士兵，还有一次，我看到他举枪对着一个犯错骑兵的脚后跟射击，那家伙不得不上蹿下跳、鬼哭狼嚎着才得以活命。不过，就战争和战术行动而言，他可是一本活的参考手册。他所带领的队伍从未遭受过什么损伤。一年前，我们的那些战友被屠杀，尽管他不是罪魁祸首，但他却在一定程度上认定自己有罪，该受指责。

---

①黑山（Black Hills），位于南达科他州。

关于复仇，他经过了深思熟虑，那次战役中他曾误判或估计不足的任何一个细节，都被拿来颠来倒去地复盘。

我之前说过，他唱歌五音不全。只要回想一下他那不堪入耳的歌声，我就必须再这样说一次。我真心祈祷，在天国里，唱歌这样的事情，应该仅限于天使来做。

一天一夜过去了，军士长押着我们持续行军，也不给丝毫睡觉的时间。他认为，我们是在朝西北方向穿越，但可能向北太多了，可恶的克劳人肯定是在把我们往他们老家黄石那边带。那是一处陌生的土地，我们倒是经常听说那里的各种故事。到了第二天早晨，我们开始进入森林地带，地势逐渐升高了。军士长暴怒地斥责起克劳人。“我跟进过的野狼当中，你们他妈的是最疯癫的，”军士长说，“那里有一大堆岩石，你们说我该怎么把这野战炮弄过去？”于是，野战炮被留给了十二三个弟兄照管，他们需要用滑轮一英尺一英尺地抬升大炮，在大太阳底下进行各种各样的辛苦努力才能搞定这事。有个黑鬼，名叫波伊休斯·迪尔沃德，负责赶骡子，骡子就拖着野战炮。据说他是骑兵团里赶骡子赶得最溜的，但仍然累得够呛。骡子跟人一样，喜欢走平地。波伊休斯·迪尔沃德也对着克劳人直摇头。

“你尽力而为就行，波伊休斯，”军士长说，“碰上这种愚蠢的事，我也抱歉。”

“我会把炮弄上去的，”波伊休斯说，“长官，你不用担心。”

“注意，别弄出动静，要跟母鹿一样悄没声的，你听到了吗，波伊休斯?”

“听到了，长官，我会的。”

仅仅四五个钟头之后，我们开始看到一片土地，突如其来的美让人震撼。我说美，指的就是真美。在美国，你经常被丑陋的事物给逼得抓狂。比如野草能蔓延一千英里之远，完全没有一座小山来打断这连绵无尽的一片。我并不是说大平原不美，但你在大平原上行军时，不用太久就会开始感觉到厌倦，闷得让人发疯。你偶尔也会往上高高抬起身子，脱离了马鞍，似乎在往下看着自己骑行，几乎被那种严酷无情的单调闷到窒息，反复死去。你的皮囊，被蚊子当成晚餐享用，你成了疯子，满眼都是幻象。但现在，我们看到远处那片土地开始显露，似乎是有个什么人在那里，用一支硕大无朋的画笔在绘制美景。他选择了一种蓝色，明艳得就像山上飞泻而下的溪水；那些树林翠绿欲滴，那种绿色，让你不禁想到可以用来做出一千万颗宝石。河流仿佛在中间燃烧，那是一种釉彩般的亮蓝色。太阳那巨大的火球，忙着要将这壮丽绝妙的色彩燃烧殆尽；对于那一万英亩的天空来说，太阳是成功的。就在附近，黑色的巉岩峭壁参差交错，从那浓得化不开的一片酽绿中，突兀又怪异地冒出来。还有宽宽的一道红色长条，横跨着扯过天空，是法国轻步兵团佐阿夫士兵所穿裤子的那种大红色。还有极其宽广的一大条蓝色，是鸟蛋的那种青蓝色。

上帝的神作！这寂静是如此宏大喧腾，让你的耳朵感到刺痛。这色彩是如此的明丽，以至于你凝视的双眼因刺痛而流泪。看到这般的景色，再恶毒堕落的人恐怕也会失声大哭，因为这景象似在告诉他，自己那污浊的生命得不到上帝的认可。残余的那点纯真，会在他胸中燃烧，就如那太阳的余烬。利戈·马根在马鞍上转过身来，看看我。他在笑。

“真是一片美好的天地。”他说。

“是的。”

“你怎么就不对我说这个呢？”在他另一侧的斯塔林·卡尔顿说，“好风景我也懂得欣赏，跟麦克纳尔蒂弟兄一样地识货。”

“那景色够壮丽，斯塔林，美极了，不是吗？”利戈说，就仿佛他没意识到斯塔林迂回讲的也正是这个。但他心里肯定是清楚的。斯塔林让步了，为了友谊，他决定接上利戈的话头，继续维持那轻松随意的对话路数。

“老哥，”斯塔林说，“你说得对。就是美极了。”

斯塔林看上去挺高兴的。利戈也是。

“都给我闭嘴，”军士长训斥道，“后面那里的给我保持安静！”

“遵命，长官。”斯塔林说。

暮色渐近。那同一位上帝，慢慢拉开一块黑色破布，盖上了他的手工作品。克劳探子惊慌失措地回来了，风尘仆仆、十万火急的模样。村庄就在前方，仅剩四分之一英里。军士长命令我们下马。我们眼下处于一种困窘不安的状态，是一伙笨手笨脚的欧洲人来到了土人村庄近旁，而就追踪能力和警觉性来说，这些人绝对是天才。那一夜，我们必须更加谨慎稳妥，马匹们必须保持悄然无声，但这可不是马儿会遵守的游戏规则。我们默默祈祷，希望那门野战炮能在黑暗中静悄悄抵达，而不是像先知以西结看到的七个幻象那般闹腾。厨子打开装干粮的包袱，把吃的分发给大家。我们就像无家可归的人那样，原地蹲着盘坐着吃东西，不敢生火来对抗黑夜的挑衅。谁也不多说话，即使说，也只是轻松逗趣、提神打气的玩笑话，因为面对恐惧，我们想保持自己的心理优势。恐惧就像一只熊，暂时被关在了戏谑玩笑的洞穴中。

我们已经两夜没睡觉了；现在，当太阳的弧度在地平线上再次露面时，我们都浑身骨头酸痛，脑袋和思维变得陌生，又冷又木。按照军士长怀表显示的，大概是夜里四点，在我们的后方，野战炮嘎吱嘎吱、趺趺撞撞地到来了。军士长把我们整个连队的人派向那里，往后边去把炮弄上来，布置就位。那活儿真他妈的要命。你首先要拆开那些轮子和炮架子，把炮身卸下来，接着抬起这死沉的玩意儿，有十具尸体重吧，穿过那满是尖刺的矮树丛，走过那乱石嶙峋的崎岖山地。然后，是拿火药，运大弹头，还有撞击式雷管。波伊休斯这家伙把骡子和马匹一起往回赶，后撤了一英里。然后，我们就只有依靠自己的双腿了，我们的十一号小马驹。我们能听到那些该死的苏人在呼号在喊叫，就仿佛是上百个失去了妈妈的孩子。这种声音让人毛骨悚然。他们到底是在那里搞什么鬼名堂？我肯定不是唯一一个对此感到疑惑的。当然，我们是来复仇的，可眼前这一幕，就是复仇该有的样子吗？不管你从哪个角度去看，都是一派愚蠢的景象。

但是，大伙儿谁都没吭声。我们想起军士长曾孤零零地站在那大屠杀的现场，想起他割下了印第安死人的鼻子。凯勒布·伯斯，因为他当时在场看到过敌人，毫无疑问就记起了其他的事情。他独自躺在一处棚屋中，所有的战友都死在了他的身旁，但他知道我们会来。他说他知道我们会来的，然后我们就确实到了。这一经历，其中有某样东西把我们紧密地绑定在了一起。于是，我们就在黑暗中忙乎，像醉汉那般跌跌撞撞，把野战炮部署就绪。军士长悄声发出了其他的指令，告诉我们怎样组成镰刀新月状的队形，以便能在最大程度上用火力包围那个村庄，让炮火尽情发威。克劳人说，棚屋后方有一条黑幽幽的深深山沟，于是我们就估算着，可以从左右两个方向追杀那些从山沟逃跑的村民。女人们会试图带走孩子，男人们则会掩护她们，直到她们能到达一定程度上的安全地带。假如酋长真是条汉子，能忠实于他的人格声望，那他将会英勇奋战，就跟山猫一样凶猛。我们要干的活儿可一点儿也不轻松。如果苏人占了上风，那我们就全玩完了，会被扔给猪啃食。

无论如何，他们是不会手下留情的，因为我们很清楚，此前就没看到丝毫手下留情的迹象。

军士长绝非等闲之辈，哪怕是在黑暗中，他依靠自己的良好判断力，也已把野战炮安置到了多少更高一点儿的地面上。当清晨那微弱的金色光线漫上大地，那炮位看起来挺合适。野战炮的优美姿态让人不禁感到狡诈阴险，我们因为恐惧而心慌得难受。我们似乎没法让气氛活跃松快起来，虽然大家都精神抖擞地跑动忙碌着。军士长那皮包骨头的身影在走来走去，来来回回；他压低嗓门说出一些指示，摆动手和胳膊弄出些手势信号，他一刻都没消停过。印第安营地那里，有灶火新点燃起来，烟雾向上飘升。忽然之间，我们就仿佛是地狱里的混蛋，逛游到了天国的地盘。

那么，当时的这苦恼伤感是怎么回事？这沉重的苦恼和悲哀？都快把我们压趴下了。大炮被装进了火药，已填塞压实，一切就绪。炮手叫休伯特·朗菲尔德，出生于俄亥俄州。他那瘦瘦的长脸，半边脸因为很久以前在战场上发生过的一次事故而变成了蓝色。火药自己乐意的时候就会爆炸的，你永远都摸不准。火炮的全部事情都是休伯特·朗菲尔德在忙活，他干活的样子仿佛一种奇异古老的舞蹈。他给大炮定位，推一推挪一挪，打开什么地方，固定好什么机关，然后站远一些，那浸染了斑驳蓝色的“爪子”上抓着点火拉绳。他等待着命令，只待一声令下就能开火。另有两个炮手也准备好了，等着稍后再度填装炮弹。

周边旁观的骑兵们都转向了他们，在炮手周围圈成了一钩瘦长的弯月。现在肯定有六点钟了，村里所有的幼儿与孩童都醒来，发出吵闹声，女人们将水壶放到灶火上。我们能清楚地看到，就像剪纸那样清晰，两张野牛皮紧紧地绷在木头框架上，黑黑的。天知道他们是在哪儿发现野牛的，他们一定是游荡到了很远的地方才捕杀到野牛。现在，那牛皮正渐渐风干，速度也就是牛皮风干的速度，要比时间小溪的流淌更缓慢。那些棚屋装饰得非常细致讲究；假如你往东部去，可能会看到那些印第安棚屋又烂又脏，寒酸又可怜，但这里一点儿也不像那样。在这里，我们白人的任何因素都没触及他们。这些人，如果碰上有威士忌了，也会高高兴兴地喝起来；所发现的任何东西，他们坐下来，一次就会全都喝光光。苏人汉子会醉得死沉沉的，睡上一整天，但到了第二天，他就又成了荷马诗篇中的勇士赫克托耳[①]。我们眼前的这些人，跟上校订立了盟约，但一旦盟约中那些可悲又无用的条款被忽视，他们就回到自己以前所知的生活。要是真等着政府的食物配给，他们应该已经饿死了。

军士长悄声发出开火的命令，就像是耳语说出的情话。休伯特·朗菲尔德拉动点火绳，野战炮便咆哮起来。这是一百头狮子在同时咆哮，而且还是挤在一个小房间内的。

---

①赫克托耳是荷马史诗《伊利亚特》中参加特洛伊战争的一个凡人英雄。——编者注

我们倒是很想用双手捂住耳朵，但我们必须端着火枪，瞄准那一排棚屋。我们在等着炮击之后鼠窜逃命的幸存者。时间漫长得像创世，我能听到炮弹发出的嗖嗖声，一种飞旋的、有穿透力的声音，然后就变成了人们所熟悉的砰砰重击的声音，撕扯着这一方小天国的肚腹，以此为中心，将破坏力扩散开去。棚屋的侧墙像脸皮一样被扯掉了，猛烈的爆炸气浪，将其他的棚屋掀倒，夷为平地，藏身其中的人露出惊诧与恐慌的神色。死亡接踵而至，三十顶营帐在这一发炮弹中燃烧成了一枚黑色大毒瘤。女人们忙着把年龄不一的孩子们归拢，急迫地东张西望，似乎不知往哪个方向去才会安全。既然我们的拜访名片已经递过去了，军士长就放开音量来下了一道命令；我们站成一排开枪射击，子弹恶狠狠地钻入木头，飞入村民躲藏处，穿进肉身。十几个慌乱的女人飞快往后边跑去，她们的孩子紧随其后。及至此时，已有二十个武士拿着枪在四处跑动，而休伯特已经准备好再次开炮。村寨的一长块都被掀了，像油画表面的图层一样被无情刮掉。我们的子弹仿佛有点儿疲倦无力，因为被打伤的人似乎比被打死的多一倍。很多“土人”在踉踉跄跄地逃命，一边紧捂住伤口，一边痛苦地吼叫。武士们现在看似已经把局面盘算清楚了，正努力让女人和孩子们转移到村庄的后方。“开枪！弟兄们开枪！”军士长催促着。我们像疯子般手忙脚乱地装子弹上膛、开火。火药、弹珠，撞膛入位，装上火帽，扣动扳机，射击。火药、弹珠，撞膛入位，装上火帽，扣动扳机，射击。一遍又一遍，一遍又一遍，死神忙碌着他的狂暴差事，在这村庄中收割人命。我们感到一种怪异的哀伤，又激动得冒泡，但同时绝对充满了仇恨，极为强烈的复仇怒火。我们就这样射杀目标，只想彻底毁灭一切。稍稍缓和一点的举动，都无法平息我们内心的干渴。任何别的东西，都无法消解我们内心的饥饿。那些死去的战友，关于他们的故事，我们正书写一个结局，写在夏季的热风之上。我们一边开枪，一边笑。我们一边开枪，一边大喊。我们一边开枪，一边哭泣。“休伯特，快跳到一边去，拉动点火绳开炮！波伊休斯，竖起耳朵给我听着，把战马都带回来！约翰·柯尔，举起枪，给我射击再射击！蓝衣弟兄们，保持队形，提起精神来，要当心，因为死神可是个变幻无常的朋友。”

军士长下令让我们上刺刀。我们向前冲锋，见人杀人，见佛杀佛，只要是炮火和子弹还给他留下了一处狡诈的藏身之地。即使武士们已经站住脚决定抵抗，我们也几乎根本注意不到。我们身躯中填满了复仇的蛮力，就仿佛可以刀枪不入似的。在战场这炽热的熔炉中，我们的恐惧被烧得精光，只剩下一种杀气腾腾的蛮勇。我们像是天国的孩子，跑出去抢夺上帝果园里的苹果，内心无所畏惧。我们的哀伤直冲云霄。我们的勇气震天撼地。我们的羞辱被缠卷在其中，就仿佛哀伤与勇气是大片团簇的荆棘。

那些苏人蜷缩着，蹲守在可以暂时保护他们的任意东西后面，但一旦我们抵达他们村庄地盘的边界上，他们就毫不犹豫地站起身，哪怕赤手空拳，也挺胸反击我们的进攻。我们每个人的枪里都有一发子弹，那必须保留着，等着把握十足的一击——这种混乱纠缠的贴身近战中，如果还有这种可能性的话。我用眼角的余光瞥见凯勒布·伯斯在印第安人猛烈齐射的弹雨中倒了下去。然后他们从腰间拔出了刀子，一边尖叫嘶吼着，这叫声中有一种疯狂的、兴高采烈的绝望，在心里点起一团狂热的火。我们与他们不是相爱的人，不是在奔向对方要热切拥抱，但仍然有一种彼此联合交融的感觉，那种骇人的交融，就仿佛一方的勇气渴望着与对方的勇气结合。除此而外我就不知道该怎么形容了。世上没有任何战士能像苏人武士那般英勇。他们掩护并安顿了自己的老婆和亲族，眼下，在孤注一掷的最后时刻，他们不顾一切风险要保护这些人。但是，炮弹对村寨已经造成了惨烈的破坏。现在我能清楚地看到残缺破碎的尸体，还有血迹，还有无情残杀形成的可怖的屠宰场；那些爆裂绽放的金属花朵制造了这一现场。小姑娘们被炸飞了，散落在四周，就像一场终极舞蹈的受害者。这就仿佛是我们把村里的人类之钟给弄停掉了，我心里那时就是这么想的。指针全都卡死了，不再有分秒和钟点。武士们前赴后继地冲过来，就像精力无限的邪魔，但我倒是情愿面对那种壮丽又激烈的攻击风暴。我们心中有太多的暴力之血，心也成了爆燃的炸弹。现在，我们是在肉搏角力，摔倒，再起来；我们是三十个士兵对付苏人的六七个人，那都是没有被此前的炮弹和子弹击中的。这些人狂躁凶暴，满心愤怒。战斗那电光石火的瞬息，我甚至能看到他们的饥饿与怒火，他们古铜色的身体骨瘦如柴，肌肉细长单薄。依靠绝对的人数优势，我们干掉了他们。现在只剩下藏身暗处的女人们，都是老弱妇孺。军士长喘得像得了肺气肿的马，下令暂停了那喧嚣骚乱的死神之舞，随后指派两个弟兄下到山沟中，去把那些女人归拢赶出来。他脑袋里是什么想法，要怎么做，我们不知道。女人们原本趴卧在野草中，现在从躲藏的地方冲出来，满头满身的草，嘴里尖叫着，声音像刀片一般尖利，冲向那两个士兵。他们被吓傻了，然后就陷入了狂乱之中，挥枪一通猛刺。我们其他人也冲过去，把那些疯婆子给杀了。我们自己这一边也有四五个弟兄阵亡了。那遮蔽沟涧的野草，本来像嘴唇般闭合着，现在被战战兢兢地撬开了。我们向下看到那石壁耸立的沟壑深处，那里撑着一张吊床般的网，里面是十几个小毛孩子，他们都脸朝上张望着，似乎在祈求能看到本部落的大人回来找他们。但这已是不可能的了。

军士长现在在放烟幕弹，因为克劳探子说了，酋长并不在死者当中。我们杀掉了他的家人，其中包括他的两个老婆和独生儿子。军士长看似对此挺满意的，但约翰·柯尔对此倒是不敢肯定。

“不管什么事，军士长总是不怎么乐观的，”他说道，但仅限于对我一人耳语，“军士长有个打算，想把那些孩子扔进沟涧了事，但利戈·马根和约翰提议说，把他们集中起来安顿恐怕会更好。把他们带回营寨，那里有人好照管他们，军营的那个小学校可以收留他们。”

我知道，他们肯定是想到了少校和尼尔太太。已经发生的所有这一切，都没有得到过少校的授权许可，而尼尔太太的到来，让每个人心中都有所顾忌。军士长喜欢杀多少印第安武士就可以杀多少，但对那些女人也应该有过另外的考虑。军士长喜欢说见鬼，骂脏话，喜欢什么时候骂就什么时候骂，而那也是事实。“可恶的东部人。”他骂道。没人吭声说话，我们就只是等着命令。斯塔林·卡尔顿一言不发，他屈膝跪在沟涧边上，眼睛闭着。军士长那窄长的脸看上去阴沉又恼火，但他终于还是让我们去把孩子弄上来了。我们都累得要死，想不出来该怎么办才能回到营寨。血液在我们体内，完好无损，但我们却感觉仿佛血流不止，简直浸透了地面。有几位死掉的骑兵要埋葬，其中两三个伙计来自密苏里州。一个很年轻的小家伙，来自马萨诸塞州，是赶骡子的，是波伊休斯·迪尔沃德的助手。还有凯勒布·伯斯。军士长让自己振作起来，把所有的苦恼都暂且放到一边去。他强打精神，说了几句提振士气的话。正因为如此，我们才会仍旧服从他的命令。这人，就在你以为他要直下地狱的当儿，他却又让你看到，他并没烂到根上。

第九章

但是，死神也落到了军士长的头上。他病倒了，在医务室里卧床不起。约翰·柯尔生病时就是在那里静养的。我们可以进去看军士长。起初，他不想说什么，但逐渐地，他看似想要多说点儿话了。医院那时没医生，唯一能代表医生的，是那里的勤杂工。他倒是全力以赴，能做到的都做了（其实也没什么可做的）。军士长肚子里的器官管道什么的全都烂了，不断呕吐，仿佛在军士长身体的大平原上，秽物失去了方向感。他还是那个军士长，你不能随便对他说什么话的，你必须小心翼翼、如履薄冰，要当心他突然暴怒，骂得你狗血淋头。他暴躁得像一头老驴，人之将死，其言也善的说法在他身上不成立。不过，临终前不久他对我说，自己不知道活着是为了什么。那就是他的原话。他说，回头看这一辈子，好像短得很，但在经历那几十年的煎熬时，又觉得岁月漫长了。他说，自己有个哥哥生活在底特律那边的村庄，哥哥不识字，无法与他书信往来。

跟军士长的这次交谈，发生在深秋的一个夜晚。一年中最后的一点儿热气，正勉为其难地在风中拖延着，眼看就要撒手而去。那勤杂工已经关上了病房的窗子，外面的气息却依旧逗留在木头房间内。建筑之间的场院空地，都是凉飕飕的一片。军士长现在基本属于一具尚未气绝的骸骨了，如同雕刻在教堂中的老朽圣人像。我并不是要说他的坏话，但他确实有着怪异的性情——为人粗暴，冷酷无情，根本不考虑别人的感受，但他性格中也藏有一层别的东西，说不上来是什么。

我单独陪着他，看着半明半暗的光线中他的脸干瘪、褶皱。瘦巴巴的眼睛却还是亮亮的。疾病让他的整张脸都变黑了。他再次提到了酋长，强调自己多么希望我们最终能抓住那人。我说我们肯定会留意的，不会放过任何风吹草动。我心想，现在我们与印第安人的账差不多是两清了，但嘴上没说出来。然后，军士长看似在他的意识中神游远行了，回到了他在底特律的青年时期。那时，他哥哥的营生正开始走上轨道，日渐向好。后来他哥哥因为失手杀了个人，幸亏没有目击证人，依靠着谎言和搪塞侥幸躲过了绞索，性情却从此变得消沉。军士长是这么说的。一说到哥哥，他看上去就像是变了个人。他说他妈妈是个凶悍严厉的老妇人，他的父亲在1813年丢了命，那是在肯塔基，在当时的边境线上与印第安人作战。他说，他唯一后悔的就是跟一个不喜欢自己的女人结了婚，并且一直犹犹豫豫没有离婚，他本该试着再找一位威灵顿太太的。这就是军士长！这一切真让我大吃了一惊。不过，一个将死之人，或许会只说一些自己喜欢的事情，其真实性有待考量。

然后他死了。“最起码，我们不用再被逼着听他唱歌啦。”利戈·马根说。

也是在这个时候，尼尔太太已经把俘获来的印第安小孩们安排进了她的学校。我们得知，酋长的女儿名叫薇诺娜。根据翻译员格拉汉姆先生的解释，这个名字在苏人语言中的意思是“最早出生的闺女”。她那时可能是六七岁吧，但谁能说得准呢，印第安人的文件记录跟爱尔兰人口普查一样，都是笔糊涂账。

酋长与我们这上帝保佑的部队之间的账算是两清了——我应该并非唯一的一个有这种想法的。军士长刚刚安息于那简陋的坟茔中，格拉汉姆先生就收到了情报——酋长表示希望来拜访军营。上校和少校仔细商量后决定好好接待他，因为这或许会让我们接下来的日子更好过一些，与土人部落改善关系总没坏处。目前的局面很糟，上校担心会发生激战，被迫在大平原上与土人部落正面交锋，毕竟军士长杀了酋长的妻妾和儿子。我相信，少校在内心里总想努力做到公平正义吧。他对人的看法总体而言是悲观消极的，但不算太严重，至少他表面上能做到宽容和圆滑。那些骑兵四处辗转流落，经常沉溺于狂欢滥饮，甚至在驻扎营地时忍不住放任自己的欲望，麻烦事时有发生，绝不仅限于皮肉伤。不过，就像那座阴暗沉闷的“黑山”（据说那里藏有黄金）一样，少校对“人”并非毫无信心，更何况他还有了尼尔太太这一剂文明教化的良药。说真的，尼尔太太假如身为男子，大概能胜任传道牧师的职位。美貌和信仰在她身上完美融合，简直能让大兵们立马昏倒，那种晕眩只能被解释为爱情，或者色欲。

即使军士长还活着，他也不可能出现在和谈现场的，更不消说，此时此刻的他，或许正等候在天国门口，用双手哆嗦着叩门，恭恭敬敬地请求进入。

指定会见的日子无比寒冷，且愁云惨雾，萧瑟灰暗，营寨前的那条河潮湿而哀伤。我们四周的那些土地——眼下冰和雪的痕迹随处沾染——被约翰·柯尔说成是“秃头之乡”。营寨庇护范围之外的地方也已有数量相当的建筑拔地而起。有一处做马具的场所，外墙涂着死神阴影般的绿色；印第安事务政府专员的办公室耸立在营寨围墙的旁边，就像一首突兀的诗歌；其他地方则都只相当于平淡的叙事散文。出于某种原因，负责装修那座小宫殿的粉刷工和木匠，都是从遥远的得克萨斯州的加尔维斯顿跋涉而来。至于我们的营寨，好些地方都相当破烂，几乎垮塌，但只要是资金允许的情况下，上校都能设法让这里保持井然有序的模样，尤其是马汉黑松木头铸就的古旧门拱，总让人回想已被遗忘的时代。

我们首先得知的一件事，就是我们这损耗颇惨重的骑兵队伍，被安排在了少校住所前面的列队，排在阅兵场靠后面的那一头。我们把火枪都填上了弹药，但却被告知只要把枪挂在腰带上就行了，放轻松，不用多费事。波伊休斯收到命令，把两门炮安置在马厩棚区后面，万一需要的话再推出来。我觉得少校不会动这个念头，因为他相信，自己已读透了提防的内心，仿佛那是一本打开的书——他十分信赖自己对心灵之书的解读。

后来，大门门头高墙上的哨兵突然喊了起来，说看到了苏人的骑士正在从远处慢慢靠近，神态平和，正准备在大概半英里开外的地方停下。格拉汉姆先生受命骑马前去与他们照面，看看是怎么回事。他跨上了马背，在两个身体微微颤抖的骑兵陪同下驶出了大门。我注意到，为他们打开城门的是斯塔林·卡尔顿，他们一出去，身后的大门立刻紧紧关上了。三人策马往前奔去，远远看去像三个还没等到圣诞老人就会被死神抓住的倒霉鬼。苏人等候在远处的高地，我们看得很清楚，却没有谁愿意当格拉汉姆先生的扈从，和他一起去。

格拉汉姆是个秃顶的小个子，几乎对任何人都不会构成威胁。跟他一起去的两个骑兵，来自得克萨斯州，黑眼睛，西班牙人的长相。如果他们被杀了，大概没人会思念他们。我这样想着，努力让自己在紧张的氛围中放松下来。格拉汉姆先生如预期的那般抵达了那帮苏人身边，我猜他此刻肯定在紧张兮兮地扯犊子，至少约翰·柯尔是这么认为的。对话持续了一会儿，接着，格拉汉姆先生回来了，像个小国王那般庄严华贵，而那两个骑兵脸上也挂着如释重负的表情。这可真是一番珍贵的景象啊！酋长告诉格拉汉姆先生，自己要单独一个人进来，想以此来证明他的友好意愿，然后他想跟少校谈谈。我听到骑兵当中有几个在笑，他们无疑希望借此机会，把那亡命之徒射成筛子。不过，他们看不穿少校的心思，但酋长或许可以，他与少校都清楚对方的底牌。不得不说，酋长的行为很能打动人，敢于离开他配有武装的战友们，单人独骑来到白人营寨的大门前，这种行为实在值得钦佩。让格拉汉姆先生进来之后，斯塔林将大门完全敞开着，我们所有人都能看到酋长正骑行而来。虽然隔着相当的距离，但我们尤其注意到了他那头上的羽饰，还有他那飘动顺滑的衣服，那种生机勃勃的华丽之美。他戴有一块金属的护胸甲，那毫无疑问是用白人的合金材料做成的，但你会觉得，他戴着的那玩意儿就像一块巨大的宝石，而不是铠甲。现在他靠得更近了，我看到了一些别的东西。目前正值猎物稀少的湿冷冬季，所以当我看到酋长那张和冬日女神一般憔悴瘦削、僵冷濒死的面孔时，也没有很惊讶。他的双腿就像两根古怪的棍子，跨在同样病恹恹的、瘦骨嶙峋的小马上。看得出来，饥馑已经侵入到他的心里。终于到了大门口，尽管马鞍上没有马镫，他还是很利落地下马了，然后把枪和刀都递交给了斯塔林·卡尔顿。接着，他用一只手抹了一把脸，神态平静地大步走向那黯淡凄凉的阅兵场。一小阵阴风从河那边带来一些落雪，那险恶的小刀子风潜入了营寨，在建筑物之间弄出一种呜呜作响的哀鸣之声。

少校走上前去迎接，卸掉了所有武器，一起上前的还有格拉汉姆先生。任何得到天神怜悯的人都可看出，这位翻译官被忧虑和惶恐给压趴下了，可怜的小脸上汗珠直流。酋长亮出了他的全部筹码，也表明了立场，格拉汉姆尽力翻译着冗长的话语。那么多话，最后归根结底的一条是——酋长想要回他的女儿。碰巧的是，尼尔太太正站在学校的门廊里，所有印第安孩子的脸都聚集排列在教室黑洞洞的窗口边，就像很多枚小小的月牙。酋长又说话了，还是那种慷慨淋漓、豪迈庄严的语气，其中提及的东西有诸如爱和尊严，还有战争——印第安人说起话来很像罗马人。少校再次做出了回应，在我看来，他好像更倾向于把那姑娘还给酋长。肯定有什么交易盘算正在酝酿之中，无论是什么，对骑兵们来说都无关紧要。他们应该看到了，酋长是多么的瘦削，无论如何都不像个骁勇善战的猛士，这点真是令人悲哀。我们清楚那冷酷残忍的战争是怎么回事，也知道在大平原上的对峙是如何被发动起来的——是我们主动挑起了战争。在士兵们可怜又悲哀的心灵中，大抵都对敌方抱有奇怪而微弱的好感。

少校扭过头去，对着自己的妻子喊话，让她把那小姑娘从校舍中给放出来。尼尔太太按丈夫的要求做了。她将双手往大腿上重重地拍了拍，脚步沉重地往回走，把那小姑娘带出来了。她像一抹棕褐色的火焰，飞奔着穿过那场地，在酋长旁边停下了。酋长表现得沉默而平静，弓身抱住女儿，把她搂在右侧胯上。尼尔少校，正如俗话所说的，为本次会谈拉下了帷幕。他开始转身朝我们走过来，而酋长带着小姑娘往另一个方向离去。斯塔林·卡尔顿站在那里，拿着火枪和刀，样子就像达格斯镇老酒馆里坐镇的黑人守门者。暴雪初现端倪，暂时还只是不具备杀伤力的纱状物，所以我们能看得清刚刚发生的一切。我们浑身紧绷，就好像立刻就要开枪似的，但其实根本没理由开火，正迅速离去的只是一个手无寸铁的印第安人。机会到来时，我们也有可能是一副黑心肠的，但人心里终归埋藏有一些公平和正义，它不可能被彻底焚毁。

酋长走回到了斯塔林身边，斯塔林对他说了句什么。当然了，他跟酋长说话是鸡同鸭讲，而斯塔林以为对方没听清，又大声重复了一遍。他的意思大致是这样的：你这杆枪比我的还好，能不能送给我？

“他在那瞎扯什么啊？”约翰·柯尔说。

“他说酋长的枪好。”我说。

“什么鬼啊？”

然后，斯塔林看似冷静了一点儿，少校开始转头向着他们那边去，也许是要过去解决这件事吧。但当他看到斯塔林把枪递交给对方时，就停住了。酋长用左手把枪接过去，竖着斜扛在胳膊上，因为另一只手抱着女儿。然后，就在那一刻，斯塔林从刀鞘中抽出了那把印第安老战刀，向着酋长捅过去。假如斯塔林要攻击你，那这世上没什么力量可以阻止他，因为他的体重赶得上一头幼年水牛。耶稣做证，他就那么把刀子捅进了酋长的肋下。小女孩惊恐地尖叫，从她父亲手中摔了下来。枪声响起，斯塔林跳来跳去地躲闪，被子弹射中了一只脚，嘴里发出惨烈的叫喊声。在他有生之年剩下的日子里，我估计，他那条腿恐怕要一直一瘸一拐了。刀子还在伤口上晃动着，就如斗牛场里的墨西哥公牛那般，酋长重新把女儿抱到了手上，飞身跨上了那匹瘦马，掉转方向，猛夹马肚子，飞奔着远去了。你可以看到，那瘦马受惊的程度就跟我们不相上下，有两三个骑兵考虑要在酋长身后开枪射击，但我估计酋长可不属于很容易被打中的那类人，不过还是有人从大门的缝隙里往外开火了。斯塔林大声叫喊着，要他们停止行动。“他脚上都被射中一颗子弹了，那难道还不够？”你可以看到，在远处，苏人武士们焦躁地骑着马转来转去，如同大团黄油般翻腾搅动。然后，我们的神枪手利戈·马根跑到了阅兵场的最前端，上了最近处的一架梯子，又爬到了堡垒墙头上，把枪口慢慢瞄准了那骑马疾奔的酋长。少校连声呼喊，让利戈住手，但利戈就仿佛听不懂英语那样无动于衷。忽然之间，酋长骑的马儿停下了，只见他还勒转马头，半侧身正对着我们的视线。随即有什么东西被打中了，但既不是酋长也不是那匹瘦马。尼尔太太尖叫起来，开始往外冲出去，奔向营寨大门那边。少校从边上朝她跑过去，抱住她的腰，阻止她往前冲。时间仿佛停滞了，风雪也静止了，万事万物都不再向前推进。永远地，少校的妻子保持着奔跑的姿态，酋长始终在马背上侧着身子，扭头看着我们，肘弯里抱着他孩子的尸体。永远地，斯塔林·卡尔顿像个疼痛难忍的傻瓜一样大声鬼哭狼嚎，而尼尔太太默默哀鸣和悲泣。黄昏向晚的乌云定格在灰乎乎的天幕下。而上帝，又一次遗弃了我们。

打破这魔咒时刻的是波伊休斯。他从马棚后面的巷道里拐着跑出来，想知道自己是不是错过了什么要求他上场的命令。

斯塔林·卡尔顿当时在瞎搞什么，这个问题，少校看似决定置之不理了。第二天上午练兵出操时，他承认说，那样的会面无论如何都不会有好结果。他现在是看明白了，但可惜太迟了。大雪落下来，像天国里的面包，但那不是喂养以色列人的天降吗哪①。也许，少校是觉得从前的旧日子正在消亡，新的日子正在到来吧。利戈说，他就只是想为凯勒布·伯斯复仇，而不是要杀死那个小姑娘。大家都能明白他的意思，少校似乎也决意把这事就此扔一边了。但这并未阻止约翰·柯尔追问斯塔林。几天之后的夜里，

---

①吗哪是《圣经》中的一种天降食物。传说在古代以色列人出埃及时，上帝曾赐给他们的神奇食物。

他总是追问斯塔林，问他究竟想干什么。斯塔林是我们的朋友，所以他碍于情面，不得不给个答复。他说，当他看到酋长的枪竟然是斯宾塞卡宾枪的新款时，他脑袋里就砰的一声冒了火，风暴就此肆虐。他实在想不通，为什么自己的腰带上只挂着一把破枪，而这个印第安人却能扛着威风的武器招摇过市，像个国王一样。那就是他的原话，“像个国王一样”。还有皇家特权，诸如此类的。

“那你捅他干什么?”约翰·柯尔问道。

那不是显而易见的吗?真他妈的，我默默想道。难道约翰没看到酋长抬起枪口对准了斯塔林?约翰小帅哥，你在说什么呀?你该不会也有印第安血统吧?你在为自己的同族伤心?你要向着他们?真他妈的!我在心里反复咒骂。

然后，有那么一会儿，约翰·柯尔显得很困惑。我也是。我记不起来了，开枪到底是在捅刀子之前还是之后。我试图回忆当时的场景，觉得枪是在捅刀子之后举起的，但又不是非常确定。哦，老天帮帮忙吧。随后，约翰脸上的表情就仿佛是斯塔林也捅了他一刀似的。斯塔林倒是冷静，走到约翰身边对他说:“你看，我并不是对你恼火，请你也不要跟我生气才好。”“那就这么着吧。”约翰说。只有我能看到，他的双眼有点儿潮润了。只要你能公正诚恳地对待他，约翰是会感动落泪的。接着，斯塔林拥抱了约翰，动作类似于熊抱。我敢打赌，约翰这时候可以闻到那家伙的一身臭味了。那拥抱没持续多久，但终归也是发生了。我估计我们可以借由这个拥抱，继续像往常那般相处下去。

第十章

接下来的故事，发生在大约两年之后。各种事情都正常运行，唯一值得一提的是，那些模样自以为是的印第安孩子中，有一个对我挺感兴趣的。她跟着尼尔太太学英语，而我则开始试着了解她。她曾经用混杂着英语的语言谈论自己的过往，如今却张口闭口都是关于尼尔太太的。我猜想，她肯定是那死去的薇诺娜的表姐妹。她的那苏人语言组成的名字很简洁，我却始终念不好。我请求她的谅解，问她我能不能就喊她薇诺娜，她看来并不介意。在她原本生活的古老族群里，重名是很正常的事情。斯塔林·卡尔顿对此挺恼火，说我不该跟害人虫交朋友，他这么说的时候，身体因为愤怒而颤抖，下巴止不住地震颤，就像鸟儿的胸脯似的。他说爱尔兰人坏透了，当然他也讨厌非洲人，一度希望他们都被抓走，扔给猪群啃食，但他无疑认定印第安人才是最坏的，冈特[1]就是这么认为的。我说不准斯塔林是不是认真的，因为说这些无稽之谈时他面无表情。约翰说，斯塔林若这样下去，恐怕最后会进老布洛克利——一所著名的疯人院。我表示，薇诺娜才八岁，她不是什么害人虫，根本都无从谈起。斯塔林还是不断地提起他那些理论，持续了有半年左右，最后总算闭嘴了。

约翰的身体状况不太好，少校决定等他的服役合同到期后，就不再续签，让约翰离开军队回去休养。既然约翰和我是一起应征当兵的，服役期也一样长，我自然也可以选择跟他同时离开。“你们两个是二人组。”少校笑着说，那是种讨人喜欢的笑容。我们会领到一些军饷，还有几美元的遣送费，作为去东部的盘缠。我们的帽子、格子呢裤、衬衫，还有亚麻的马裤都可以带走。少校说，对约翰而言最好的安排就是先退伍，如果身体养好了，可以再回来入伍。他还说我们是很出色的骑兵，理应在部队效力。

少校说这些话的时候，约翰·柯尔一直盯着他看，面色煞白。突然就离开部队，我认为约翰无法想象今后的生活，那种感觉就仿佛是被扔出了天国。从但到别是巴[2]，从天涯到海角，都没法找到军队这么好的安身地的。少校说，他很清楚约翰的心思，被迫请他离开，自己其实也挺

①这里的冈特应该是指英国数学家埃德蒙·冈特。——译者注

②“但”和“别是巴”是两个地名，“从但到别是巴”指基督教中“应许之地”的全境。——译者注

痛苦的。我相信他的话，因为上校素来对约翰的评价非常高，尤其是在打仗方面，约翰总能在与敌人短兵相接时舍命搏击。

我去了尼尔太太那边，向她请求让薇诺娜跟我们走，当个女佣。尼尔太太说她对此早有心理准备。“姑娘们九岁左右就要出去开始做点活计了，”她说，“薇诺娜英语讲得不错，能识数，其他该学的知识大都也学了。对了，她还懂些简单菜式厨艺，用起双层炖锅来可谓行家。你喜欢牛奶沙司调味汁，不是吗？”我们就这样在尼尔太太那昏暗的前厅中讨论着薇诺娜的未来。尼尔太太对我已经足够了解，也对我直言不讳，提出了令我难以回答的尖锐问题。这世上的女人，只有她才会这样问，而她确实问了。“那大概也是她的本分吧，只是我心里会不安的，除非我问了你。男人们觉得可以弄个印第安小姑娘作为娱乐玩物，但我不赞成，所以你现在最好就说实话，你要这个姑娘，是不是只为了让她当女佣？”

“哎呀，”我说，“不管这世上的人和事有多复杂多难理解，你都可以相信我，我只要她做做杂事。我会保护她的，就像保护自己的孩子那样。”

“我信你，”她说，“但假如我听到不一样的情况，一定会派人去惩罚你的。”

我又一次感觉到她身上冒出那种奇异又猛烈的热能，就仿佛有人在她的紧身上衣里点燃了木头，火光熊熊。

我们到达密苏里的时候，有一封信转寄来到了约翰·柯尔手上，信里说他父亲死了。约翰不知道该怎么应对这样的消息，因为没有农场也没有别的什么东西要他去继承，他父亲死了，这事算是有了个了结。约翰说，他当然愿意在父亲死前见上他一面，只不过事与愿违。另外，他从信上得知，父亲竟然是在宾夕法尼亚州去世的，那信又是谁寄来的呢？信里没说。离上次见到他老爹，已经超过十年了，而那次父子道别也不是什么美好的回忆。“那你妈妈是什么样的？”我问，同时对自己感到惊讶，因为我之前一直没问过这个。“我没印象了”，约翰说，不过他那神态看上去好像是希望能记起来曾经有过妈妈。“你老爹多大年纪？我问。“我不知道，”他说，“我肯定有二十五了吧，应该差不多。那他也许是四十五，也可能五十岁吧。”

我们可不是什么有钱人，只能在勒梅租了个房子。这地方位于大河边，离圣路易斯只有几英里。说来也奇怪，约翰挺喜欢这地方的，他看上去精神挺好的，轻灵得像只兔子，他因此疑惑是不是拉勒米那见鬼的饮用水有问题。约翰说，他在寻思酝酿着一个计划，随即就给我们的老朋友——在达格斯镇雇佣过我们的努恩先生——写了信。这封信就像先前他收到的那封信一样，在广阔的土地上转悠了一大圈，约翰足足等了一个多月才得到回音。从努恩先生的来信中我们得知，他早已离开了达格斯镇，原因是太多的外乡人来到了镇上。努恩先生说，他要在大激流城弄起一个新场子，搞滑稽说唱和演出，就是白人扮演黑人的那种；他还说，假如托马斯·麦克纳尔蒂那俊美的小模样没在战场上被毁掉，那么大概还是有活儿给他干的。那天夜里，在那张老旧的破床上，我们躺在床上各自想着心事，隔壁房间里，薇诺娜发出阵阵小猫打鼾那般的轻微呼噜声。我们感知到未知前景的诱惑力。

“我觉得你的样子反正没怎么变。”约翰说，在暗夜微光中打量着我。

住在一栋房子里，而不是像鬼魂一样在军营中游来荡去的，这对我们而言依旧还是新鲜体验。薇诺娜现在有了一张自己的小床，她之前从未见过什么城镇，所以很喜欢跟我们一起四处逛逛，搭乘渡船到河对岸的商店去。预期中简单的家常饭菜，她确实能一手搞定，和我们的交流也没太多障碍。路上那些粗野无礼的糙汉，倒也没过多地侮辱调戏她，也许是因为觉得我们不面善吧，看上去就是一副会随时挥拳头的样子——我们的确有可能会这么做。约翰身高肯定有六英尺三，人们大都不敢随随便便就去惹他。我虽是小个子，但最锋利的匕首或许反倒是那短一些的，而且我总是在裤带上挂着那把柯尔特短枪。我觉得薇诺娜平时也没有太多的事要做，难免无聊，我们就带她去了圣路易斯，还给她买了三条裙子，她从此有了自己名下的一身行头——好看的粉色，可爱的荷叶边褶子。店里的姑娘们同时还给她配齐了该有的内衣，这些我没看到，因为店员要我转过身往别处看。我们还给她买了鞋子和其他的配饰，该有的基本都有了。我们的住处附近有一个黑人洗衣妇，每周给我们洗一次衣物。她甚至还会给有些衣服上浆。她说，圣路易斯的黑人礼拜堂祈祷室什么的，以前动不动就会被人放火烧，但最近倒是没听说再被烧了。薇诺娜的黑头发直直的，我们带她去理发店修剪，弄得漂漂亮亮的，还给她买了梳子和发刷——她总爱对着梳妆镜打理那乌黑的长发。薇诺娜，她姓什么，没人说得出，说出来了那发音也读不好。于是我们问她，柯尔与麦克纳尔蒂，她喜欢哪一个。她说柯尔更好听一点儿，或许确实如此。

我们去买火车票，那是新开通的到大激流城的铁路线。报乘客姓名时，我们就说她叫薇诺娜·柯尔，听起来相当自然。

经由卡拉马祖，我们到了大激流城，在城里的“甜美”旅馆暂住了一夜。第二天上午，我们的老朋友努恩先生来见我们。在那颠簸不停、哐啷哐啷作响的火车上，薇诺娜始终都保持着僵直的坐姿，神色紧张，毫无睡意，就仿佛被恶魔附体了一般。窗外是美洲大陆的风光，有壮美也有狰狞，如图画般时而打开时而闭合，但薇诺娜似乎并无闲情欣赏。古老的湖泊就像大海，古老的森林荫翳重重，就如孩童期恐惧的那种黑暗，但突然之间，又会有城镇光鲜招摇地闯入视野，然后是大片的泥地。

我们发现，努恩先生并没有变多老。他的着装华丽而时髦，像鲭鱼般整洁利落；他的黑外套闪烁着奇异的光泽，那是用黑熊的毛皮缝制而成；他的领带是蓝知更鸟的蓝，时刻彰显着生机勃勃的华彩；他的衬衫袖扣（他告诉我们）用了珍贵的材料——是从澳大利亚的河流里捞出来的祖母绿宝石；他的胡须刮得干干净净，面庞间满是清晰的轮廓线，整个人看上去清清爽爽，毫无瑕疵。或许泰特斯·努恩已经进入他的全盛期，走上了人生巅峰。

约翰看看他，又看看我，咧嘴大笑，那笑声表露出的只能是快乐、轻松和宽慰。努恩先生注视着我们，戴着手套的双手会意地鼓掌，就像玩三张牌赌局的庄家那般沉着，但他可不是什么出老千的骗子。他也跟着我们一起笑起来，我始终没有忘记他在达格斯镇为我们提供的帮助，那些愉快的回忆无疑是我们继续合作的良好基础。漫长的旅途让薇诺娜疲惫不堪，但她依然打起精神，加入了我们的欢乐相聚。她笑得很开心，就像暴涨的河水恣肆地漫过夏日的草地。努恩先生刚走进旅馆房间，就朝她鞠躬致意，握着她的手，轻柔地摇动两下，问候她情况可好。“我挺好的。”她说，拿出了从尼尔太太那里学来的波士顿英语的最高水准。“这是约翰的女儿。”我脱口而出，甚至没有多思虑一下，之前也从未有过那样的想法。约翰倒也没吭声，不反驳，脸上还是堆满笑容。“好嘛，”泰特斯·努恩说，“我猜啊，她妈妈一定是个大美人。”他微微垂下了头，仿佛是暗示他明白那美人可能已不幸离世，故此哀悼，而他也不打算再问这个话题，除非是我们自己主动跟他讲更多。于是，我们就此打住，不提那话茬儿了，就仿佛那是民谣的最后一个音符。

一个小个子女佣，黑得跟磨刀石一般，往房间端来了茶和威士忌。我们八只眼睛的目光一起落到了那托盘里的茶壶和杯子上，随即又一次爆发出开心的大笑。天知道是怎么回事。我猜我们是晕了，得意忘形了。努恩先生说，在城中“引力角”[1]的一处豪华礼堂里，他有一个挺大的生意项目运转得很好。假扮黑面孔的滑稽说唱艺人，那个团队可是从廷巴克图到卡拉马祖这地界范围内最棒的一伙人。“哎呀，”他说，“他们都是相当正常的角色，只除了一个宝贝，他手上的台柱子，叫作‘逗留客拉索尔’。这人什么大姑娘小媳妇都能演，也真是个可恶的人才。”

“两位小哥，你们来这里打算干点儿什么？”努恩先生问我们。

“这个嘛，”约翰显得有点儿窘迫不安，“我们来这里就是先要跟你谈谈。”

“那是当然的，你们都已经来了。”

“这个念头是去年从我脑袋里冒出来的，”约翰说，“我们那时候是在离拉勒米要塞不远的印第安人营地里，那里有些苏人的男人，打扮成女人的模样，效果非常奇异，其

①引力角（Grab Corners），大激流城早期商业中心，后更名为大草原广场（Campau Square）。——译者注。

中有几个可说是美丽非凡。然后我就一直都在想着这个事，托马斯不是姑娘，也不能再假扮小丫头了，我们就可以给他穿上熟女的裙装试试。我就是这么想想罢了，但你知道的，那可能会有完全一样的效果，跟我当时在大草原上感觉到的一样。”

“好，我想一下，”努恩先生说，“他可以拾掇拾掇自己，打扮成歌手或者扮演少妇？”

“他能演好的，”约翰说，“我酝酿这个想法好久了，我就像布道牧师酝酿一个天启神迹那样，你懂的，想象着托马斯身穿长裙，变装扮成美丽的女人。他一定会是个大美人，难道不是吗！”

约翰暂停了片刻，出声笑了起来。“我觉得在这里，在你的戏院礼堂里，也许可以找到试演的机会，因为你了解我们，你知道我们不是傻瓜。”

“那他会唱歌跳舞吗？有没有什么别的才艺？”努恩先生问道。他现在身体前倾过来，表示出极大的兴趣，他那剧团老板慧眼识人的触角摆动起来，如同一只大个的沙漠蚁。

“我想他大概不用有多少戏份，”约翰说，“或者这样吧，最初来到台上的是个英俊小帅哥，然后他退场到屏风后面，留下别的人在那里跳跳舞，然后等他再回来时，就是美女的造型了——那种能迷死人的大美女。我们可以看看观众的反应。或者也可以让这美人出现在她的闺房里，搔首弄姿，拨弄整理胸衣，我可以出场扮作她的情郎，然后我们就一起说笑，或者唱歌——哎呀，我不会唱歌，差不多就是这个意思——你明白了吧？”

“好吧，不过这位小妹妹能干什么呢？”努恩先生问，转过下巴对着薇诺娜那边点了点。

“我也不知道，”约翰说，“我从来都没想过会有她这个孩子。”

“她大概可以演一些孩子的角色吧，”泰特斯·努恩自言自语，“她会唱歌吗？”

约翰问薇诺娜会不会唱歌，薇诺娜说会。“我会唱《大草原之花罗莎莉》，”她说，“尼尔太太教给我的。”

“那绝对就是首儿童歌。”努恩说，一边点头对薇诺娜的歌艺表示首肯。“我们可以把她的脸抹黑喽，”他说，“那样她就能扮演黑人小女佣，唱唱那首《大草原之花罗莎莉》了。估计会赢得满堂喝彩的。与此同时，托马斯就穿上美美的裙子，而你就是情郎，华丽丽地转悠转悠，就像你设计的那样，托马斯就一女人装扮，哎呀，不错，哎呀，挺好，我认为大概行得通的，能卖座。只要玩得起来，我就每周给你们二十五块，你们三个人一起二十五。怎么样，合适吗？”

“再合适不过啦，就跟知更鸟栖息在灌木丛里一样完美。”约翰说。

“那敢情好，”泰特斯说，“我可是抱有很高期望啊。我还记得很清楚，你俩当小妞的时候，那些矿工有多喜欢你们。让我们干杯，他妈的，来庆祝一下。”我们也挺高兴，于是就举杯庆祝了。

努恩先生说，大激流城这里也有矿工，沿着大河边采挖石膏矿层。矿工身上有一种东西，可以让他们成为很好的观众。不管怎样，我们希望会是如此。然后，泰特斯·努恩，行了个躬身礼，手在空中潇洒地划拉一下，戴上礼帽离开了。约翰和我，还有薇诺娜，我们第二天上午外出，把剩下的所有积蓄都花在了购买舞台演出的行头上。约翰说，他一定要置办最好的衣服，必须是一等一的好货，只要我们买得起。喜剧小品的标准可不那么简单，我得打扮得光鲜靓丽，要像个出身上流社会的华丽贵妇。好吧，就这么着吧。在一间女子服装配饰店里，我们要完成那个有恶搞色彩的扮靓任务，挑选购买整套的服饰，好在店里的姑娘们态度还不算糟。我们告诉她们，我们将要参加滑稽演出，她们认为那非常风光，于是我们就神气活现地吹了一通，大言不惭地说往后一定多光顾。

我们拖着步子回头往“甜美”旅馆走时，大激流城的暮色已经降临。我们疲倦得就跟印第安战士似的。酒馆，客栈和小餐馆，都透出了灯光。人行道在我们的靴子下面发出咚咚咚的小小碰击声。女店员们忙着给店铺橱窗插上挡板，夜晚的冷空气漫溢在马路上。我们连雇一辆小车来装运所购物品的费用也出不起，只能一路行走搬运，肩上的麻袋里装着一位淑女所需要的各种物件，这些东西加在一起，仿佛和大铅块一样重。美可是有代价的，耗资不菲，而我们现在把所有身家都押上了，就赌那“演出”会成功。万一那计划玩不转，我们就得赶紧找活儿干，打工挣钱了。

“上帝创造世界都要一周时间的呢。”约翰说。

“我们能干成的。”我说。

我们回到房间，点燃油灯里的灯芯，脱下沉重的靴子。我们都没底气让薇诺娜到楼下去买点吃的上来，所以我们要饿肚子熬过一个夜晚。薇诺娜把每样东西都整理好，然后就躺卧到了那小沙发椅上；那沙发被紧靠着我们的床腿放置。今夜我们过得够简朴，就像真正的旅人。很快，薇诺娜那整洁利落的小身影沉入了睡梦，不时发出细微的呼吸声，起起伏伏，仿佛有一条不安的小溪从床铺中间流淌而过。我们在黑暗中肩并肩躺着，听着外面夜晚纵酒寻欢者的大呼小叫，听到马匹在路上踩踏的蹄声，等待睡眠女神的降临。

第十一章

演出之日如约而至，按照预期，剧院看门人贝乌拉·麦克斯温尼先生给我们打开了后台上场的入口，让我们进到了平常人不准进的地方。麦克斯温尼先生是黑人，来自伊利湖边的托莱多，八十九岁了。整整一周，我们都在排练我们的那出小戏。德拉亨特太太，来自爱尔兰克雷郡山地，那里忍饥挨饿惨得狠，她负责监管背景板的彩绘。努恩先生亲自设计了我们在舞台上的步幅和走位。他坐在剧场后面，在那令人感到鬼影幢幢的黑暗之中发号施令，指出薇诺娜在哪里出场唱歌最好，而我和约翰就在舞台地灯附近上演我们的哑剧秀。商量和讨论最多的，是约翰在台上要不要触摸我，或者甚至是亲吻我。泰特斯·努恩认为，最好能观察台下观众的反应，见机行事，临场发挥，如果忘词了，就要准备好随口编造，说什么都成。我们很快就进入了舞台后方的长条形化妆间，那里有相当多的演员，嘈杂之声把我们也裹挟进去，成为一个喧闹的小宇宙。大家在往脸上涂抹黑色油彩，小个子的女服装师一边忙着把胖姑娘塞进戏服，一边缝线加固衣服。笑声混杂着说话声，喋喋不休，嗡嗡作响，听起来挺奇妙的。剧团里两个真正的“黑鬼”——努恩先生倒是称呼他们为非洲人的——也在本就黝黑的脸上抹了黑油彩，但嘴唇抹成了一片白，他们声称，这样能够让唱歌者在地灯那烟气蒙蒙的黄光中显得更清楚一些。灯芯在灯油中浮动，因燃烧而氤氲出一片气雾，就像在黄石那可爱的地方，你早晨顺着一条山谷可能会看到的那番景象。

薇诺娜的脸也涂上了一层黑油彩，她看着镜子里的自己，还挺高兴的。“我现在是谁?”她问。唱歌的演员们在吊嗓子，这是演出前的热身准备；嚼烟草的伙计们将喉咙里的黏痰与烟草团一起清空；负责搞笑的姑娘们坐在镜子前练习鬼脸，把五官拉伸成怪异夸张的样子。我们很快就听到，外面的舞台上，率先出场的一组滑稽小品剧目正在轮次上演，声音轻快得如同板条箱里美味清甜的苹果碰撞纸盒壁时发出的脆响。我们能听到人群中传出的哄笑与喝彩，仿佛欢腾的溪水哗啦一下冲破寂静，随后归于沉寂，紧接着又闹腾起来，有着瀑布和溪流并存的热闹感。难以言喻的兴奋感涌入我们的心田，就如同有人主动跳下瀑布但却安然幸存。约翰精心修饰，把自己弄得像最考究的花花公子，脸上的彩妆灯火般亮闪闪的。他从未如此英俊过，我们的化妆师来到屏风后面，帮助我一起穿上女装，这可真是一项艰巨的任务。首先穿什么，紧跟着加上去什么，这些都跟谜语似的。束腹紧身褡和胸衣，提胸承托和让屁股挺翘的垫衬，填充胸衣的全套棉垫，还有那光滑柔软的打底内衫和衬裙。鹅黄色的长裙有着优雅挺拔的版型，如月光映照之下的湖水，有复杂的刺绣、蕾丝花边和精美褶饰。交叉重叠的侧边下摆使用轻雾般的印花平纹薄布制成，前后各点缀了一块。我们相信，灯光会把一切勾勒得更加美好，它将会与我们彼此映照，折射出潜藏的美和风姿。轮到我们的时候，演出调度经理向我们点头发出了登台信号，我和约翰站在舞台侧翼，小心翼翼地听着之前一幕戏的动静。吃下去的晚餐，现在似乎强烈地想顺着我们的喉咙原路跑出来。我们浑身紧绷，跟围栏铁丝一般。那是很喧闹很欢腾的一个节目，载歌载舞，有着黑人典型的轻快语言和热烈骚动的气氛。人群情绪高涨起来，从愉快的和风转为狂欢的大风。舞台空出来了，我们听到，努恩先生为我们指定的音乐在伴奏钢琴上开始柔和地流淌而出。有那么激荡暴烈的一个瞬间，我在内心视野中蓦地看到了我老爹，躺在那里，死在爱尔兰。布景板已经安置到位，约翰与薇诺娜向着舞台移动而去。她优美地走到了脚灯的光照之中，唱起了她的歌。排练的时候，我们已听过她唱那首歌，但现在唱，却是带有一种新的力量。还有别的什么东西，像一只老鼠般悄悄潜入进来。有笑声和欢呼声，有单纯的愉悦快乐。我移步走上舞台，发现灯光对我炽热地照射着，而与此同时，也把我向前拖曳过去。我就像是一场风暴之后的什么遗留物。轻飘飘的，一个漂流物。我仿佛悬浮在水下，置身于晶莹透亮的池子里，慢慢地，慢慢地，朝着举目凝视的观众们那边走过去。奇怪的事情发生了，整个礼堂陷入了寂静与沉默。这静默的信息量大于之前的任何声响，我猜测观众们并不清楚眼前的这一幕究竟是什么。一个美妙的女人，胸脯绵软丰满的美人，只存在于油画中的诱人尤物由远及近地走来。一种震颤刺激的感觉从我身体中横冲直撞地穿过，异常强烈，我简直可以化身脚下的那盏地灯，燃烧的灯芯是怦怦跳的心脏。我一言不发，薇诺娜在我身旁轻巧地来回走动，仿佛是在收拾整理闺房；约翰浑身光鲜整齐，派头十足，从舞台远远的一侧走过来。我们听到台下的人们都屏住了呼吸，就像潮水正从海滩的沙石上回撤远去。他越走越近了。观众知道我是个男的，因为海报上已经宣传了这个。但我猜想他们当中的每个人都愿意来触碰我，而约翰就是他们的特使，与我亲热接吻的特使。慢慢地，他靠得更近了。他伸出一只手，表现得那样亲昵和期待，观众们屏住的那口气依然没有释放出来。半分钟过去了，这些人如同溺水，那欲望海洋之下的每一个人，无论年轻还是老迈，都期待约翰亲抚我的脸，搂住我那细弱的肩膀，拿他的嘴吻上我的双唇。约翰·柯尔，我的情郎呀，我们沉浸在演出的氛围中，在众目睽睽之下，感受到观众们灼热的期待，也听见他们粗重、急促的喘息声潮水般涌来。我们的演出已经抵达了临界点，那模糊微妙的境地，那奇异的疆界让人着迷。薇诺娜从舞台上悄悄下场了，约翰和我假装成幕后的舞蹈者，悄悄问候了一圈台下的主顾们。我们轻快地鞠躬致意，然后我们回到台上，鞠躬，退场，仿佛一场盛大而永恒的告别。观众所欣赏到的，是他们不理解但也不完全糊涂的表演。努恩先生高兴得都要上天了，只见他欣喜若狂地在舞台侧翼，偷偷朝观众席那边张望，脸上微微冒汗，整个人因为兴奋而一直哆嗦。帷幕另一边的人群，现在都在拍手，在叫嚷，在吹口哨，在跺脚喝彩。我感受到一种疯癫气息，一种怡人的自由快感，顾忌和约束的观念被抛到了一边，哪怕只有短短的片刻。前来观看演出的矿工们观赏到了一幅摇曳闪烁的美景，在石膏晶体的矿床边整日劳作的辛苦仿佛得到了慰藉。终日忙于砍挖和采集，他们的指甲呈现一种怪异的白色，他们腰酸背痛，依然不得不早起参加集体劳动。因此，在身心放松的那个时刻，他们爱上了一个女人，并非真女人，这无关紧要。在泰特斯·努恩先生的剧场里，在某个癫狂、朦胧、隐晦的瞬间，有爱滋生。转瞬即逝的美好，以及永不磨灭的爱。

第二天，我们感到有些懊悔，不该让薇诺娜演戏挣钱的。约翰把她带到了一位名叫切希伯罗的先生那里，问他的学校收不收薇诺娜。“这是我女儿，”约翰说，“她妈妈是个印第安女人。”切希伯罗先生有一座石头垒砌的小小学校，就在珍珠街后面的巷道里。他对约翰说，本城是不可能接纳一个印第安混血女孩去学校的，约翰只得带着薇诺娜失望而归。

约翰说自己从未上过学，而我，至少那时候的我，是从心底把自己当成大学问家来看待的，因为我曾在斯莱戈上过几年学。约翰问我，能不能教薇诺娜一点什么，一些她没能从尼尔太太那里学到的东西。我说估计不太行。这里附近没有任何印第安人的学校，因为好多年以前，印第安人就被赶跑了。"齐佩瓦人曾经也是这一带的主导势力，"约翰说，"而如今竟然没有薇诺娜的容身之地，怎么能这样？真见鬼。"后来的一天晚上，他就对温文尔雅的贝乌拉·麦克斯温尼讲起这事，后者表示自己可以当薇诺娜的老师，还说自己的绰号是"诗人麦克斯温尼"，因为他写过很多歌，其中大概有三首被选中过，用在滑稽演出里。

"不会吧，上帝啊，那样真能行吗？"约翰问。

"行的行的，"他说，"每周我挑三个上午给薇诺娜上课，因为我晚上才需要上班。"

"那样可就再好不过啦，"约翰说，"不过。麦克斯温尼先生，你怎么会成为识文断字的高雅绅士的？"

"我父亲早就是自由之身，在密西西比河上干活。他搞摆渡运输，在英国领地和西班牙地盘之间，每一样东西都是用摆渡船转运的。"

"你老爹现在在哪里？"约翰继续问道。

“他离世已经很久了。”

“万能的主啊，请保佑他。”约翰低声说。

就这样，我们搭建了一个用以对抗黑暗的小小王国，并在其中开启了有生以来最好的一段时光。如果要租房子，那就应该面朝大河，这已成了我们不必言说的默契。我们找到了一栋有四个房间的河滨住宅，朝着街道的这边有一道门廊。这不是城中最好的区段，但这是适合我们的地方，就像一副大小正合适的手套。构成一座美国城镇的人群，那些五花八门的杂色人群，谁也没法完整地想象出来。首先是爱尔兰人，什么都不知道却不懂装懂，瑟缩在破烂裂缝的楼梯间里，却自以为是住在宫殿中，真可恶；然后是有着印第安血统的杂种，是跟什么人种混出来的，只有天晓得；最后是黑人，也许是从卡罗来纳州或者其他什么地方跑过来的。我们所在的地方就是由这些人组成的，他们中的大部分人在石膏矿上班，通常要到晚上才回来，干完一天的活儿才有觉睡。还有一些人是在镇子另一头为荷兰人工作，也就是我们的房东，诗人麦克斯温尼。不管怎么说，他可是省吃俭用了七十五年之久的，一直在存钱，所以有六处房产也不奇怪。

但这并不是重点。重点在于，我们眼下是像一个家庭那样生活。约翰知道，他生于十二月，或者说似乎记得是那个月份，我呢，我大概记得自己是生于六月，还有薇诺娜，她说她生于雄鹿月，也就是七月份的望月期间。我们反正是把这些日期全部合并成了一个日子，选择了五月一日，把三个人的生日都指定在这一天。我们把薇诺娜的年龄说成是九岁，约翰·柯尔则商定为二十九岁。如此一来，那我肯定就是二十六岁了。关键在于，无论我们是什么岁数，我们都还年轻。在所有基督徒中，约翰是最好看的，眼下正是他风华正茂的时候。薇诺娜无疑是人间最漂亮的小闺女，那黑头发美得一塌糊涂，蓝蓝的眼睛，像鲭鱼那蓝色的背脊，或是野鸭翅膀上的羽毛。当你把她那甜美的小脸捧在双手之间，亲吻她的额头时，小脑门凉凉的，像可爱的甜瓜。她曾看到过什么，并亲身经历了什么，只有天知道。野蛮的残杀，那是肯定的，因为我们正是肇事者。她亲身目击和走过了血腥的屠杀，可以想见，这个目睹了一切的孩子，时常会在半夜惊醒，冷汗直冒。约翰不得不抱着她那颤抖的小身板，哼摇篮曲来抚慰她。可怜的约翰，只会唱一首摇篮曲，所以只好一遍又一遍地反复哼唱。这首曲子是他从哪里学来的，鬼知道，甚至连他自己也说不上来，仿佛是来自遥远异乡的迷途鸟儿。哄薇诺娜入睡的时候，约翰斜倚在床边，她紧紧地贴着他，就像小熊团缩在冬季的藏身之地，仿佛约翰是她仅有的安全港湾，她希望尽可能地靠近。然后，她的呼吸声变得缓慢而温和，轻微的打鼾声逐渐响起，约翰终于可以回到自己的床上了。黑暗中，烛火之光恰到好处地照耀着一切，约翰看着我，点点头示意我一切顺利，薇诺娜睡着了。“你做得不赖。”

我说。

人世间的快乐不过如此。

大多数时候，薇诺娜会做些普通的家常饮食，我们三人坐在那昏暗的灯光下吃饭。到了夏天，我们就把窗子封闭起来，以此阻挡炎热的风和蚊虫，冬天也一样，我们紧闭窗户以抵御严寒。屋子里的任何一个角落，只要留着手指宽的缝隙，寒气就会偷偷钻进来。在家里，薇诺娜不唱滑稽短剧中的那些歌了，而是唱别的歌谣，那些歌把她带回了童蒙期生命初始的地方。我们甚至都不知道她的妈妈是谁，或许我们杀害的某个女人就是她妈妈，一想到这个，我们内心就饱受折磨，都快崩溃了。老天做证，那时常会让我们感觉是滔天大罪，而且假如细细盘算的话，那可能并非我们对她犯下的唯一罪孽。她完全可以伸张正义，在夜里切断我们的喉咙，让鲜红的血喷溅在枕头的亚麻布上。但她没有那样做，她唱歌，我们倾听，然后三个人的思绪就都飘回到了大草原上。她回到童年时期常去的游戏之地，而我们则回到了从前那些平静的时刻，那时我们曾真实地伫立，凝望远方的荒僻、寂寥之美。

我们对演出剧目进行了改动、剪裁和连缀，直到扩展成一场戏有接连十个不同的场景可用，而不是像之前那样仅有一个。我们学会了听台下现场的反应，根据每个晚上的心境和具体情绪波动来采取演出策略。戏票挺便宜，不少人一周来看三次，而剧院的一大变化是，镇上的女人们也进来看戏了，都是些青春洋溢、明艳俏丽的姑娘，也有比较底层的商铺女店员，市场的卖鱼妹，以及在矿上将石膏装袋的打工妹。她们都想来看看这个奇特的“女人”，据说这人跟她们一样女人味十足。她们想要仔细端详，打探出其中的秘密。我也想展示给她们看。礼堂屋顶下于是陷入令人激动又抓狂的死寂，还有那种如直线坠落般的怪异时刻。一切都向下跌落，落进明亮清晰的黑暗之中。我的心肺和胃肠也随之掉落，落到我那雅致整洁、锃亮闪光的鞋子上。在大激流城的这种营生，挺奇异的，我从未能真正理解这段经历的利与弊，得与失。唯一的坏处是，现在每次演出之后，伙伴们不得不帮我立刻换上日常便装，真的要很快才行。我也不能从麦克斯温尼先生看管的门口那里离开了，而是要约翰·柯尔带着我，假装是不相干的张三李四，是两个无名人，从剧院的酒廊大厅间出去，然后顺着一条巷道走远。那里扔有一堆堆酒瓶，随处渗流着痰盂倒出来的污物。约翰腰带上的皮套里插着手枪，像只松鼠安逸舒适地蹲在小窝中。观众中有几个小伙子爱上了短剧里那光彩熠熠但全然陌生的形象，他们大概想娶我，或者说是在打我这个“美丽女人”的主意。

约翰有时会让薇诺娜往拉勒米堡写信，写给利戈·马根，问他那里情况怎么样。薇诺娜从麦克斯温尼先生那里学到不少，现在写信什么的简直得心应手。利戈回信说，他的状态很不错，一切都好极了，斯塔林·卡尔顿的情况也很好。薇诺娜自作主张，给尼尔太太另外写了一封信，因为她在那里有些温暖的记忆。这些薄纸片上写就的小东西，邮局倒也忠实可靠地来回传递了，邮差们居然未曾丢件，通信的链条没少任何一环。尼尔太太回复说，她在驻地军营里倒是有人记挂想念着其他那些学生，他们已经被集体送去了犹他州的锡斯科，开始从事家政服务行业。大平原上喧腾得很，兴起了建房子的热潮。除此之外，尼尔太太还说，少校相信，有其他类型的战争正在酝酿。她那话是什么意思，我寻思不出来，于是就直接写信给少校想搞个明白。少校回信说，他听到东部传来了不祥的消息。消息的来源地就是我现在居住的地方，少校反问我，难道没听闻什么吗？直到这个时刻，我才意识到有什么力量在暗中涌动，等待机会。我和约翰之前都埋头在自己的事情上了，演出和生活，还有抚养薇诺娜的种种琐事。凶险的兆头已经显现，甚至还在急剧发酵，真的。四面八方都在招募组织新的军队，在此之前我甚至都没听说过“联邦”这个词，是后来在信使报上读到才知道的。我觉得我们是站在麦克斯温尼先生这一边的，我们赞同他的论调：美国不会是美国的，除非我们为它奋战。那天晚上，我请他给我补补课，然后我一下子就明白了所谓的政局形势，而且胸中还被灌输了炽烈的激情。内心那种奇异的柔软善意，会对美好的言辞给予回应。他说到了黑奴，说到了对国家那份真切和正当的爱，还有林肯先生的号召倡议。现在，因为感受到热切的爱国心和为国效力的热望，我们都兴奋得头昏脑涨了。约翰坐在那里，眼睛瞪得圆圆的。

很快地，整个事态都升级了，来看我们表演的观众逐渐减少，曾经的热闹和欢腾像即将燃尽的蜡烛那样逐渐黯淡。各路人等都在加入志愿兵队伍里，他们潮水般涌入在田野间蓦然冒出的军营。华盛顿那边庄重激昂的演讲，那些零星片段，也传到了我们这小地方，就像是喂鸟投食无意中掉下来的部分碎渣。麦克斯温尼先生坦白说，他太老了，没法打仗了。“我就是太老啦，”他不无遗憾地说，“尽管身上的每个零件都还能用，腿脚也没失灵，脑袋也清醒，但就是太老了。”

然后，少校又写信过来，问我们愿不愿意加入他的新团队。队伍是在波士顿征召的，那里是他的出生地。考虑到安全，他决定把尼尔太太和双胞胎女儿留在拉勒米堡，自己一个人往东来招兵买马，如果我们在一周之内能报到的话，他就把我们算进编制。现在，他的签名已经是上校了，这官衔无疑更高，也更有威信了，但约翰说，我们仍旧还是称呼他少校吧，顺嘴又方便。诗人麦克斯温尼承诺说，他会把薇诺娜照顾好的，吃的穿的都不会缺。我们留了一些储蓄给他，我们的东西，我的裙子和约翰的舞台演出服，还有其他所有杂物，全都锁进了像棺材般的大箱子。我们亲吻了薇诺娜，随后就准备动身投奔少校。

“不用担心，”约翰说，“我们很快就会回来的。”

“如果你们不回来，我会跑去找你们的。”薇诺娜说。

约翰笑起来，但然后又哭了。他抱住薇诺娜，吻她的前额。麦克斯温尼先生握着我的手，说不要牵挂薇诺娜和他，只是不要离开得太久，因为必须考虑到他那老迈的年纪。我说我已经注意到这个了。

第十二章

春天终于降临在马萨诸塞州，带着她那明丽火焰。上帝的呼吸将暖意吹进万物，寒冬就此被驱逐。大伙儿驻扎在波士顿老城外围，一个名叫长岛的地方。尽管也会绵绵不断地下雨，雨幕稠密得像布，也没完没了地敲打着营帐，但我们有了新事业，每个人的心中也真的滋生出一种使命感。这是我们准备投入战争时的整体面貌。

绝大部分装备火枪，斯宾塞卡宾枪只有寥寥几把，正因为如此，当初斯塔林·卡尔顿看到“第一个抓住马”居然有斯宾塞卡宾枪时才会无名之火顿起。还有手枪，其中几把是牌子比较响亮的转轮手枪——勒马特短枪与柯尔特手枪。另外还有一些长刀、马刀和刺刀，我们手头可以用来对抗叛军的武器差不多就这些了。值得一提的是一批新型子弹，是我们射杀印第安人时没见过的。不同于老款的圆形子弹，这批新货的形状像是教堂入口拱门的形状，头尖尖的。少校如今穿上了上校的制服，从波士顿的一片烟雾臭气中征召到了大把大把的爱尔兰人。有装卸工，有挖土的和铲煤的，有赶大车运货的，还有无赖小混混，有整天夸夸其谈的莽夫，也有胆小如鼠的毛头小子。管他是什么货色，都行，因为我们必须扩张成一支庞大的军队。约翰和我是下士，被分派的职务是班长，因为我们是真的当过兵的，有从军经验。少校把斯塔林·卡尔顿也弄来了，他眼下的军衔是中士。一起来的还有利戈·马根，他现在年龄更大了，差不多有五十几岁了，所以也被提升当了中士，负责扛军旗。所有其他的人，都只是普通列兵，志愿兵，联邦的忠实支持者，还有进来投机撞大运的。这里有一千张面孔，而我们最熟悉的，应该说是在D连队。我们签了三年的服役期，每个人都认为，战争所需的时间不会超过三年，要是再长，我们可就不信上帝，不当基督徒了。列兵们大部分只签了九十天的服役期，他们只打算完成义务，完事之后就回家。我们在那坑坑洼洼的练兵场上出操训练，往复来回，中士们教菜鸟新兵怎么给火枪上弹药，但老天做证，那些傻子学得可真不快。装十枚子弹，假如只掉出了一枚，那已经算是非常优秀的了。谢里丹、狄南、奥雷利、布拉迪、麦克布莱恩、莱萨特，一连串的都是爱尔兰名字，跟他妈的密西西比河一样长。有几个小伙子曾在马萨诸塞的民团自卫队混过，所以不至于也那么笨手笨脚。“可是，万能的上帝，这算什么啊。也许，林肯先生还是应该担心一下的吧。”约翰整天这样念叨。他在一旁观摩新版训练，一脸茫然，这些人连最基础的操练都能搞砸。斯塔林是前一天过来的，一来就嘘寒问暖，嚷嚷着战友情深什么的。他拥抱了约翰，我可以发誓，因为久别重逢的喜悦，他几乎都要亲吻约翰了。利戈・马根握着我们的手用力摇了摇，说重新遇见我们，相当于是在新战争里邂逅了两个新朋友。“初次见面，请多关照，两位过得怎么样啊？”他煞有介事地问候我和约翰。我们说过得挺不赖。“那个印第安小妞呢？”斯塔林问。“哦，她也非常好。”我说。

少校那时在参加一场婚礼，忙得跟东奔西颠拯救人世的耶稣似的，但他还是抽身过来了，以他特有的方式冲我们微笑，说尼尔太太向当年军营的旧相识们问好。这让我们笑了起来。斯塔林・卡尔顿觉得这是个实打实的玩笑，笑得前仰后合，少校倒也没觉得受了冒犯。他转头看看大家，左顾右盼，一边使眼色，一边从他那老旧的军便帽上甩去汗水。“我知道，你们都会全力以赴的。”少校说道。“是的，长官。”利戈回应道，“去他妈的，我想我们会万死不辞的。”斯塔林说。“我知道你们会的。”少校说。他那身上校制服可真不赖。

“现在，小兄弟们，你们要服从上级的命令。”少校继续说道。他指的是威尔逊上尉，一个寡言少语的红头发爱尔兰人，还有萧内希中尉和布朗中尉（听上去都像十足的都柏林人，值得尊重），还有马根中士，以及两个下士班长，当然也包括我和约翰。然后就是克雷郡的人，西部沿海各地因饥荒逃出来的人，一个杂烩组合。这些家伙的脸色，就像泥沼中埋了多年的炭化橡木。更年轻一些的新兵，时而面带微笑，时而皱皱眉头，他们知道，原来的世界已经崩塌，现在最好祈求命运再给个机会，让他们有机会为一个新世界而战。就在我们开拔往华盛顿行军的那一天，威尔逊上尉站在存放马鞍的木箱上，发表了一通漂亮的演讲；我至今依旧能看到所有那些面孔，都盯着讲话的上尉看，每每想起那番情景，就会忍不住哭泣。“我们只要求你们能把联邦放在心中，跟随那颗星，让它引领你们。国家需要你们的付出，所需要的甚至超出任何人的承受极限。我们需要你们的勇气，你们的力量，你们的忠诚。你们可能会牺牲，会被迫面对死亡，但你们必须时刻保持勇气……”上尉这样滔滔不绝地演讲着。“或许这是他从什么文选手册里找来的辞藻吧，就像罗马人的演说那样。”斯塔林说，他看起来一脸茫然，像个没见过世面的乡下姑娘。但就那么莫名其妙的，这演讲触痛了我们，让我们有了一种理解和感悟。当兵打仗，主要是为了领军饷，那次应该能拿到十三美元。不过，以前可不是那样的。血气方刚的时候，我们几乎能把敌人的头直接咬下来，嚼一嚼，把头发给吐出去。上尉来自威克洛郡，模样挺和善，一口美式英语如乐曲般动听。

我们行军前往华盛顿，四个兵团汇成一条闹嚷嚷的蓝色河流。抵达目的地之后，我们又被召集起来，接受高贵的大人物的检阅。那些人在远处，看上去只不过是些小黑点。他们的发言我们连一个字也听不到。“十有八九还是那老一套，同样的胡说八道。”斯塔林说，但任何一个傻瓜都能看出，他多多少少还是有几分自豪的。这阵仗可真够大的，全部的士兵都整齐排列，野战炮则闪亮着，带着近乎狂欢的气势和火星四溅般的荣耀感。更不必提那些士兵了，他们都穿戴得整整齐齐，胡子刮得干干净净，能多整洁就多整洁。两万人，那可不是什么稀稀落落的一个小群体。绝对不是。

丹·菲兹杰拉德是个挺不错的小伙子，因为会打牌，就跟我们凑在了一块儿。于是，这就很像从前在拉勒米堡的时光了，除了我们眼下是扎寨露营在稍稍有些位移的群星下。另外，这座城市中随处都是穿蓝色正装的绅士们。有家庭妇女过来，在洗衣处给我们槌捣翻洗制服，有很棒的小家伙唱歌娱乐，甚至连我们的鼓手麦卡锡，一个才十一岁的黑人小孩，也有一套把戏，算个人物。虽然名字听上去像爱尔兰人，但麦卡锡其实来自密苏里。密苏里人不知道该站在叛乱者一边还是联邦一边，于是，在他们还犹豫不定时，麦卡锡他自己就跑出来了。紧邻的一排帐篷中，住的都是个子高大的家伙，他们是负责操控迫击炮的炮手。就像你从未见过什么人有如此粗壮的大长胳膊，我们从未见过如此粗壮的炮筒，看起来就好像这些大炮一整年什么都不吃，就尽吃黑糖蜜了。人们说，到了里士满的城墙脚下，大炮就派上用场了，但斯塔林却说，那里根本没有城墙。因此，那传言是什么意思，我们就不知道了。

我们的连队基本上都是从克雷郡来的人，而菲兹杰拉德来自邦多拉哈，他说那是梅奥郡的一个地方，又脏又穷。我遇到的爱尔兰人，当中没多少愿意讲这些倒霉的黑暗往事，但菲兹杰拉德提到这些时，倒显得足够轻松。他有一支六孔小笛，其他类型的诉说，就用这锡口笛来抒发。他说，他的家人都在大饥荒中送了命，十岁的他翻山越岭走到了肯梅尔，然后辗转到了加拿大的魁北克。仿佛是奇迹，他跟我一样，一路也没发烧得坏病。我问他，在船舱中有没有看到哪个人吃其他人的尸体，他说他没看到那个，但看到的是更糟的。到了魁北克，当人们打开舱口门，把封舱的长钉子拔出来，四周时间以来的第一次，光线照进了船舱。整个航程中，他们唯一有的东西就只是水。在那崭新的光线中，他突然看到尸体漂浮在船底积水里，到处都是。奄奄一息的、熬到最后的人，都成了一副骨架子。或许正因为回忆凄惨，所以才没人愿意提起这经历，它本就不应成为话题。我们摇摇头回避了这个话题，继续发牌打牌。有那么一会儿，谁都不说话。面对尸体，我们也变得毫无价值，那种见解或领悟，就像火一样烧过我的大脑，还持续了一小段时间。曾经的我们只是废物，而现在，我们腰上缠上武器，我们要拼命，要获胜。

军营中不时也有激烈残酷的打斗发生，但那不是跟“黄裤腿”[①]们作战。美洲本地出生的士兵，有些人挺害怕爱尔兰人的，因为后者心情不好的时候会主动滋事，抬脚猛踩你的头，直到他们自个儿觉得解气了。似乎每个爱尔兰人的肚子里都窝着大团的怒气，动不动就爆发，天晓得是个什么毛病。身为班长，我必须树立威信，是不是必须得发飙吓唬一下他们，否则他们不会安安静静地守着规矩。这可不容易。如果他们一直乱来，我就得把他们扔进禁闭室。他们当然是不情愿的，满怀怨恨的样子，就像猎狗嘴里叼着鸟儿一般。所以，我行事必须更加公正，像所罗门王一样公正。但是，话又说回来了，爱尔兰人也可能是天底下最温和友善的。比如，假设你真饿得不行了，丹·菲兹杰拉德甚至愿意让你啃他的胳膊，只要能救你一命；再比如，威尔逊上尉是去年才从老家跑出来的，他说那地方的情况依旧在恶化，顺着大路就能直达地狱。但他自己可是个一流的人物，在编为国民军的威克洛民团担任少校团长，虽说手底下的人看起来都有些傲慢自大，但威尔逊本人却并不专横，不用蛮力打压手下，团里的人对他也挺满意的。他不管命令什么，手下都会立即执行。斯塔林说，爱尔兰士兵的麻烦在于，被吩咐去做什么事情时，得愣着想一想，也会在心里反反复复地掂量。他们瞪眼瞧着长官，

① “黄裤腿”指南方邦联正规军士兵，因制服裤子为棕黄色而得名。

想看看那命令是让长官高兴还是不高兴。这对士兵而言可不是什么优点。每个爱尔兰人，都认为自己有理，是与正义同行的，为了证实这个，他甚至可以去单挑全世界。斯塔林说，爱尔兰人就他妈的是狼吞虎咽的狗。然后他大力拍打我的手，一边哈哈笑了。斯塔林，现在肥得跟头大灰熊一样的斯塔林，已经是中士军衔了，所以我不能猛击他几拳，尽管我很想。

丹・菲兹杰拉德与少年鼓手麦卡锡之间迅速萌生出了友谊。丹很热心地教麦卡锡练习一些爱尔兰曲调，两人用风干的骡子皮，还有拼接的木桶板条，做成了一面爱尔兰样式的鼓，再切削木条弄出一根小鼓槌。他俩踩着那些舞曲的鼓点瞎跑，边跑边敲鼓，军营中松散的落寞时光，也因此多了一些乐趣。但现在，那样闲散的时候已经不多了。我们慢慢地向前推进，进入弗吉尼亚州北部。我们原本还指望着，能听到说供大车开行的路已经铺好，但实际上根本就指望不上那个了。我们只能步行。

利戈・马根的小分队扛着大旗，那场面还真是值得一看的。挺漂亮的彩旗，据说是什么地方的修女尼姑们缝制的。我得让手下的人保持良好的纵队队形，约翰也有他的一帮人要维持秩序。应该承认说，斯塔林对他的军中业务还算懂行的，他所领导的连队，我们觉得也不差。事实上，所有人都处于狂热、亢奋的状态，渴望上层能尽快安排行动，然后就冲向叛军，杀敌报国。斯塔林显得庄重又有权威，尽管没有骑马，倒也有点儿岿然傲立、中流砥柱的意思。他雄赳赳地前行，一副势不可当的姿态。我们并不怀念以前老军士长行军时那要命的哼唱，不过麦卡锡倒是在他的鼓上敲出了进行曲——左、右，左、右。永恒的士兵生活，一切都仿佛是恒定不变的。我们不得不从一个地点转移到另一个地点，唯一的移动方式就是急行军，那古老的一套。我们偶尔也会幻想着悠闲的旅途，慢悠悠地晃荡，弟兄们剥掉衣服，趴在溪流边喝水，经过农场时便精神一振，兴致陡增，期盼着有哪个贤淑好女人，烤好了糕饼等着我们。事实上，谁都知道这是不可能的。

不知不觉中，我们进入了两面派的领地，北弗吉尼亚，我们不知道忠于联邦的民众群体身在何处。不得不说的是，弗吉尼亚的自然风光引人入胜，道路西侧有高山屹立，古老的森林对我们不屑一顾，丝毫不把行人放在眼里。有人说，那里的农场都老旧不堪，失去肥力，几乎已颗粒不收，我倒觉得它看上去丰饶肥沃。四个兵团足以汇成一条喧腾嘈杂的河流，但鸟儿的鸣唱依旧穿透了鼎沸的人声，当地的狗儿们也来到它们领地的边缘，伸长脖子，抬着头对我们狂吠。行军背包，火枪，还有那面料粗糙的制服，我们都得自己扛着，不能嫌重，否则意志就会被压垮，时刻提醒自己“我是强壮的”才是对抗旅途疲惫的妙招。没人愿意仅仅因为搞不定南下到弗贞妮子——丹·菲兹杰拉德就这样称呼弗吉尼亚——的小小远足，就出局离队。无论如何，我们不是要去给那些叛匪上上课嘛，指出他们站错了队，走错了路，而是要让他们看看，我们数量庞大的武器究竟能干什么。驱使我们进军的命令是什么，我们不知道，也不需要知道，当兵的就是这样的命运。“反正就是指令我们去干掉那些叛匪。”丹·菲兹杰拉德说。有时候，我们一边走一边集体唱歌，弗吉尼亚的鸟儿在那听着，可我们才不会教给它们那种纸上印出来的歌曲版本，那种在努恩先生的剧场里会找到的版本。我们唱的是新版本，我们所记得的每个脏字，无数的咒骂，每个肮脏下流、无耻粗鄙、窑子里才说的粗俗词句，都被安插连缀到了歌词里。

行军开始之前，我寄了一封信给麦克斯温尼先生，说但愿薇诺娜安然无恙。我希望他收到信了。刚加入军队的头两个月，我们拿不到工资，以至于当大家伙儿终于领到薪水以后，欢欣鼓舞之情溢于言表，总算是可以给家里寄钱了，所有人都喜笑颜开，我和约翰也不例外。信奉天主教的随军乔瓦尼神父带着我们的薪水去往邮政驿站，将我俩合在一起的那笔钱汇寄到大激流城。士兵的汇款有专门的军用封套，而神父从不提什么刁钻狡诈的问题，不会问你妻子怎么样怎么样。约翰有女儿，这是个让人很容易随性发挥的话头，但这是一位友善随和、易于相处的人，全军上下的所有官兵，无论信什么宗教门派都喜欢他，毕竟，一副好心肠能跨越重重藩篱阻隔。乔瓦尼神父是个小个子，打仗是没多大用场，但当一个人对只有上帝才能知晓的未来感到迷惘时，当意志的螺丝钉开始松脱时，乔瓦尼神父就会开始履行自己的天职。行军几天后的牧歌夜晚，我一边轮值放哨，一边忙着宽慰邓尼希下士。我眼里心里都很清楚，这家伙正浑身发抖。当我们闲聊时，即使是在月光下，我也能看出他状态极不好。所以说，并不是每个人都盼望着能投入战斗、奋勇杀敌。乔瓦尼神父悄悄地摸过来，到了他身边，扶着他，开始给他打气鼓劲。无论如何，最好还是等到早上再看看情况吧。"班长，"他对我说，"你安排其他人来值班吧。""我懂了，神父，听你的。"我说。

当我们抵达部队必须部署驻扎的场地时，狰狞可怕的危险气息减弱了。有消息来报，有人瞥见穿灰制服的叛军小子们进入了大片的条状林区，而树林看上去仿佛是在那野地上奔泻直下。三块巨大的长草地沿坡度抬升，高处是一块光秃秃的、草木凋萎的岬地。草地上的草长得很高，甚至达到三英尺，母牛看到的话，估计会迫不及待地冲过去饱餐一顿，我们的炮手以专业的手法算好射程才定下了炮位。到了下午，我们这一分支队伍已部署就位，情况挺好。士兵们心中有什么东西正确立成形，假如你能看到那东西的实体，它或许长有一对奇异的翅膀。那东西在他们胸中扑腾激荡，翅膀拍击的美妙声音哗哗作响。我们的火枪已经子弹上膛，我们五十人排成一行，单膝跪地，另外五十人站在身后一排，再往后是一排负责充填弹药的。一些神色焦灼却一声不吭的弟兄，时刻准备着冲上前来，填补空当。野战炮开始向树林中发射炮弹，转瞬间，我们便都惊奇地瞪眼观望那爆炸的场面。火光和黑烟在树尖上冒出来，然后你也许会想象森林的那一片苍翠会前后摇摆，试图把那被炸毁的地方覆盖起来。这些都是在四分之一英里之外，然后我们看到，穿灰衣的士兵出现在树木那缠杂交错的边缘处。上尉举着望远镜在观察，他说了点什么，但我听不见。话被大伙儿重述着，接力向后传递。听起来，他说的似乎是“那边有大约三千人”。那听上去像是个很大的数字了，但要知道，我们比那还多一千。高处草地上是那些“黄裤腿”的团组，我们的大炮现在要尝试把他们打倒在原地。我们真的做到了，炮还打得挺准，叛匪们不断向下转移，朝着我们发起反击，那阵势是我们从未预料到的，至少我没料到。当他们进入射程范围内，长官们让我们稳住，等了片刻才喊出开火的命令，我们听令开枪，疯狂的叛贼泥石流般大批大批地冲下来，英勇无畏的模样填充了死亡留出的空白。他们持续不断地冲锋，我们每一排的人，都忙着装子弹和开火，片刻不停。叛贼们有的也开枪还击了，有的暂时停下了脚步，站着举枪准备瞄准，还有的人一边往下冲，一边仓促开枪。

这场面根本不是之前所谓的“慢行军”啊，一大群活物潜伏在那里，突然就疯狂地飞奔而来。我们没想到这么多人会被射杀，也没办法阻止他们，前后左右的弟兄们陆续倒了下去，要么是脸上中弹，要么就是胳膊被击中，这些凶暴的“米尼式”小子弹能撕开柔软的肉身。上尉厉声嘶吼，命令我们装上刺刀，起身冲锋。我负责指挥的那一小撮人马，其中一个傻瓜仍带着迷糊的信念，单膝跪在那里，我迅速地踢了他一脚，让他起立，冲锋就此开始。我们铆足劲儿往前奔袭，但簇集的野草很稠密，兄弟们很难畅快地奔跑，一个个都跌跌绊绊、东倒西歪的，嘴里还不住地骂骂咧咧，就跟醉汉似的。但不管怎样，凭借猛烈爆发的一股蛮力，我们设法站稳了没倒下，并且急切地渴望与敌人短兵相接、贴身近战。意志战胜了身体所面临的困境，野草也不能阻碍我们的步伐了，不知是谁喊了一句“杀啊”，我们喉咙里就紧跟着发出了一串连自己都未曾听到过的声音，随之升起的是剧烈的饥渴，让人只想行动，却不明白究竟要干什么，除了伸出刺刀，捅进前面那奔流的一片灰色。一种难以名状的感受涌动在胸中，我无法描述，因为那不属于惯常的言语话题范围。这次的冲锋与和印第安人激战不同，印第安人并不被我们视作同类，而此时此刻，我们就像是对着镜子里的自己厮杀。那些南方邦联的家伙，有爱尔兰人，英国人，还有其他各类人都在继续向前慢跑奔袭，慢跑奔袭，直到停止。叛军突然向右侧转，穿过那草地，他们已经看到我们的人马形成的巨大包围圈，正从后方席卷而来，仿佛一架准备完毕的死亡引擎。我们听到了长官们在一片混乱嘈杂中喊出的命令，要求停止冲锋，单膝跪倒，装弹药，开火。我们照做了。野战炮再次喷射出炮弹，邦联的那些士兵，像一大群野马那样止步了，接着往回跑了差不多十米，然后转头，把那十米又还回去了。他们迫切地想进入远处的森林，得到树木的庇护。野战炮在后方轰响，它们在后方喷出炮弹。有些炮弹打过来时已经很低，以至于也要从我们之间寻得一条通道。有一颗炮弹强行从大活人当中挤过，犁开一条可恶的血肉沟槽，我们行列中的不少弟兄因此倒下了。一种狂乱的疲惫倦怠侵蚀了我们，深入骨髓。我们机械、呆滞地装弹药开火，一片噪声中，几十枚炮弹打进了敌方人群，把他们炸成了碎片，炸成了肉丁，突然有一种悲惨和灾难的末日感觉。然后，一大丛花朵出现了，就如春日百花突然竞相盛开，草地变成了一张奇异的地毯，火焰的地毯。野草着火了，恣肆燃烧着，越烧越来劲，火焰彼此助长声威。草叶大簇大簇地燃烧，奔逃的士兵，他们的双腿受到洗礼，但那不是柔软青草的抚摸，而是暗黑的火焰，咆哮的蛮力。受伤的人倒在了那焚烧炉中，因为恐怖和面临死亡煎熬而鬼哭狼嚎。那样的剧痛，任何动物都没法忍受，肯定也会发出疯狂的尖叫，撕扯翻滚，暴跳挣扎。敌军队伍的主体还是寻得了树林的庇护，那些死伤的，现在被遗弃在身后焦黑的土地上。是什么促使上尉下令，让我们停止了射击，又是什么通过接力传达的命令，让大炮也停了下来？我们眼下就只是站在那里，看着风助火势，将烈焰吹向草地上坡，也把很多人，无论是在号叫的还是安静的，留在了身后，留在大火的遗迹上。火焰未曾烧到的其他地方，那里是呻吟低哼着的人们，垮掉的人们。我们收到了撤退的命令，蓝色的士兵潮后撤了大概两百码。一些弟兄和医疗兵从后方赶来，去执行无须带枪的特别任务，神父也来了。叛军树林那边也派出了医疗人员。双方都没说一个字，暂时停战的协定就这么在沉默中达成了。双方的火枪都扔下了，特遣分队的成员们现在也发起了冲击，但不是要开枪杀敌，而是忙着去踩灭残留的火苗，去救护被炸得缺胳膊少腿的、浑身烧伤的、濒临死亡的伤员。人们在那片烧焦的草地上争相忙碌奔走，仿佛一场诡谲的舞蹈。

第十三章

为国捐躯这件事本身并不复杂。事实上，这可以称得上是最简单的选项。但老天才知道真相究竟是什么。塞斯·麦卡锡这小家伙从密苏里那边过来，成了联邦军队的鼓手，他所得到的结局，是被一枚联邦军的炮弹炸掉了脑袋。这是我们第二天上午看到的，当时我们从战场上大步走过，低头搜寻字纸证件之类的遗物，以便之后寄给阵亡战友的家眷们。塞斯的遗体横陈在地上，幼弱的身体上还拴着他的鼓，脑袋却已经不见了。这并非那战役后果中最糟糕的一幕，如果要列一个惨状清单的话，最先记录在册的应当是烧焦的尸体。这究竟算怎么回事？上帝要我们去奋战，像大无畏的英雄那样，最后却把我们变成了烧焦的、连野狼都会嫌弃的烂肉。负责埋尸的小分队得到指令，全部遗体，灰衣和蓝衣的，都要一视同仁地埋掉，也都要不分彼此地为死者祈祷。乔瓦尼神父在用拉丁语一刻不停地念诵和祷告，那些以前从未见过战争的小伙子显得消沉又迷茫。眼前可怕的场面会对人产生影响，具体是哪种影响我不清楚。有几个士兵躲在帐篷里瑟瑟发抖，不管多少牛肉干和威士忌都没法让他们振作起来，我们不得不把他们送回大本营。他们现在连勺子都抓不住，更甭提去拿枪了。约翰·柯尔有一副菩萨的善心肠，此刻看上去非常忧虑。他手下有两个列兵死得很惨，就像从壳里被剔出来的螺肉——他们是被后排自家的火枪手给打中的。这样的事情时有发生，打起仗来，一切都显得那么黑暗、绝望和吊诡，这一点我心知肚明。战场上的情况瞬息万变，有谁能知道吗？算了吧，任何的基督徒都说不清的。我和约翰只能感谢上帝，利戈·马根这老东西和斯塔林，还有丹·菲兹杰拉德，都从战火中归来。否则的话，我们还能好好打牌吗？

那天夜里，把放哨值班的事布置妥当后，我独自走开，去灌木丛中一片小小的矮树林里独处了一会儿。月光穿过丛生的矮橡树倾泻下来，就仿佛上千条长裙。我心里想到，人某种程度上大概像一匹孤独的狼，有时候自己看自己，也觉得是陌生人，不是吗？我想到了自己的过去，想到了薇诺娜和她经历过的苦难与艰辛，我说不清自己到底是谁，她又是谁。斯莱戈此刻已在记忆中变得迷糊，曾经的遭遇遥远得仿佛只是一场微不足道的小战役。约翰·柯尔，还有他那无尽的仁厚善意，成为我生命里的光亮。那个死去的鼓手少年不断出现在我的脑海里，挥之不去，像漂浮的小船搁浅在不知何地的浅滩上。我觉得他本该从生活那里得到更多的。这勇敢的少年，从密苏里跑出来，乐颠颠的，绝没预料到前方有什么无妄之灾。他的头滚了出去，在弗吉尼亚一处荒僻的草坡上，那双亮晶晶的眼睛像来不及熄灭的星星。兄弟们把他埋进了一个土坑，上帝为证，哪怕是为他悲哭，也不足以让我更好受一点儿。打这场仗，要让多少人丧命？我们怎么才能算出那个数目？我像冬日树枝上最后一片枯干的叶子那样哆嗦发抖，抖得骨架子咯吱直响。活到现在，我遇到和结识过的、知道名字的人不超过两百个。活人不该像河水，当死亡来临时顺着瀑布的洪流急冲直下，坠进低洼潭里。人不是这样的，但这场战争却要求他们这样坠落和死去。我们有那么多人可拿去送命吗？事情怎么会变成这样？对着橡树树冠之间的空隙，我提出了这些疑问，再过一小会儿就得回去了，去安排二号岗换班。换岗，立定！持枪！换岗，举枪！向前走！

万籁俱寂，月亮正倾听着人间的低语。猫头鹰在听，狼也在听。我摘掉军便帽，挠了挠饱受虱虫困扰的脏头皮。等我们离开之后，狼会从山里跑下来的，顶开我们堆起来的石头，又刨又啃。也正因为这个，印第安人才把死人挂到杆子上。我们把阵亡者埋进泥土，是因为我们觉得那是尊重他们，入土为安。我们动不动就说耶稣啊，救世主啊，但那高高在上的神，或许对人类之乡一无所知。我们就是这么的傻，简直愚不可及。因为上帝根本就不是我们想象的那样。下雪了，雪光折射着月光，让宽广的大世界慢慢亮堂起来，像一盏光线幽暗惨淡的油灯。东边的角落被微微照亮的是一头巨大的黑熊正用鼻子嗅来嗅去，寻找零星块茎来果腹。我此前甚至都没听到它的动静，或许那奇异的寂静，也让它肃然起敬了吧。它现在看到我了，立即摆动沉重硕大的头颅，扭出一道弧线，用头带领整个身子转向我，想看得更清楚。它在掂量我，那种眼神聪明又冷静，它揣度了好久，然后掉转过去，跌跌撞撞地走回了树林。

雪下大了，我拖着沉重的脚步慢慢走回营地。夜晚的隐秘反馈，说给哨兵听了，就留给他去对付。我顺着帐篷之间的E通道，小心地摸索前行。上校和少校们，以及这类军官人物都在长官们专用的大棚屋中。帆布篷后面透出昏黄微弱的光，长官们背朝着大棚的进出口坐着，黑乎乎的剪影勾勒出他们的轮廓。雪下个不停，警卫静立不动。我能听到长官们的声音，聊的是家常还是战争，就不得而知了。夜已深沉，黑暗深处是万物的中心，漆黑的暗夜掌控着一切。人们已熟睡，帐篷之上，北美夜鹰在鸣叫。短音，长音，短复长来长复短。在这白雪覆盖的草原上，夜鹰的高歌永不停息，而那些帐篷只不过是暂时存在罢了。

我们又拔寨转移，安营在更靠近河边的地点，确定要在那里建立冬季营房。有谁未曾禁受过那无聊透顶的冬日的煎熬？估计没人。无聊到最后，人们甚至情愿拿小命冒险，在乱射的霰弹与葡萄弹弹雨中寻刺激。无聊之余，涂黑脸的滑稽说唱，那些夜晚的节目被拼凑起来演着解闷，这让我和约翰着实非常高兴。我们曾在剧场演出，但在这里，我们是作为两个男孩一起唱歌，唱一首《汤姆叔叔》或者《肯塔基老家》[①]。联邦士兵涂了脸扮演黑人，或许挺古怪吧。这场战争中，肯塔基州脚踩两条船，支持南北方的武装都有，所以到了那里，我们不得不如履薄冰、小心为妙。有一天晚上，丹·菲兹杰拉德穿上了女长裙，尽管脸涂黑了，却不小心选了首爱尔兰的情歌民谣来唱，然后，老天做证，十几个小混混的流氓本性就给勾引出来了。斯塔林·卡尔顿甚至说他想娶那黑脸村姑。

大部分时候，该死的两只脚是暖和不起来的，因为觉得什么都太无聊，所以不想动，也因为那些冬日里连半条消息都进不来，一丝一毫的新鲜事都没有，世界就好像终结了似的。所有人，我们知道的每个人，都仿佛听到了末日审判的喇叭正在吹响。只有当严寒稍稍高抬贵手时，信使或通信员才能勉强穿过荒原抵达营地。有几起高烧热病的病例，其中有些烧得神志不清。劣质的威士忌全喝光了，假如拉后勤物资的大车依旧过不来的话，士兵们会饿得开始啃靴子和皮带。发军饷的专员一直没来，大家都不禁疑惑，自己是一个活人，还是早已变成了一个哆哆嗦嗦的鬼魂。春季到来，地面仍旧硬邦邦的，不过我们已奉命开会时干活了——挖一条长长的堑壕，就是火枪手用的射击掩

①以上两部作品都以黑人为主题。

体，还有为大炮挖筑凸角堡。目前的高水位春汛下方藏着一处浅滩，不久后将会重新出现，我猜我们很可能会被派去那里值守。斯塔林·卡尔顿说，他很高兴现在当上了中士，不用再去挖土了。他还说，想不明白自己为什么要跑到东部来。他无疑很想念在拉勒米堡的日子，还有那些追杀印第安人的日子。

“长官，你不愿意帮助黑人吗？”丹·菲兹杰拉德问。

“你这是在说什么？”斯塔林说。

“帮黑人获得自由，支持维护联邦。”丹说。

“这跟黑鬼有什么关系呢。”斯塔林看上去一副困惑茫然的样子。

“你难道不明白，你打仗是为了什么？”利戈·马根说。

“老天做证，我晓得的。”斯塔林说。

“那你说说打仗是为了什么。”利戈追问。

“为什么，因为少校要我来打仗啊！”斯塔林说，就仿佛这是世上再清楚不过的道理。

林莺回来了，蝴蝶也是，那些位居高层的军官也来了。之前他们嗅到要下雪的第一丝征兆，就立刻溜之大吉。这些花花公子，这些上流人物，不可能指望他们像大白菜那样蹲在营帐里。尼尔上校在最厉害的大雪来临之前，设法往西边去了，但跑得不太远，只是去到了密苏里。现在呢，又开始担心起他家的双胞胎，还有尼尔太太。他得到了一些报告，似乎是家眷那边出了点儿状况，但军队应该会妥善处置的。战争让军力分散、稀释到了西部，民团自卫队在某种程度上就取代了军队的位置。尼尔上校可不喜欢民团武装，邦联的民兵们最坏，他们到处游荡，杀起人来就跟射杀桶里的鸭子那样易如反掌。一旦哪里出现了什么空缺，你就要找些人来填补。

一些不确切的消息渗入了军营，战争规模似乎在扩大，到处都出现了战场。但每一天的时钟都还是正常摆动，一切如常。军号照吹，口令照喊。牛拉着军需供应的大车终于到来，把物资拉进军营。真是救命，我们那时几乎只能吃子弹了。营地附近已经有了一座小小的尸骨坟场，满满当当地堆着“寒冬女神”的猎物。乔瓦尼神父喜欢喝白兰地，但事情照做，仪式照主持。号手的嘴唇都冻僵了，粘在了喇叭吹口上。小伤口让他的嘴皮破了，露出了肉，但他没机会停下来让破口愈合。

很快，我们听到消息说大部队要往南进军，会在浅滩这里渡河。我们的队长说他们要去往一个名叫威斯维尔的地方，要翻越蓝岭山脉。威尔逊上尉说，要给田纳西的叛贼们带去悲伤，我们不确定他是否是认真的。不过，河水水位确实降下去了，露出水面的两英尺浅滩，看上去是棕色的，大概是石头的缘故吧。征召的新兵来了一批，填补军中空位，还是爱尔兰兵，一如既往。“都是些城里混不下去的垃圾。”斯塔林·卡尔顿说。但他们入营时，我们照样欢呼迎候。看到新叶和新的面孔挺好的，万物复苏，一切都已萌动，我们也感觉没那么差劲了。

估计叛军是认为，如果能把我们从岸边清除掉，他们就能控制浅滩，并阻止联邦大部队过河后继续推进。我们了解到，叛军有一股相当庞大的力量正向大河右岸集结。瞎子也能看到，十多公里开外有人马掀起的烟尘。肯定有上万人，都是那些破裤子露出洞洞眼的亡命家伙。我们只有四千人，但优势在于，我们能像草原犬鼠那样埋伏着，有地洞掩护。长枪手的掩体非常多，横向长达一英里，所有壕沟都是曲折狡诈的V字形，堑壕两翼布满了炮位。我们配有足够多的炮弹，堆在那里简直能媲美埃及的金字塔。我们派了一个团，在后方守住防线。在右翼，我们还有相当多的由民团混混们组成的几个连队。斯塔林说，二打一，对“黄裤腿”们来说才是公平的；他还说利戈说斯塔林不会数数，是个满嘴谎话的田纳西叛徒，气得利戈大声反驳。

“你在说什么?”利戈吼道，“你不也是田纳西人吗?你干吗不去帮着叛贼们打仗呢?你身上散出的臭气可是跟他们一模一样啊！斯塔林！如果听到你说的这些话，我老爹会一枪把你崩了的！我估计你什么都不懂吧，所以不许你拿田纳西说事！”

“我看到某个人时，我就知道他是个叛徒，会从背后捅他一刀。”斯塔林说。

“这样啊，那你干脆过来一点儿，靠近我眼皮底下，当面给我再说一遍?!”利戈吼道。

“我就是在跟你当面说的啊，利戈，你的脸离我的嘴只有两英尺，非得要我亲你一口才行吗?”说到这里，两个人都爆炸般地哈哈大笑起来，就像他们平时所习惯的那样。

上校们潜伏在后防线上，中士们匆忙下到前沿，传达带来的命令。那当然全是正经大事，于是我们就开干了。利戈准备了一张纸，上面写着他的名字和他家的农场，开战之前，他总是把那张纸用别针固定在衣服上，他可不想被当成一具无名尸体埋进坑，不想让老爹连自己的死讯都听不着。他老爹八十九岁了，肯定已经在生死的边缘摇摇摆摆了，还能活多久，谁知道呢。利戈就后撤了，去打理那边的军旗小分队。我们的旗帜被高高举起，上面有三叶草，还有竖琴。那图案绿得就像四月的树叶，但灰扑扑的，也破损了。河谷的风撑满了旗帜，展现出它的形状。逐渐接近的叛军弄出了巨大的喧噪声，必须承认，我们现在神经紧绷，忐忑不安，甚至感觉头晕恶心。大家转头朝向南边，想看清那边到底是个什么局势。那里都是隆起的连绵小山，丛生的矮小树木，暗黑的丰满大河往南面倾泻奔流。这友好的大河保护着我们。尼尔上校这时骑在马上出现了，他弯腰对威尔逊上尉说了几句话，但没人能听到他们在讲什么。无论如何，反正好像还挺幽默。然后，上校顺着队列跨马碎步小跑，一边对大伙儿点头致意。我们右边有一个阵势挺大的骑兵连，但他们在后方的树林中，也不知道他们会不会派上用场，假如叛军在哪个地方突破阵线了，骑兵大概会冲下来吧。我们可不打算让那种情形发生，我们都吃饱了咸猪肉和硬面包，不想让“自己被敌人打败”的故事传到北方去。肚腹中开始膨胀，不少弟兄们有时突然就觉得想拉屎，可粪坑又在后方很远的地方。大家不断打嗝，食物顺着食道爬上来，仿佛是要出来跟世界再次问好。别忘了，还有尿会撒在裤子里，这就是士兵的生活。

现在，我们能更清楚地看到叛贼的队伍了，还能看到有各团组的旗帜在迎风飘荡。他们也有骑兵，跟着队伍慢慢向前紧逼上来。敌方的队伍横向分散开，上校们正试图应对和掌控这整个局面。一道命令下达，首先会引起混乱。我们差不多能感觉到脚下的地面在颤动，可怜的斯塔林·卡尔顿，尽管在努力确保他的手下各就各位、秩序井然，自己却突然喷射般地疯狂呕吐起来，咸猪肉吐了一地。不过他倒是还能喘气呼吸，也不怎么在乎有谁看到了自己狼狈的样子。他小心翼翼地抹掉嘴边的那些秽物。恐惧，也是勇气的近亲，我希望如此，因为我也感觉到了恐惧。我们观察着叛军，老天做证，一万人这数字恐怕是说少了。这他妈的更像是一个足额配置的大军团。我们能看到两翼有马匹慢跑着将火炮拖上来，也看到炮手们在调整角度射程什么的，然后两秒都不到，第一批炮弹就飞过了我们的头顶，就像上帝家尖叫的婴儿。

敌方向我们投来四千人左右的步兵大军，阵形中心是可怕的密密麻麻一大团人。还没弄明白眼前发生的是怎么回事，我们就已把炮口对准了他们，炮弹就如黄蜂汇成的一大片云，朝着叛军飞过去。在移动而来的黑压压的士兵人潮中，在一片喧嚣嘈杂的声浪之上，我们能听到己方的炮手喊出了口令，中士们少校们也在纷纷叫喊发令，我感觉到整个身体都收缩成了一团，像紧握的拳头，那象征惶恐和畏惧的拳头。善良的上帝啊，求你保佑。炮火爆炸的硝烟被吹远，成了一团浓浓的黑雾，慢慢飘过大河，像河面上的雾气。斯塔林的早餐已被吐完，此刻他站在我旁边哧哧地笑。他为什么笑，甚至连他自己也不知道，或者说尤其是他最不明白。上尉们下令开火，然后上千杆火枪随即一起发出了声音，将枪膛中的圆珠弹抛射出去，射向那些走动的活魔鬼。叛匪一个个腿瘦得像细杆子似的，身上灰胡桃色的衣服简直是破布，头上戴的帽子则各式各样，难以尽述。他们脑袋瓜子里大概也装了被美化过的战争吧。南方没有统一的军装，没什么吃的，粗玉米粉都没，还经常没鞋穿。这些样子很凶暴的混蛋，有一半是光着脚丫子。他们当中可能有从斯莱戈哪个贫民窟里跑出来的老乡。他妈的，其中一些人很有可能就是。他们压得更近了，现在我能更清楚地看到那些分队的战旗了，在他们中央，一起紧逼过来的该死的旗帜，上面也有三叶草和竖琴，就跟我们的一样。

战争通常就是这么疯疯癫癫的。我能看到的，敌方有至少十面军旗代表各自的队伍。旗帜，就是一个普通士兵所需要的全部军令。一旦看到了你团队的旗子，你就往那边去，不能让军旗落到该死的敌人手中。我注意到，眼前的这些家伙是多么的干瘦，就像鬼魂和吃尸体的妖怪。他们的眼睛，看上去就像两万颗脏石头，那种河水冲刷的卵石。每一秒过去，我都变得更为疯癫错乱。我非常害怕又恐慌，尿液顺着军队发的绒裤滴滴答答流淌下来，浸湿我的双腿，就跟母马在野地里撒尿似的。不过，这好歹也算是洗亮了我的靴子。我们的第一轮火力，大概消灭了敌方两百多人。叛贼烂仔那边有的忙了，要埋很多尸体。我们看到有些骑兵，从我们防御壁障的东边冲了下来，有五百匹马向叛军左翼那边跑去进攻。骑兵当中有几个被枪弹击中了，天知道那是哪边开的火。炮弹没法再找到合适的射程，现在到处是烟尘，呼喊声和尖叫声，远处什么都看不见，整个图景全被抹掉了。再见了，弗吉尼亚，我对着眼前的一片喧噪与混乱打个招呼。

我们给火枪重装弹药，手指动作能多快就多快。我敢打赌，斯塔林现在肯定又在幻想着，手中能有那漂亮的斯宾塞卡宾枪。之前他试图杀死“第一个抓住马”，为的就是那枪。我自己也希望能有把那样的枪。装弹药上膛将火枪准备好至少需要三分钟，必须争分夺秒，保证再次开火的速度。目前的战况是，敌人的进攻被挫败了，叛匪们正往后回撤。掩体胸墙和凸角堡炮位后射出的弹火是他们难以承受的，眼下他们没法射杀足够多的人，也做不到逼得足够近来压倒我们，像大河洪水那样吞灭我们，把我们溺毙在死亡之中。骑兵现在改变了方向，朝中间冲去，去追杀撤退的敌人。他们挥动马刀，砍向叛贼的后背与头颅。敌方的骑兵也朝着我们冲杀过来。至圣至善的耶稣啊！他们一起冲过来，像涌动翻滚的魔鬼，挥舞着高高举起的马刀，还有的人甚至拿手枪直接射中了我方骑兵的脸，肆无忌惮。兄弟们十几二十个的，一拨接一拨地落马倒下。地上原本就有吓得狂奔逃命的士兵，还有受惊的马匹，它们暴躁地把骑手甩落，简直乱成了一锅粥。另外还有些什么要命的险情，那只有天晓得。骑兵迅速疾驰后撤，该死的叛贼们占据了山丘，见鬼，不能这样的。他们还派出另一个骑兵团队，穿过那撤退奔逃的人群，冲了上来；敌军的步兵几乎要被迫再掉转头来，因为继续逃会被他们自家的战马踩踏。他们眼下又卷土重来了，我们只好保持开火，像魔鬼附身的疯子似的。眼前的情景，我大概可以赌咒说，是老克努特大帝[①]出手制造了这个奇迹——虽然古时候他没能办成。敌人的潮水向后退去。我们看着他们离开，持续了一刻钟左右。一阵欢呼声从我们当中冒出来，我们或站或跪，在那里气喘吁吁，就像好久没喝到水的牛群。上帝把这世界差不多都烧烫了，可斯塔林却只管靠在了掩体矮墙上，把他那大脸不加选择地全贴在了土上，就好像在亲吻

①老克努特大帝（Canute the Great），约995—1035年，北海帝国（英格兰、丹麦、挪威）国王；关于其传闻轶事，最广为流传的是他与潮水的故事。

那墙体。他已精疲力竭，就如奔走了一整天的狩猎犬。他体态庞大，那大个子是如此沉重，艰难支撑到现在，他终于瘫软了，扑倒在地。我能听到他在对着地面咕哝自语，嘴和脸全都糊在了烂泥里。天很干燥，干得像火炉，但他淌出的汗水浸出了一大坨烂泥，足够拿来做泥坯，烧成一只陶罐。

约翰从他的小分队那边走过来，在我旁边跪下了。他把头抵在我右胳膊靠肩的地方，似乎睡着了一会儿，像听着催眠曲入睡的小婴儿。突然之间，全体士兵，所有弟兄们，似乎都安睡了。没有任何力量能把我们再次唤醒，让我们振奋。我们眼睛紧闭着，仿佛是在祈祷自己的身体能尽快恢复，如果有神灵听得见的话。上尉们表示答谢，但无论谁的致辞，包含的谢意再深重，都远不及战役休止的解脱感来得尽兴。

第十四章

向晚黄昏的时候，敌军又来了。此时微风已经掉头转向，往东吹，河面上出现了无数波纹，像一百万个针线女工们缝出的长条蕾丝。这暮光的古老先兆带着一种慢慢降临的昏暗感，暗影倾斜着蔓延过土地，拉扯出一条长长的光带，苹果般的颜色浸染了天空。远处朦胧微蓝的群山变得更加黯淡，玻璃中现实温度的水银柱也随之沉落。或许，我们这次不像之前那样准备充分，后来也有人对粪坑所在地和战地医疗室那边的防御部署提出了严厉的批评。敌人肯定是从那边悄悄爬上来的，就像天空中那条红色光晕。最先攻击我们的是骑兵，他们肯定是钻研了一番，抓住了我们的弱点，然后绕过右侧的场院和军需物资堆放点，从空隙中乘虚而入，甚至还试图策马冲击相对稳固的后方防线。那层防线后面就是上校们和其他军官的指挥所。

面对来犯的骑兵，我方士兵们奋起迎战。我们愚蠢地依靠在掩体胸墙上，感觉到杀戮和死亡的脚步正一步步临近，为了避免悲惨的命运，我们只能拿自己的血肉之躯去堵截敌军。黑暗夜色大军的第一拨人马，也是敌人。这世界本身与它的自然现象也在跟我们作对。那边几百个弟兄，尽其所能地阻击了敌军骑兵。那些战马又转头往东，呼啸而去，混进新降夜晚的墨痕之中。上校肯定估计着还有下一拨进攻，我们被命令从掩体工事中出来，到前方野地里严阵以待；假如叛贼来了，就及时应战。我们谁都不想离开战壕，那玩意儿难道不是我们挖出来的吗？凭什么现在要离开？周遭暗影重重，地上横七竖八地躺着死人，四处蔓延着敌人的气息，这些都不是我们想要的。丹·菲兹杰拉德看着我，等待指令。我一言不发。

“要不要过去呢？”他问我。

“虽然不想，但恐怕我们应该去。”我说，

“得为了邦多拉哈的荣誉而战是吧？”他说着笑出声来。

“丹，邦多拉哈那村子为你做过什么没有？”我问他。

“什么也没有。”

“那好吧。”

我们当时有差不多一千人，大家伙儿笨手笨脚地爬出了战壕。幸运的是，叛贼这次没有派他们的大部队过来，只派出了稀稀拉拉的松散兵力，或许他们把大部队藏在了小山后面，正在耐心试探着有效的进攻方式吧。我们就往前走到了十步开外，站在弗吉尼亚州苍翠碧绿的草地上，大河静默而庄严地流淌着，威仪的花饰如同河面泛起的涟漪。碰巧的是，直接冲过来与我们碰面的叛军连队，正是我们日间看到的爱尔兰人。战争就是这样时刻充满着不确定性。利戈·马根把我们的队旗举起来，我们步伐平稳地在草地上行进，刺刀已经装配好了，枪也斜扛在了肩上。我们静观其变，除非对方加快动作。我们看到敌军正在用一种新的步伐慢跑。威尔逊上尉命令我们继续前进，我们便拔腿奔跑起来——其实没人想要这么做，但都身不由己。叛贼开枪的声音骤然响起，顷刻之间，战场变得热火朝天，到处是嘈杂声与流弹飞过的呼啸声。没时间来重装子弹啦，我们只能接着往前冲，端着枪，刺刀向前。一个微弱的呼喊声在我喉咙中开始往外冒，看似音量还不断增大，然后这同样的吼叫落进了其他人的喉咙中。那是一千人的吼声，而上尉是吼得最凶的，连大天使也会被吓坏的。那吼声比我们所见识过的任何风声都更大，其中包含的，是一种古怪而强烈的欲望，无比残暴。我们眼前的这些叛匪，已经耗尽了枪弹，只得扔下火枪，卸下上面的刺刀，一手抓刺刀，另一手抓匕首，对着我们冲杀过来。夜色越发深沉了，从黑暗中冲过来又一道马匹的激流若隐若现；我们暗暗祈祷，希望那是己方的骑兵。马刀寒光闪闪，挥舞砍杀，手枪开火，格杀勿论。骑手们弯腰挥刀砍剁，肌腱绷断，血肉翻飞。这一切都是在四周聚拢而来的黑暗中进行的。在昏暗的夜色中发起攻击，这是疯癫还是天才战术？爱尔兰裔的叛贼们也在呼吼，用盖尔语喊出各种脏话。然后我们双方碰头了，接着就全是肉搏角力，挥拳猛击，举刀捅刺。这些敌人都挺魁梧壮实的，我们后来才了解到，他们是铁路工和码头工人，从新奥尔良那里过来的，恐怕以往也没少干杀人放火的勾当。他们从这片黑暗中冲过来，为的可不是表达友好和善意，而是要取我们的性命，剜出我们的心。我遭遇了一个身形高大的中士的袭击，他试图拿博伊猎刀捅我，我没办法，情急之下只能将刺刀扎进了他的肚子。这些令人钦佩的高贵对手继续战斗了十分钟，在此期间，有数百人摔倒在地，几十人哀声求助。天已几乎黑透了，叛贼们又掉头撤退了，骑兵连也任由他们远去，因为在混浊的夜色中，追上去也是两眼一抹黑。南部叛贼与联邦军队的伤亡者都躺在黑暗中，流着血。

一个奇怪的平静间歇就此诞生。伤兵们因为疼痛发出的呻吟，让人联想到宰杀时没能被一刀杀死的牛。喉咙是被切开了，但没被彻底切断，血汩汩地流出，四肢在痛苦中痉挛抽搐。很多人是肚腹这里受伤了，这预示着死法将会极端可怕，苦不堪言。月亮静悄悄地升起，微弱的月光像纤长的手指，优雅，苍白无力。我们拖着步子走回掩体，救护小分队接到指令，立刻投入了行动，用新配置的医疗运输车把伤者运回来，送进营地。尽管遭到叛军骑兵的冲击，急救站还是幸存了下来，外科医生带着手术锯和绷带忙碌着。受枪伤的士兵比预料中的更多，尽管整个冲锋过程中，我没听到炮弹爆炸的声音，但很多人却失去了胳膊，还有胳膊断了挂身上的，腿也一样。一盏盏明亮的油灯被点燃，然后医生就开始动锯子了。这一带再往北也没有医院，所以手术治疗的机会只有现在。所有能用绷带包扎的肢体部位，都被紧紧地裹了起来。手术台的另一头，被锯下的胳膊和腿堆在一起，叠得很高，就像哪个脏乎乎的屠夫放在肉案上出售的货品。火已经被烧旺了，滚烫的烙铁压到了伤口处，尖叫扭动的伤兵被医生助手们死死地压住。我们心里很清楚，他们是活不下来的。那腐烂的创口会嵌入身体内部，尽管我们也许能一路颠簸着把他们运回北方，他们依旧见不到下一个圣诞节。死去的尸体上浮现黑斑，许许多多尸体堆在一起便形成了地狱。这种事我们都见过一百次啦。但万一能有幸存的呢，所以医生仍然继续干活。他汗如雨下，就像斯塔林一样。缺胳膊断腿的士兵太多了，但愿能有幸运者，我们默默祈祷。这当中也包括利戈·马根，他的脖子上被插了一把刀，他大概率会一直昏迷到礼拜一。他的身体软塌松垂，也许是因为在沉睡，也许是医生给这家伙用了乙醚。浑身浸透污血的医生包扎了利戈那湿乎乎的松软伤口，把他放到一边去了。“把下一个抬进来，”他说，“下一个。”“好的，可是医生，请你救救利戈。”“他已经是这里伤情最轻的啦。让这笨货出去。”医生说。谁都不能指责医生，他还要接着再干七个钟头，他那血糊糊的双手不停地忙碌着，恨不能得到上帝的引导。我们的那些战友啊，那些可怜的人，都被毁了，生命微不足道。

可怜的利戈，伤口愈合之后，大伙儿还指望他能照常归队。但结果发现，他的头没法转动了。那把新奥尔良爱尔兰人的博伊刀，直接留在了他体内，就像一把扳手。所以就在这战争仍在进行之际，他作为老兵，光荣退役了。他告诉我们，他打算回田纳西老家那边去照顾老爹，还说父子俩终于可以混在一起，凑成一对老浑球儿了。老爹仍然打理着三百英亩的农田，所以他可能需要新帮手跟着忙活。利戈看起来挺兴奋的，絮絮叨叨地说了许多，但在我心里依然觉得伤感。约翰·柯尔满怀深情地拥抱利戈，很多人也这样做了。只有斯塔林·卡尔顿看上去一副气冲冲、阴沉沉的样子，说的话也不中听。没了利戈，斯塔林不会好过，连现在一半好都不如，我们清楚这个。我觉得，一定的交往时间之后，哥们儿就会成为死党，跟连体婴似的。一想到斯塔林，就没法不同时提起利戈的。如今，总是汗涔涔的大个子斯塔林，不得不再去找另外一个伙伴啦，这大概不会容易。斯塔林说他很担心，利戈的脖子出了问题，没法转头了，那后面的劫匪偷偷跟上来的时候，利戈也看不到；他还担心田纳西的治安问题，那里现如今也不安稳了，穿蓝衣的一个联邦士兵，怎么能回田纳西去呢？这问题问得好。只不过，利戈不会穿蓝军装了，他走的时候，部队给了他一些又皱又旧的平民衣服。这身打扮看起来可不像有三百英亩农田的大地主，反倒像斯塔林所担心的劫匪。我们跟利戈握手告别，他真的是要靠双腿走到田纳西去，估计能有一条路穿过蓝岭山脉。肯定有。不过谁也不知道。总之，他就那么走了。

“有空的时候给我们写封信过来。”约翰说。

“我会保持联络的，”利戈说，“真不想就这样跟你们分开。”

这话让约翰一下子变得沉默而忧郁。这很罕见，约翰是个高个子，非常瘦，大部分时候他喜欢不声不响地做决定，继而行动，脸上不会表露多少情绪。他有我的支持，也想给薇诺娜最好的一切，从来不会忽视自己的战友。但在利戈·马根告别之际，约翰还是流露出了些许忧伤，也许想起了以前生病的旧日子，那时约翰病得动弹不得，是利戈跑前跑后地照料他。一个人为什么要帮另一个人？没必要费事问这个。世界只是一支漠然向前的游行队列，有种种残酷阴郁的时刻，也有枯索沉闷的时段，那时一切都停滞，我们天天喝菊苣茶，喝威士忌和打牌。我们只是漂泊之人，是陷在战争中的士兵。我们不想说华盛顿那边没章法，也不指望走上那里的大草坪。暴风雨雪能虐杀我们，战役也可以，然后黄土会将我们掩埋，没人需要多说只言片语，我们也根本不在乎。只要还能喘气，我们就挺高兴的，见多了恐怖与骇人惨象之后，能有片刻的安宁，不再被可悲的命运支配一切，就已经不错了。《圣经》或者其他任何书，都不是为我们这种人写的。我们大概都不算是人们称之为“人类”的生灵，天国的吗哪面包，我们可吃不到。但如果上帝要为我们的存在找到一个借口的话，那他不妨指出我们之间那种奇异的友谊，就仿佛在黑暗中摸索的人，跌跌撞撞，彼此点起一盏灯，召唤光明到来，相互解救。

那支叛贼军队把我们搞得一团糟，暂时得以解脱之后，往北方后撤了一段距离。不过，上校倒是挺高兴的。用他的话说，叛军毕竟是被击退了，虽然我们也付出了惨痛的代价。在一个叫作艾德沃兹的渡口，我们过了河。再次回到联邦的领土上，我们感受到了一种奇异美好的情绪。鞋子倒是成了恐怖之物，由于踩踏烂泥，还有沙砾落进了靴子里，约翰的脚底被擦伤了。我费了老大的工夫才帮他把靴子脱下来，在河水中帮他洗脚。穿越弗吉尼亚的整个行军途中，我们都没看到当地农夫的影子，他们大概已经逃得远远的了，每一样零碎的杂物都藏起来了。现在，农民们不再是充满戒备又无比吝啬的了，我们经过农舍时，常常能得到新鲜食物，我们的嘴巴肚子可好久没被美食犒赏过了。馅饼刚拿出烤炉，还热乎着，香气诱人。如果天国有这样的美食，我也愿意一试。

我们在营地安顿下来，一起驻扎的还有一支主力部队，总共肯定有两万人。我们驻扎在此，就像一座奇异的大城，突然在丘地和农场之间冒了出来。我们极为疲倦，累到了骨髓里，但威尔逊上尉还是想让我们训练，好随时备战。

斯塔林在三座小山丘之外发现了一个樱桃果园，立即认为生活在那里最好，便画地为牢，拒绝归队出操。为了把他弄回来，我们不得不带了根绳子过去。发现他时，他正高高骑坐在一株樱桃树上。

“你这蠢货在那干什么啊？”上尉的传令兵乔·林恩说。

“我才懒得跟你啰唆呢，”斯塔林说，“你只是个无名小卒。”

后来，上尉亲自出马了。他站在果树枝杈下，仿佛完全是出于无意之间，摘起了樱桃，放嘴里嚼一嚼，接着吐掉果核。“很好的樱桃，”他说，“卡尔顿中士，你找到了好地方。”

“谢谢夸奖，”斯塔林说着从树上爬了下来，“我反正尽力而为就是啦。”

“您要我把他绑起来吗？”传令兵林恩说。

“绑起来？”上尉说，“不，不用，我只要你们摘下帽子，往里装满樱桃。”

我们满载樱桃而归，斯塔林现在很轻松，未遭惩戒，自由自在，一路在我旁边走着。有消息说，将会有暴风雨袭击马里兰，但这一天安然无事。有些好日子被安排到这地球上，是为了提醒你生活本可以多么美好，就比如今天的天气那样舒爽、晴朗。田野和窄窄的小路向远处蔓延，一片苍翠葱绿，令人心旷神怡。樱桃树上果实累累，高悬的果实像一颗颗小小的红色星球。接下去丰收在望的还有苹果和梨子，只要暴风雨没毁了它们。这一切几乎让我们这些当兵的渴望卸甲归田的生活，想在有生之年剩下的日子里，长居在这样美丽的地方，停留在丰足、和平与安宁当中。斯塔林边走边说着底特律周边乡野夏天的模样，还有他小时候是如何梦想成为主教的，然后，在干燥的路面上，他停下了脚步，直勾勾地盯着脚下的地面。我认为他是不愿再动再走了，也许还是去把绳子拿过来为妙。我猜斯塔林是疯魔了，有两条小疯狗加起来那么疯。接着，他突然开口说话了，语气神情真的都很安静。上尉在前面，也只距离几米而已。他回头朝我们喊："你们现在不跟上来吗，还想怎么样？""我们这就跟上来。"我说。

每个月，如果军饷专员的铁轮车能找到我们的驻地，我们就寄十块钱给诗人麦克斯温尼，让他照顾好薇诺娜·柯尔。她又去给努恩先生演黑脸滑稽戏了，所以有了自己的一份收入来源——一周三美元，如果这可称得上是收入的话。我们的财富，是薇诺娜寄来的二十几封信，都用一根鞋带绑着。她的字迹很漂亮，她把大小事情全都告诉我们，也期待着我们回家，时常提醒我们别被枪打死了，无论是被叛军打死，还是因为开小差逃跑被上校打死，都不要。她说她希望我们有吃的，还希望我们每个月能好好洗把澡，这是她一直都坚持的。麦克斯温尼先生说，这小丫头长开了，正如花绽放，可以说是密歇根最美的俏姑娘，艳冠群芳。"要我说也是，"约翰说，"一点儿也不意外，谁让她是帅哥约翰·柯尔的闺女呢?”“哎呀，可不是嘛。”我配合地说。约翰笑了起来。约翰总是抱着这样的观点：我们活着的日子不会很多，有朝一日，在古旧的时间银行里，我们是要支取那最后一天的。他希望，在那之前能再见到薇诺娜。对这事，约翰差不多够虔敬了，起码达到了他最大限度的虔敬。

很快就轮到我们自己向田纳西那边挺进了。开拔之前，我们给利戈·马根写了一封短笺，告诉他在老家要留意消息，等着我们去。紧接着，我们得到的是一封悲伤的回信，利戈详述了他老爹去世的情况。叛匪们夺去了农场，还把他老爹当北方蓝衣势力给绞死了，农场所有的猪都给杀光了。叛军甚至都没征用那些猪，估计是他们不愿吃联邦的猪肉。这些该死的谋杀犯。利戈的老爹将家里的黑奴全都解放了，把地租给他们种，这样他们就不至于挨饿。叛贼说这是卖国，是背叛了南方邦联，这似乎倒是说对了。利戈说，从弗吉尼亚一路回家，他全程都在走，因为他不能搭乘从大力克[①]那里经行的火车，甚至不回头看一眼——这是他的小玩笑，因为他的脖子已经僵死了，不能扭头。叛匪们占据了铁路自己用，利戈家的农场在亨利县，一个名叫帕里斯的地方，但利戈在那里找到的，仅仅只有遗骨和哀伤。我们把这些都说给斯塔林·卡尔顿听，因为我们

①大力克（Big Lick），1834年建镇，位于弗吉尼亚州，1882年更名为罗阿诺克（Roanoke），同年成为两条铁路的交汇点。

猜测他可能挺想听到这些消息的，但斯塔林很快就烦躁起来，不想再听了。他疾风暴雨般冲出了帐篷，就好像内急得很。“他是怎么啦，见鬼了吗?”约翰说。

尼尔上校对我们挺满意的，但高层大员们对他可不是那么满意。他的位置被别人取代了，威尔逊上尉得到火速提升，当上了少校，而我们则有了一个新上校，这家伙对我们一无所知。尼尔上校现在又变成了少校，他回到拉勒米堡去了，斯塔林想跟他一起走，但根据入伍签了的合同，这愉快的服役生活还要再过一个月才会结束，他不能立刻离开。尼尔少校说，如果我们能重返拉勒米，他会很高兴的。约翰说，这一切结束之后，或者我们的三年合同到期后——哪一个先到就以哪个为准——我们就可以去接上薇诺娜，随后立刻去拉勒米投奔他。何乐而不为呢?

“等等，有个问题，你和那边的某样东西犯冲吧?”我对约翰说，“也许是那里的气场不适合你? 还有那些裙子该怎么办?”

“这个嘛，”约翰说，“我们要么一路向西，到旧金山去。在那里给自己找一个剧场，打扰一下那些心思简单的人，让他们心里起点小骚乱；要么就还是留在原地跟努恩先生干。”

“有何不可呢?”我说。

“世界就是我们盘子里的生蚝，”约翰说，“囊中之物罢了。”

于是，我们就这个讨论起计划来，仿佛是要去度蜜月的新人。四个月之后，大差不离吧，我们服役期满。没有谁认为战争到时会结束，也有人说，我们也许永远也看不到结束的那一天。叛军比以往任何时候都更强了，他们的骑兵仿佛闪耀着死亡的烈焰，即便是在没有像样的物资供应、食物极度匮乏、马匹瘦骨嶙峋的恶劣状况下，他们的眼睛依旧如火光般闪亮。真是不可思议，或许他们就是鬼魂吧，所以才不需要食品的滋养。

一个月过去了，我们的老伙计斯塔林拿到了他的退役文件，并把它塞进了自己的小包。那包是用两平方英尺的麻袋布缝制而成的。一个初秋的上午，很热，天气异常炎热，斯塔林离开的日子到了，而他的心扉也突然敞亮起来。我们一起经历过很多的血腥和杀戮，我们做过的每一件事，加起来的总量无疑也挺可观的了。被我叫作朋友的人当中，斯塔林是最为奇特的，他就像一本没人能轻易读懂的书，每个字母彼此混杂交缠着，大片的墨痕和污迹穿插其中，有些页码甚至是黑乎乎的一片。我目睹过他杀人的样子，事后也没什么悔意。杀人，要么就是被杀，我们其实也没有别的选择。所有斯塔林嘴上说“恨”的东西，其实都是他最珍爱的，他自己是否清楚这一点，我们不得而知。约翰送给他一把牛角刀把的博伊猎刀作为友谊的纪念，他久久地凝视着这份礼物，仿佛那是镶了宝石的一顶王冠。“谢谢你，约翰。”他说。他走了，去追随他心爱的少校。也许，衡量名叫斯塔林·卡尔顿的这个人，那就是最好的评判标准。他本质上还是忠诚可靠的。

第十五章

我们这些对林肯先生仍旧负有契约义务的士兵，紧急行军进入了田纳西，但接下来的很多天，我们竟然根本找不到敌人。这就相当诡异了，据说叛匪小贼们到处都是，但在我们搜索的地方就没有。林地，以及看起来模样哀伤的田纳西乡野，我们都胡乱地翻查过了，现在可没有新烤出来的馅饼了。急行军是一码事，军需供应的大车在后面能不能及时跟上来，那又是一码事。我们走啊走，走啊走，跟牵线木偶差不多。威尔逊少校负责指挥三个连队——A连、B连和C连，但整个团也许都是由他掌管的，因为新任命的那上校，所干的全部事情就是一路喝朗姆酒。那酒是从哪里搞来的，是个不解之谜，但他反正就能弄到，然后就只管喝。大部分时间，他就躺在军旗小队的拖车后部睡大觉，这可不是什么美妙的情景，但估计威尔逊少校仍然可以应付当下的局面吧，一切都显得井井有条。那废物上校名叫卡拉汉[1]，所以这大概可以解释他这副德行是怎么混成上校的。到了下一处教堂时，我倒是很乐意点上一根蜡烛，为尼尔少校增加灵光。

浑浑噩噩的日子过了好多天，然后骑兵通信特使突然赶来，给上校带来了高层的命令。威尔逊少校接过那军令，飞快地看了一遍——这么快，是为了让此举违背常规的感觉有所淡化吧。就在前方，我们都能看到一大团浓烟升起，就跟棺材黑罩布似的。我们甚至能听到炮弹咚咚咚的声音，就像巨人踏过硬邦邦的地面。可以猜到，前方有一场激烈的战役正在进行，现在我们要扮演救援兵团的角色，目标是去增援。丹·菲兹杰拉德身边是一群新兵，从没见过真枪实弹的战场，因此很是惶恐。他朝他们点点头。“你们都准备好了吗?”丹问，“真是些好小子。”丹现在根本不是什么军官，哪怕很牵强地说也不是。估计那些小家伙脸肯定都煞白了。眼下发生了什么可恶情况，他们可实在猜不透。蓬乱的大胡子就像欧越橘、覆盆子之类的灌木丛，都是些农家孩子的面孔。“弟兄们，现在你们要给火枪装弹药上膛。”丹说，语气自然轻松，就仿佛他是这些人的亲哥哥。正是这样，新兵们才有可能在战场上幸存求生。要有个人教他们，做示范，什么时候应该勇敢向前，什么时候又可以借好心的圣父的名义，像窃贼那样溜之大吉。

---

①卡拉汉（Callaghan），此名源于爱尔兰，有“爱教堂者”或“头部光亮”的意思。

我们必须快速行动，因为那边坚守阵线的弟兄们已经支撑了三天。看起来，我们就是他们等待已久的后援。田野黑沉沉的，很多庄稼被踩踏了，夜晚将至，阔大的天空更显忧郁。那些小小的农舍，隐藏在林地的角落里，我怀疑人们在家里是不会点蜡烛的，否则会把魔鬼般的士兵们招引过去，还可能会引来田纳西的大飞蛾。早上醒来，这些烦人的蛾子都会萦绕在帐篷外面，我们这几千号人跨过了路上仅剩的最后几道尖木桩篱笆，进入了坡度缓缓爬升的地形。疲惫感从四肢逐渐蔓延到全身，这是坡度需要我们付出体力。新兵蛋子们，面部神情看上去怪怪的，胆战心惊，似乎他们的举动完全违背了自己的意志。这时候下士们就有事做了，要给新兵打气，让这一切看上去是光荣的正义事业。要给他们灌输一种信念，这是很爷们儿的豪迈之举。他们此前经过了六周的训练，练习挺刺刀扎进麻袋，把枪横在同伴背上装弹药。挖掩体战壕。假如他们现在逃跑的话，后面跟着督阵的队长们是要一枪崩了逃兵的。最好是继续前进，马萨诸塞的弟兄们。这时，我们已开始陆续碰上了一些前线下来的蓝衣战友，估计是接到命令撤回来的，因为我们现在要奔向前沿。哎，这些伙计看上去累坏了，浑身湿透了。上边山里下雨了，那里的士兵就跟在溪水中游泳一样。“哥们儿，你们是什么人？”一个家伙踉踉跄跄地边走边问。“我们是爱尔兰兵团。”一个新兵回道，粗壮的声音像母鸡叫。“看到弟兄们来增援真高兴啊！”

那人说。我能看出，这句话让新兵们提振了精神。

约翰在我身边出现了。“那人是谁?”他问。

“我不知道啊，”我说，“你认不出他来吗?”

“认不出。不会是骑兵沃齐豪恩吧，他俩长得很像。”

“沃齐豪恩已经死了，”我说，“记得吗?”

我们继续向前，现在能遇上很多回撤的士兵了。“前方打得很激烈，弟兄们，你们自己要保重。”他们说。还有的士兵是靠其他人背下来的，伤口仍在流血，鲜血静默无声地滴在地面上。很快地，枪弹声和火炮声更近了。我们从树林间冲出来，前方是一座波浪般隆起的小山，没有树木。我们看到阵地前沿上丛集着士兵，在开火。叛军隔得不太远，藏身在一条条长长的火枪工事沟中朝外射击，比我们要安全得多。他们的大炮又是怎么搞过来的，竟然靠前线这么近？肯定是从另一条路线运过来的。我们的蓝衣弟兄在装弹药，在开火。现在看到了，我们这边至少也弄了简陋的胸墙，充当基本的掩体。那可是很重要的东西。随着我们的到来，立刻就是大规模的战斗岗位替换。那些弟兄，满身疲惫不堪，脸色红红的，或者是奇怪的苍白脸色，跟我们打招呼。感谢上帝，他们说。经由我们转达，他们接到了撤退的命令。后撤之际，他们发出了零星的欢呼声。感谢上帝，谢天谢地。

白日天光下的视野转换为黑暗，现在那猛烈的交火停掉了。叛贼的阵地安静下来，我们这边也是。什么都看不见。天空乌云笼罩，即使月亮升起之后，她也没法在云层中找到哪怕手指宽的一条缝隙来照向人间，就仿佛是突发了滔天巨祸，我们深受打击，眼都瞎了。“天父啊，”丹·菲兹杰拉德说，“有过这么黑的夜晚吗?”然后我们想起来，一整个漫长的白天，我们还什么都没吃，咸猪肉会送过来吗？这些蜷缩在阵地上的可怜人，总得填填肚子才好。看起来是没希望了。我们布置了警戒哨位和夜班哨兵，挺密集的，就跟栅栏一般。可这也不是指望他们能像捕鸟网那般缠住前来偷袭的“黄裤腿”。敌人的大炮仍然能覆盖有效射程，所以他们仍旧不时地开炮轰炸，炮弹画出高弧线落下来。我们的右翼和左翼应该也都有炮位，好像是在山边更平坦一些的岩层上。时不时地，我们的大炮也做出回应，与叛军那边形成了二重奏。在夜晚那辽阔无际的黑幕之下，一切仿佛都停止了，如同一场演出的落幕时刻，演员们卸去脸上的油彩，准备各回各家。威尔逊少校注意到了这地方的麻烦之处。最糟糕的地方在于，无论阵地高度还是士兵人数，我们都不占任何优势。那僵持局面很可怕，过去几天的磨难消耗和伤亡情况，无疑相当巨大。我们听说，大概有两百人被抬下了前线，其中大部分当时就已经死了。我们嘴里尝到了凶险的味道，我意识到，没有足够多的士兵来坚守阵地。这种奇异的直觉，是在长期服役中培养出来的。我们，蓝衣军和叛军，就好比是天平两边的托盘。每个士兵是一粒玉米，天平看来是往他们那头倾斜的。形势就是如此，你甚至都不急着期待早晨了，因为早晨将把战争带回来。我们根本睡不着觉，手紧紧抓住火枪，紧得简直要把枪给勒死；也试着放松呼吸，祈祷月亮不要出来。这黑漆漆的一整夜，我们都想着各自的私密心事，然后，黎明时分，天光开始触及它王国中的万事万物。阳光轻轻拍击植物的叶子，轻抚人们的脸庞。叛军从两侧向我们席卷而至，把我们惊得目瞪口呆，吓得屁滚尿流。我们又能责怪谁呢？前方葱绿的山丘上，他们倾泻而下。我们陷于混乱，虚弱无力地开枪阻击，但敌人的进攻如此突然，就如洪水一般，不可控制，为所欲为。没人知道他们有多少人，反正怎么也数不清。我们认为，眼前的最多也就是两个旅的兵力，但威尔逊少校相信那是整整一个兵团。他下达了投降的命令。投降！那等于是让“黄裤腿”们拿刺刀直接捅杀我们，拿火枪直接击碎打烂我们的脸。假如抽不出时间重装弹药，他们就把长枪倒过来拿，直接用枪托捣碎我们的脑壳。哪怕只为了两分小钱，我们也愿意奋战到底，但往上层去的那整个班底，从上尉到队长到少校的各级军官们，一致同意投降。现在我们都举起了胳膊，就像孤单无助的傻蛋。否则的话，我们将会连一个活命的也不剩下。无论如何，半个钟头的屠杀过去，我们已经失去了大概一千名弟兄。一万个癫狂恶魔冲下来，如秃鹫扑向我们的尸骨。上帝平时好像还肯帮我们的，但我估计这一天他撒手不管了。

叛军们看上去挺开心的，所有的嘈杂喧嚣都慢慢消停了。我们忽然萌生出一种奇特的快慰之感，就像一个人可能会自欺欺人地说，“终于能靠近些看看叛贼们的脸啦”。不过，说真的，他们看上去倒不是很邪恶的样子，有些人甚至还朝我们哈哈大笑，用长枪指着我们，让我们聚拢。我们感觉自己像一只失去了方向的羊羔，到处茫然地打转。一群群神色悲哀的蓝衣战士被赶到了一起，见鬼，我们感到了耻辱和伤害，这比直接挨枪子儿还要难受。稍稍能带来一丝安慰的，或许就只是我们没被立即批量屠杀吧。人们说，在粗野的乡下地方，叛贼习惯于把战俘就地正法的，但这些面相冷酷的家伙倒是没那么干。关于叛贼，我们可从未听到过什么让人舒心的故事，我们也不愿跟他们靠这么近。看起来，这些家伙所在的这个兵团是来自阿肯色州的，说话时就仿佛有橡子儿含在嘴里似的。“王八蛋！”丹·菲兹杰拉德对押解他的胜利者咒骂一句，结果脸上就挨了实实在在的一记老拳。丹歪扭着倒了下去，然后再次站起来，一直没吭声。我们的连队中有一群士兵是有色人种，是黑人，他们就如拆线一般，被从俘虏这张大网上给抽出去了。有大把的看守押着我们，三步一岗五步一哨，看起来是要让我们来一趟长途转场，用那种奇怪的南方口音发出命令。听从叛匪的命令。至圣的主啊，这太他妈的气人了，尽管现在身为俘虏，我们仍然有自由之心，眼下那心中激荡着屈辱，还有狂暴的痛苦。叛贼让有色人团组排成了一行，面朝一道久已废弃的战地壕沟。那个队伍中大概有一百名联邦士兵，他们和我们一样，不知道什么事要发生。有人喊出了一道命令，五十个叛军士兵一起向前面的黑人射击，那些有幸尚未被射倒的人开始疯狂逃命，边逃边哭喊着。另外五十个叛贼端着上膛的长枪上前几步，来负责终结那些逃走的人。黑人们倒在了那坑坑洼洼的壕沟中，最后的收尾工作是用手枪来完成的，叛贼们确认所有人都被击毙后便离开了，就仿佛他们刚刚射杀的只是些鸟儿。约翰看了看我，满脸写着无言的惊愕。静谧的周遭，也许有一双双眼睛藏在暗处，疑惑或者冷酷野蛮地扫过一切，当然也会有过满足的快意如釉光浮在叛贼面容之上。有活儿需要干，好在也干完了，叛贼脸上的表情就是这么说的。我们其余的人被告知要排好队，迅速动身。

我们要去的地方是安德森维尔。是什么鬼地方？有谁听说过吗？我们转场过去，需要行走五天。假如有什么地方不值得千里迢迢赶过去的话，那这地方就肯定算一个。一路上，我们用来维持体力的东西就只有野地里的脏水，以及受潮的、黏糊糊的玉米面包——叛贼是这样指称那玩意儿的。要我说的话，那既不是玉米，也不是面包。“黄裤腿”派出一整个团的士兵负责押送我们，他们倒也没别的伙食，得和我们一样吃这些廉价的食物。这帮家伙是我有生以来见过的最惨的兵团：其中的一些人始终在发抖；有些得了大脖子病；还有更糟糕的，模样像是食尸鬼在放牧

——指的当然是我们这群失败的羔羊。途中有数百人死去，而那些身上带伤的，肯定是要去天国找外科医生了。尸体被踢到了路边的沟里，像之前被枪杀的黑人士兵一样。另外，肯定也有很多可怜的蓝衣弟兄在田纳西和佐治亚的田沟里永恒长眠了。双脚越来越肿胀，直到无法再裹在靴子里，我们不敢脱鞋，因为脱了就没法再穿回去了。饥饿像是长在肚子里的一块石头，越鼓越大。每多走一步，饥饿的重量就越让人觉得难以支撑。我们满怀着落寞和沮丧之情，被恐惧的潮水浸透了灵魂。行军的第三天，我们遇上了大雷暴，那也只不过是大自然的一首哀歌罢了，唱的是我们此刻的苦难和困厄。眼前的黑暗无法消除，整整一万英亩的暗蓝色和黑色乌云笼罩在天空中，闪电甩出它锋利、耀眼的亮黄油彩，划过树林，响雷震颤天际，像狂暴之人的咆哮。在这之后不久，密集的大暴雨倾泻而下，似在提示死神就要到来。我们脚步沉重，就那样走啊走，有些人赤脚走，还有的人啪嗒啪嗒地拖着靴子。我们的脸瘦成了长圆形的，凋萎无生机，煞白无血色，就像缎花那熟透后银白的籽实心皮。假如身上藏着刀的话，我们恨不得把叛贼那心肝给剁碎。在行军的头两天里，兄弟们总是东张西望，想着只要有机会就去撕烂敌人。约翰说，他的脑海里总是飘浮着鼓手少年麦卡锡的影子。那孩子倾尽全力，尽了应有的义务，却这样轻如鸿毛地死了。约翰还说，自己一遍又一遍地看到那些死去的黑人士兵，他们的尸体被粗暴地扔进壕沟。“冷静点儿，约翰，别胡思乱想。”我说。到了第三天，在大雷暴中，我们遭遇了天气变化的残酷磨炼。死神的太阳烤我们，火焰直入五脏六腑，而死神的月亮大口猛吸我们的鲜血。血流迟缓凝滞了，青春骤然终止，我们感觉自己忽然变成了老人，被漫漫岁月压弯了腰的老人，被整个遗弃了，沮丧又绝望。当兵打仗的人，很少遭遇这般生不如死的疲惫与厌倦，可以说从未有过。

我们来到了这成员庞杂的人群中，看到了大批破衣烂衫、蓬头垢面的可怜人。他们曾经是联邦军队的士兵，军队很可能有一千顶帐篷吧，希布雷式样[①]的，还有A字形的。我们抵达的城市，路中间的一条泥道，将“城区”分成两半，另有五十条小路延伸进入这些奇异的居住地。这里肯定有三千个战俘，或许更多，很难算出精确数目。高高的原木隔栅之外，那些愁苦的歪歪扭扭的树木，看上去也是一副囚犯的模样。战俘营的几座岗楼监视着我们，楼里关的全都是爱尔兰人。到处有看守者在把风，火枪斜扛在肩上，还有一些邦联士兵坐在附近，几杆长枪竖着架在身边，也许是在等待命令，等着把我们给灭掉。到处都是臭烘烘的，大概只有魔鬼的巢穴才能如此恶臭冲天吧。到处都是秽物的污痕，就像结了一层厚厚的污秽的硬壳，把所有能生长的东西一概杀灭。我们可以看到士兵们在粪坑

①美国军官希布雷（Sibley）设计于1856年的锥体帐篷款型，可容纳十二人左右。

边拉屎，那洼坑毫无遮挡，跟野地一般开阔，士兵们瘦骨嶙峋的屁股恍惚呆滞。我们在一顶帐篷里坐下，十三个人，我和约翰以及丹，还有其他人。丹紧靠着我们，因为他想起了一些事，心中满是恐怖与黑暗。他说这一切，自己以前全都看到过，他说的是什么意思，我起初没听明白。长途步行让丹的情况变得很不妙，他双脚在淌出看似黄水的东西。假如这里有外科医生的话，那肯定也是去休假了，我们根本就没见过医生。该死的看守弄了两个黑人丢在我们这一组当中，根据他们咧嘴奸笑的样子判断，他们可能认为这样安排挺幽默的。那两个黑人中的一个，在战场上被敌人抡着马刀狠狠地砍中，一只手当场就折断了，几个脚趾也没了。他倒在脏乎乎的地面上，整日整夜地呻吟着，看上去急需医生治疗的样子。我能做的一切，就只是看着他。他的朋友试图给他擦身，但我觉得这不管用，因为他全身都太疼了，哪里都有溃烂的伤口。那朋友说他名叫迦太基·戴利，他说话之前对着我们端详了一番，想探察出我们是不是仇视黑人。我们当然不是那种人。接着，那个黑人告诉我们，他俩参战打仗已经有一年了，并且亲眼目击了在弗吉尼亚的军事行动，也曾到了里士满的城墙之下[①]。看来这是个正直可靠的人，真心关爱和照顾着他的朋友。他说，倒霉黑人同伴叫伯特·卡尔霍恩。

①这里是指北方军队于1861年7月进攻南方邦联首府里士满，遭遇惨败。

年轻的伯特·卡尔霍恩急需一个医生，这是我的见解，但他妈的一个医生也没。整个战俘营到处都是需要就医的人。帐篷构成了我们这条小小的快活巷道，而这里的监管人是中尉斯普拉格。不管你问他什么问题，他都是哈哈大笑，仿佛是在说，你们这些肮脏的蓝衣小家伙真搞笑。我们让他开心得不得了。我问负责看守的那个卫兵，能不能做点什么，来救一救伯特·卡尔霍恩，这家伙也哈哈笑了，我们就像是在努恩先生剧场上演了一幕滑稽戏，而且根据他们的笑声来推断，我们差不多可以去南方巡演吧。

“那小弟的手就要掉下来了，只靠一丝皮肉连着，”我说，“你们不能找个医生来吗？”

“医生可不会管一个黑鬼的。”那看守说。他是个下士，名叫基德。

“这人病得这么重了，你们不能见死不救的，不是吗？”约翰说。

“我不知道。”下士基德说。

在这之前，基德可是想着跟我们干仗的，他应该想到这个才对。帐篷里跟我们一起的，还有个黑头发的家伙，他要我们停止为伯特·卡尔霍恩寻求救助，说只要是帮助黑鬼的人，都会被开枪干掉。说黑鬼之所以被放到我们当中，就是为了测试我们的立场，找出站错队的人。说他昨天才看到一个看守枪毙了一个蓝衣军士，就因为那人问了跟约翰·柯尔同样的问题。我望向约翰，想知道他是什么反应，只见约翰缓缓地点了点头，像个贤明智者。“我想我应该懂了。”他说。

伯特·卡尔霍恩死了，但他不是唯一的一个。阴郁的冬天带着那冰冻刺骨的灵魂到来了。取暖的柴火，我们连一根都没有。一半囚犯都不再有鞋子穿，我们所有人的衣服也都破旧残损，有点儿御寒衣物简直成了奢望。夏季和秋季当兵时，我们已经感受到了物资短缺，但到了冬季，无情的寒冷像老鼠般啃咬我们的皮肤，一切就变得更加难以忍受了。在营地东边的角落，叛贼们开挖了一个又长又宽的土坑，把每天的死尸倒进去，大概每晚都有三十几人，有时候更多。除了那污秽恶心的玉米面包，我们没有其他任何食物，即便是这样令人作呕的面包，我们每天也只能分到三个指头厚的一块。善心的上帝啊，你要我们如何靠这不能称之为食物的东西活下去呢？日子一周周地过去，我们默默祈祷，期盼着林肯先生安排交换战俘，就像之前那样，但中尉斯普拉格乐颠颠地告诉我们，林肯先生说啦，他不想换些骷髅架子（指的就是我们）回去。“叛军战俘们有北方的粮食喂着，都吃得胖乎乎、圆嘟嘟的，把他们拿来交换被俘的联邦战士的骷髅架子，怎么想都不划算。”荷默·斯普拉格说着哈哈大笑起来。我们就是这么的好笑，是他笑料的源泉，长河般的源泉。

我们躺在那里，一周又一周。四处转悠或者晃荡都没什么意义。粪坑到处都是，那种恶臭是没经历过的人永远想象不出的。从没有人清理过这些粪坑，我可以赌咒，人们可以透过粪坑看到玉米面包那漫长的前世今生，可怕的历史。现在夜晚的温度很低，远远降到了温度计的极限以下。我们就像一窝鼻涕虫那样，紧紧交叠在一起睡觉。我们人堆的外围，寒霜冷得刺骨，人们很可能在睡梦中冻死，很多人确实也就那么死了，随后就被扔进坑道里。六个月过去，我们不再像以前那么在乎了。我们照旧在煎熬中挣扎求生，有时也偷偷想着干脆死了算了。丹·菲兹杰拉德瘦得不成人形，只剩骨头架子了。约翰也是。我也是。一个人饿得那么瘦了居然还能喘气，还能移动，这简直不可思议。

南边的角落里关押的是叛军自家的一些囚犯，他们被关在一处特别的营房中，不断接受审讯拷问，然后被带出去枪毙。他们自己的人已是如此，我们还能有什么机会？林肯先生，请给我们一些消息。林肯先生，我们可是为你扛枪打仗的啊！别把我们扔在这里。中尉斯普拉格一定是魔鬼的儿子，因为他嘎嘎嘎地笑了又笑。他笑，也许是因为只能笑吧，否则的话，他会猛扯自己的头发，恐怕要疯掉。他们也不是克扣我们的口粮，他们自己能得到的吃食也极为稀少，因此，现在差不多是一群骷髅架子看管着另一群骷髅架子。我看到很多看守也没鞋子穿，这见鬼的战争究竟是为了什么？我们是要建立怎样的世界？我们说不上来。我觉得，不管什么世界，反正就是到了末日。我们来到了时间的尽头，就是在这鬼地方。就像该死的《圣经》里说的那样。我们怎么会躺到了这里，有人看着，被关在四面墙壁之内，关在这林地包围的营地之内，而寒冬那疯狗在啃咬我们，牙齿在刮擦撕扯我们的四肢。这他妈的到底是为了什么？约翰留意着迦太基·戴利，以防那终极坏事的发生，虽然看不看也差不多。约翰不为他说话，也不说他的坏话，但总是乐意让他分享一点儿自己的玉米团，因为看守连一小口吃的都不给迦太基。连一点儿碎屑残渣都不给。约翰自己的口粮也几乎等于零，不过还是分一半出去，把玉米面包从中间撕开，没人看见的时候就偷偷递给迦太基。长达三四个月，日复一日，我都为这事望风。不得不说，活人那身骨头能聚能凸出来这么多，真让人惊诧。我能看到他屁股上的骨头，还有他腿上的骨头，在膝盖这里就显得粗大了很多。他的胳膊简直像从干死的枯树上砍削下来的细枝条。

第十六章

人们说，这是有史以来世上最冷的冬季。我也相信这说法。约翰说，好心的上帝如果还不安排什么救助的话，他就要死了。我说他绝不会死的，他已经签字同意了上帝的条款，就必须遵守合约听命运的摆布。话虽如此，但我能看出，约翰的情况不妙。他拉的全是稀水，每当要去东边的粪坑时，我们就不得不彼此架着，一起支撑着挪过去。然而，我们也仅仅是几千人中的两个而已，没有谁能拿到去舞会的优先票，没人能受到优待。在激战中获胜的光荣战士，以及在战争那年代的迷雾中掩藏起懦夫行径的胆小鬼，或许都是一样的。现在到了这里，在安德森维尔的太阳和月亮下，众生平等。这个混合群体已经神经错乱了，我估计荷默·斯普拉格就是这些人的大王了，尽管他也在忍饥挨饿。人们全都是疯疯癫癫的，看起来真古怪。所有的看守，还有放哨的叛贼卫兵，都是皮包骨头，越来越瘦。这个老天可以做证。士兵们说，南方连个屁都没有，联邦军队把秋天的每一样庄稼都给烧了，把农地都给烧了，把当地乡民的栖身之所也给烧了。可是，叛匪们还是跟我们扯那些凯旋大捷什么的，说干掉了多少多少北方军，说里士满没有沦陷，没像维克斯堡那样被攻占。狗屁的历史，他们愿意说什么就说什么吧，反正我们又不知道真相。他们看似挺相信自己嘴里说出的每一个字的。听到这些东西，只会让我们觉得受伤。

这样的生不如死，就像是在刻木结绳记日子，这美好的世界何曾见过这般漫长的煎熬？我们在这里的兄弟，来自四面八方各个角落，大部分是东部人，但也有来自那些北方州的，那些州是与加拿大接壤的。我们当中有农民、箍桶匠、细木工，正打算移民西部定居的人，为联邦服务的商人与军营流动小贩，现在都成了同样的战俘营公民，被饥饿搞得不成人形，被伤病碾压蹂躏。水肿、坏血病和痘疹随处可见，我们胸痛、骨头痛、屁股痛、脚痛、眼睛痛，脸也痛。严重又丑恶的大片红疹，成了千百张脸上的标记，不仅如此，我们身上也千疮百孔，有疥癣，虱子啃咬的瘢痕，还有无数只臭虫。人们病得一塌糊涂，哪怕一开始时身强体壮，如今也奄奄一息了。那一丁点儿的口粮，拿到之后必须立即塞进喉咙里面去，快速咽到肚子里，否则就会被偷走。没有牌打，也没有歌声或音乐，只有默默无声、日复一日地忍受着苦难的煎熬。有人失去了知觉，意识模糊，因此幸运地躲过了精神上的煎熬。靠近营地边界墙的地方，插有一排白色的木棍子，那被叫作死亡线；有人瞎晃悠超过了那线，就被当场开枪打死了，他们到死都不知道自己在哪里。在帐篷入口或里面，人们像哑巴一样呆呆地站着，长时间未清理的胡子像横生的杂草，站不动了的人就只好成天躺着。至于黑人，叛贼们明摆着很仇恨他们。一个带伤的黑人小哥，照样得被抽上四十大鞭。叛贼们毫无怜悯地走上前去，对着他们的脑壳开枪。约翰又开始低声抗议，而我不得不一遍又一遍地摆手势让他保持沉默。

然后，我也说不准吧，也许是老亚伯[1]突然良心发现，总之一伙叛匪战俘在伊利诺伊州被放出来，兴冲冲地奔回了南方，而同样数目的一批人从我们当中抽出，遣返北方。有件事情，林肯先生倒也是对的——我们真的就只是披着破衣烂衫的一堆骨头了。在佐治亚，留在我们身后的，还有成千上万的骨头，在我们的梦中闪着可怕的光。丹·菲兹杰拉德没拿到让他走的释放文件，我们不得不跟他握手告别。这小伙子，已是从七种屠杀中侥幸逃生，可是所有那些脸，那些人，永远也不会得到拯救，他们即将被交付给死神。我们这些被释放的战俘肩并肩躺在无顶棚的大车上，感觉到彼此的腿骨在相互敲击，弄出的声音像某种奇异的音乐。

①即亚伯拉罕·林肯。

一进入联邦的地界，我们就被转移到了战地医疗运输车上，朝北方行进。战争导致的赤贫窘困在一切事物上都留下了印痕，看上去就仿佛要把美利坚全都给抹掉似的。被废弃的农场一片荒芜，城镇成了黑乎乎的废墟。在我们被抓走的那些日子里，这世界大概也终结了吧。约翰表现得很安静，正透过大车挡板的缝隙向外张望着。他那黑色的眼睛像河水中的卵石，让人恍惚间以为他在流泪，定睛一看才发现，那只是他的亮晶晶的眼睛而已。我们就像受过轮刑一般，身体已支离破碎，心中却依旧渴望着能回到薇诺娜身边，她是我们唯一的亲人。

麦克斯温尼先生又沿河往北搬过家了，因为石膏矿侵占了原本的土地。他找到了一处地方，是在河岸边，房子搭建在四根柱子上。有两个房间和一道门廊，面朝白天太阳升起的方向。薇诺娜已经十二岁了，也许还更大些吧。她看到我们时什么也没说，但表情把她要说想说的全部意思都传达出来了。战友们把我们抬进室内，放到了床上。约翰的脸瘦得厉害，简直可以透过这副模样预知他死后在墓里的样子。我们那时的光景，某种程度上就是“死人重回阳间”。人们说，仁慈恩典的门有六扇，我们希望能遇上一扇，可以伸手推开。

吃下的鸡蛋让我们稍微有了点力气。努恩先生来了，看着我们，然后老天做证，他哭了，在那脏兮兮的河水旁。约翰笑着安慰他，说还不算太坏，至少我们回来了。“上天有眼，”努恩先生说，“我明白你的意思，我只是容易动感情。”演黑脸戏的男男女女都说，每天要送馅饼和糕点过来，让我们吃个够，这样才能恢复精力。

“也许你可以把我们编进一出戏里去，”约翰说，“就叫‘难以置信的骷髅架子’。”

“我可不想这样。”泰特斯·努恩说。

“确实，你不会弄那个的。”约翰说，他也为自己刚才说的话感到尴尬。

尼尔少校写了信来，说他看了新闻，知道我们出来了，因此奉上最美好的祝愿。他还说，尼尔太太和两个闺女都好好的，也向我们问好，表达最好的心愿。尼尔少校的意思是，战争已经把拴绑西部那些“畜生”的绳子全都解开了，所以那边闹哄哄一片，麻烦得很。斯塔林·卡尔顿去投奔少校了，到目前为止一切顺利。少校称自己的队伍才是真正的军队，斯塔林现在担任士小队长。一点儿没错，我确实认同，军队是有真假之分的。在大激流城的河畔，每件事物都让我们感觉犹如大梦一场。接连几个月，薇诺娜都在努力把我们拉回到正常状态。当我们终于能起身穿衣服时，我们对自己的进步激动不已。因为这个激动也是挺滑稽的。慢慢地，我们的体重开始增加，恢复了人形，不再是会吓呆小孩子的“食尸鬼”了，也渐渐开始可以坐到餐桌边正常吃饭了，有时还能坐在门廊上晒太阳，对生活的正常渴望也在恢复。我们开始在头脑里思索起关于未来的计划。

一天上午，我们像乌龟那般慢吞吞地挪动，去埃德·韦斯特的理发店，去剃大胡子。镜子里的我们看上去可不像约翰和托马斯，老兄啊，就是不像，根本就不是我们熟悉的自己，而是两个看上去又苍老又陌生古怪的陌生人，尽管据我们所知，我们甚至还没到三十岁。在遭遇了过去的种种之后，任何人都有权利来诅咒这世界的，而我们却发现，心中并未积压许多的冤屈和愤怒。我和约翰能在苦难中相遇，彼此鼓励和陪伴，已是意外之喜，是我们所能期望的最好的事情了。在生活的大风暴中，我们还遇见了薇诺娜，她说她也同样惊喜，说我们能回家真是太好了。她说这些话时的声音如此美妙，和大车上大腿骨碰撞弄出的旋律截然不同。我们决心要好好生活，有什么理由不呢?

根据石膏矿井蚕食河岸的程度来判断，只要可怕的战争狂暴肆虐，大激流城的矿业生意就能维持下去。这和平终究还是来了，武器被重重地放下，这座窄窄长长的城市里响起了欢呼声，但我们也清楚，成百上千的人永远地离开了，这座城市此前生产的东西，也随着战争的休止失去了意义。城中一片沉寂，仿如无人的森林，就像从前在古老的密苏里河边所能感受到的那种静默，但那大河本身依旧不得安生，充塞着人类彼此争斗的残酷现实。大激流城里的万事万物都急剧地陷入停滞，小商店静悄悄的，街道成了老人们的散步场地。努恩先生关了剧场的大门，他那人才济济的戏班子也散伙了，所有演员各奔东西。泰特斯·努恩满脸困惑，两只手深深地插在衣袋里。毫无疑问，那些演员是他的最爱，发出遣散令让他们自寻出路，这让他痛到骨髓里。但没办法。没人看戏就一分钱也挣不着。

我们收到了利戈·马根的来信。在我们休养长肉的时间段里，利戈就时常与我们保持着通信。他仍在挣扎着打理农场，疲于奔命。他老爹解放的那些黑奴，早就被当地民团杀害了，只剩下两个活口。他所在的那片乡村全都在战火里成了废墟，仿佛鬼魂游荡的荒原。即将来临的这一年让利戈心事重重，一月份要烧荒，他一个人怎么搞得定？农地在野草中休养生息已有六年，现在种烟草正合适。他在信中问我们，如果没什么别的事忙得走不开，能否过去帮个忙？他还说，自己生活的地区人情冷漠，是个充满猜忌和怀疑的大泥沼，他信任的只有我和约翰。今后那几年恐怕都会很辛苦，但我们觉得，利戈那边还是有指望的，可以有所回报。他没有亲人，除了我们。如果我们去了，他希望我们能带上好一点儿的手枪，在那一带，带长枪出门是明智之举，如果每人还能配一百发子弹，就跟在军队当兵时那样，就更好了。事实上，人们常说，利戈就是个支持北方的南方佬，跟他老爹一个样。在朝着河面的门廊上，约翰读信给我听。我们用旧针织上衣裹着脸，直到眼睛这里，头上戴着旧熊皮帽子。我们呼出的热气，像孤寂的花朵飘浮而出，在空气中消散死去。因为矿井停掉了，那深河中的水流现在更清更干净。河边那些石膏石矿柱，如凋萎的枯树，冬季的留鸟停在上面，唱它们机灵聪明的老歌。薇诺娜穿着冬日的厚长裙，快乐得像一朵玫瑰。时间老人大概在看着这一切吧，带着他的长柄大镰刀，还有沙漏。麦克斯温尼先生一边听着鸟鸣，一边抽着他七分钱一根的方头雪茄。“这是田纳西的烟草，”他说，“挺好。”

我们提出恳求，劝说贝乌拉·麦克斯温尼跟我们一起走，但他说自己暂时不想去测试南方对他这种人的耐心，而且没了他，努恩先生怎么办？约翰不辞劳苦，长途跋涉去了马斯基根。战争已毕，军队的船在那里卸下了上万的骡子和马匹。他买了四头骡子，几乎不要钱。我们之前回信给利戈了，听说我们会去，他高兴得不得了，说如果能弄到几头骡子，带过去犁田的话就最好了。现在田纳西有饥荒，马都被宰杀吃了，到那边去估计要一周的时间，也许两周，长短取决于我们找到什么交通线路。贝乌拉给了我们他存下来的十张票子，两美元一张的，是密歇根州伊利与卡拉马祖铁路银行发行的纸币。

“这个我们不能收的。”约翰说。

“你们收下没关系的。”贝乌拉说。

我们还有五枚金币，两张五块面额的钞票。当兵服役这么久之后，我们存下的就只有这些，还有一点点钱，是我们出发去打仗时，努恩先生欠着我们的。给北方军当大兵扛枪可发不了什么洋财。第四头骡子将用来驮运那些零碎的小东西。薇诺娜的换洗衣服，还有我自己的私人衣帽，其中躲藏的蛀虫什么的。约翰请女裁缝狄恩维蒂，把仅有的几个金币缝到了薇诺娜家常裙装里，就是上身下摆的花哨坠饰里面。可薇诺娜露出了微笑，说很久以前，当骑马远行打仗时，她的爷爷也做过同样的事；把西班牙古金币缝进他的战袍里，据信是强大的巫术，可保刀枪不入。

临行前的夜晚，我们跟努恩先生还有三两个伙伴一起喝酒，威士忌喝多了，远超出适量。那是一段美妙的时光，努恩先生即兴发言，回顾往日情景，预祝未来的日子会更好。珍重再见和友谊永存的承诺从我们的嘴边说出，每一张脸上都浮现出黯然忧郁的神色。

看起来，一切都准备就绪，只待动身南行。从大激流城这里，你可以放下一条铅垂线，直直地向下就到了田纳西州的帕里斯，所以我们就按照罗盘的指向，一直往南走，穿过印第安纳州和肯塔基州。麦克斯温尼先生在一旁点头，仿佛我们谈论的事情是他不用想也知道的。他说，最重要的是照顾好薇诺娜。麦克斯温尼先生也许有一百岁了吧，但也没老到感受不到分别的痛苦。我觉得，薇诺娜已深深扎根在他的心中，就像她在我们心中那样。薇诺娜对我们来说，就像这世间某样很特别的礼物，一种上苍的恩惠和奖赏，让我们无论何时都有所寄托。贝乌拉·麦克斯温尼伸出他灰黑色的手，握住薇诺娜滑润细腻的手，后者肤色棕黄，像打磨抛光后的松木。“贝乌拉，谢谢你为我们做过的一切。”薇诺娜说。诗人麦克斯温尼垂眼朝下看。“你不需要谢我的，”他说，“是我要谢你才对。”

我们弄到了很便宜的骡子，那就意味着我们没法搭乘往孟菲斯方向去的火车了。把四头骡子装上一台马拉的长途大车绝无可能。但我们觉得无所谓，反正一路悠闲骑行也不会让骡子累断气的。“给薇诺娜看看田野风光也不错。”约翰说。然而不久后我们就发现，这个世界上最糟糕的路，就是那条南北向纵贯印第安纳的烂泥路。“他们难道连铁锨都没有？哪怕把路铲平也好啊。”约翰说。可怕的淤泥让骡子的四蹄上沾满黑乎乎的泥团。在那些印第安纳村镇里，人们看上去倒是挺忙碌的模样，自顾自地忙活着。这些无名城镇对我们来说全都是一样的，尽管每个地方都有自己的名称，我们不打算去打听、去记了。有时候，我们蹚过或渡过一条河，也会问当地人那河的名称，但只是为了找点儿乐子罢了，反正就是路过而已。

我们的正事就是一路南行，当地人在帽檐下用眼光瞥视我们，好像认定我们不是他们喜欢的生物。我们路过十多个无名村镇，疲惫地走在那主街上。在其中的一两处，薇诺娜遭到了污言秽语的攻击。一个醉醺醺的红脸大汉在街边嘲笑我们，说我们带着自己的“小娼妇”一起出行。对于那样的言语，约翰没法一笑置之。他停住胯下的骡子，慢慢地下来，开始朝着那醉酒大汉走过去，那家伙似乎是意识到自己惹了麻烦，像只肥兔子一般拔腿就跑，边跑还边鬼喊起来。“那些混混小恶霸，你一定得狠狠回敬才行，”约翰说，“那样才能把这事搞定。”他走回我们身边，甩动长腿再次骑上了他的黑骡子，我们继续前行。此地不宜久留，那酒鬼说不定会去召集狐朋狗友。薇诺娜看上去挺自豪的，约翰的举动正义又光彩，让人高兴。被称作文明教化的东西，在印第安纳有很多，我们也注意到了。比如剧场，那让我们徒生悲哀，我们不再年轻，不再英俊秀美，再过不了多久，我们就是老人咯。我们依旧留恋向往以前有过的演戏生涯，不能好好装扮自己让我感到悲哀。我总是会想起观众人群中那奇异的沉默，以及类似的无声时刻，想起那些疯狂的夜晚，那是奇怪的谋生方式，我们曾经是耀眼的。我有时候在想，如果利戈·马根能种出粮食，能大获丰收，逝去的大好青春会不会也跟着一起回来？努恩先生对我们的衰老只字不提，但我们知道，美存在于青春期脸蛋上的红润气色里。一个干巴巴的老人从来都无人问津。

村镇便散布在十二月霜冻的树林，以及冷冰冰的农场田地之间。在这些村镇穿行时，薇诺娜常常即兴唱起一首歌，应该是我们当兵的日子里，诗人麦克斯温尼教给她的。那歌还挺有用的，因为骡子蹄下的漫漫长路如此乏味，需要有歌声解闷。没有哪个活人能告诉你，她唱的那歌——歌名叫《苦差大兵们的美好花朵》——到底传达着什么寓意。她唱得很好听，就像朱顶雀的鸣啭。我觉得，如果说放走哪个演员是泰特斯·努恩的一大损失，那非薇诺娜莫属。她歌喉曼妙，胸腔中发出的乐音是如此清亮甜美，像荒凉岁月中宝贵又稀缺的礼物，音乐倾泻而出，流入我们饱经风霜的心田，我们忽然觉得，自己能更好地欣赏田野和山川了。远处的田野融入了天际线，人类的农场稀疏散布在荒芜萧瑟的大地上。道路只是一根磨破了的长布条，在那些常规的地面景物之间蜿蜒缠绕，那样的路，就已经能满足印第安纳所有人对路的期望了。

比起城镇居民来，农夫们对我们要稍微随和一些，但仍然处于战争余音那嗡嗡的声波中，有的是戒备和忧惧。如果说我们当中有谁看上去更易亲近的话，那必定是薇诺娜了，但不巧的是，我们发现，尽管州名叫印第安纳，印第安人却不怎么受待见。我们迂回蛇行地穿过沼泽湿地和河流遍布的野地，夜晚降临时，我们来到一处衰败破烂的地方。那里的一个男人说，天亮以后可以用船摆渡我们过河，夜晚渡河太危险了，就等于坐在流沙上。他的语气随和，一副很容易相处的样子，看来是不害怕我们的。他熟练地把我们的骡子一一拴好，说，我们可以把铺盖卷放进他的棚屋。他为何这么友好，我起初不能理解，后来慢慢搞清楚了。我们一起抽了烟草，吃了点儿东西，他唯一拿得出手的食物就是河蚌。他说自己是肖尼人，白人名字叫乔。这里是肖尼人领地，但其他大部分人多年前就离开了，剩下没几个人，可政府想要他们也离开。“听说过印第安人保留区没?”他问我们。好在，眼下他还能安稳地生活在这里，捞河蚌找珍珠，把珍珠送到那边的镇子里加工，做成衬衫纽扣。他这样挣的钱很少，长时间的风吹日晒把他的脸变得粗糙黝黑，但话说回来，大夏天时，印第安纳的每个人都会被晒成印第安人。乔问薇诺娜来自哪里，她说自己是约翰的女儿，但在那之前她是苏人，部落的居留地在内布拉斯加州。他试着用印第安语对她说了点儿什么，但那不是她从前的部落语言。约翰和我坐在那里，时间从棚屋的小窗之外狂奔而逝。他能拿来当窗户用的，只是母牛胃的外皮，绷紧然后晒干就成形了。他说他老婆被杀了，那是一段时间以前的事了，他估计凶手是本部落的叛徒。这一带让人心神不安，一开始他以为我们也是杀手，但随后看到了与我们同行的姑娘穿着漂亮的长裙，长长的黑发编了辫子，整齐又好看，让人回忆起从前的时光，这才打消了疑虑。“看起来，我们在这里不会逗留多久的。”乔说这句话的时候，倒也没有流露出太多悲哀的神色。他只是在闲聊。打发时间。说到底，他只是一个在河边鳏居的印第安老男人。那河叫什么名字，我们至今也不知道。

第十七章

一整夜，我们都被蚊子咬得不成人形，只能断断续续地迷糊一会儿。后半夜的时候，一场暴雨把我们彻底吵醒了。乔的棚屋挡不了大雨。天亮之际，水位猛涨的河流呈现出狂暴的新面目。从不知哪里河岸上卷来的大树杈在洪流中奔腾沉浮，就像长了大角的公牛。雨水倾盆而下，河面水位持续抬升，已经漫到棚屋的脚下了。棚子里冷得跟储冰窖似的，薇诺娜冻得直发抖，像只小猫咪。我们人类，可曾被淋得如此透湿过吗？乔凝视着河水，说河岸这边是印第安纳，对岸就是肯塔基。按照河面扩展开的宽度，那边说成是天国河岸也差不离。然后，雨云翻卷着离开了，看似是往东边疾速冲了过去，仿佛那里是有什么紧迫的正经事要忙乎。天空展开了它那广阔的大罩裙，苍白的冷光渗透到了每一处，一轮淡弱的太阳终于出现，收复了它的领地。我们一整天都穿着湿透的衣服，等着水位降下去；那白色的霜冻让我们的衣服都变得硬邦邦的。然后，到了后半晌很迟的时候，约翰才和乔一起把捕鱼船拖到河里。几头紧张惶恐的骡子，被拴在船后面。我们坐在小船中，像模样奇怪的旅行者。乔划动了船只，驮行李包的那头骡子最倒霉，河水的激流，如同强横的长条肌腱把它推来推去，左摇右晃。乔全力以赴地摆动桨橹，仿佛这是他义不容辞的，即使是冒着生命危险，也要把我们送到对岸。他没法给船找到一个稳定的停靠点，我们因此不得不从船里爬出来，浸入到冰冻又翻腾的河水中，拉着骡子的缰绳，把它们往陆地方向牵过去。

自此，我们到了肯塔基的地界。乔转头离开，让他的船与水流构成一个角度，顺河斜漂了一小段路程，发现河面下某处的古老岩石，构筑起一条“水流停滞带”。乔便暂时停泊在了那里，朝我们举起帽子以示道别。“幸好我们在印第安纳那边时就付过钱了。”约翰说。我们迅速把骡子安顿好，骑着他们走进一块冷飕飕的寂静松树林。约翰让薇诺娜换上干衣服，又把自己的外套扔给我，因为除此之外没别的衣物了。他套上他的旧呢绒军裤，穿上夹克，还有一件佐阿夫士兵的衬衫，那是一场战役的纪念品，他很久以前收到的。如此一来，他现在看上去就像半个罗姆人。为了确保干燥，我们把手枪放在了一只涂刷了柏油的袋子里，悬挂在腰口处。约翰把手枪插到了靴子高帮里，把之前的湿衣服挂在周围的树枝上，看上去就仿佛是哪个疯疯癫癫的军团，挂出了自己的战旗。当我们终于穿过林地时，模样已经狼狈到无法用语言来形容了。

我们花了整整两天的时间欣赏肯塔基的美丽风光——如果我们可以这样描述那里的景观的话。约翰估计我们再过一天就能进入田纳西州。在严寒那大铁块的夯击下，路面也还算紧实，这让我们多少有几分安慰。赶路的进程非常顺利，约翰说着关于肯塔基的事情，但他知道的其实也不多。我们经过的那些村镇，看上去都很安静，也足够干净。参差不齐的炊烟从农场烟囱里升起，老天啊，那边是有个村姑在挤牛奶吗？男人们点起一处又一处的野火，用来清除田地里的植物残株，鸟儿忙着在啄食剩余野草间最后的一些籽实，它们黑压压地落在野草前，就仿佛另一种类型的火，黑色的火。鸟儿们忽前忽后地移动着，这种行动轨迹主要取决于它们是否感觉到草丛中存在危险。马儿拉着大车和小拖车，对于赶超过去的我们没有敌意，甚至也没多花注意力。一个身穿牧师服装、看上去很有教养的家伙向我脱帽致礼，大概以为我们正举家去往什么地方吧。

我们进入了下一个地区，那里的农场更大，栅栏向远处延伸，在一片绵延交接的小山丘上顺势起伏。那些栅栏的样子有些诡异，跟白色墓碑似的。果真如此，从山坡向下经过一排气势庄严的树木时，我们看到沿路边的树头上就挂着大约三十个黑人的尸体，其中两个是姑娘。我们骑行经过那排树，尸体那肿胀的脸往下看着我们。每具尸体身上都贴着一张纸条，上面写了这个字词：解放。是有人用木炭写的。绳子使得死尸的头像鞠躬般低垂下来，那样子让死人们看上去谦卑又恭顺，像古老的木雕圣徒像。两个姑娘的头上沾满血污，一阵轻风带着深深的寒意迎面吹来，尸体都微微摇晃起来，离我们更近了一英寸，紧接着又往后摆动一英寸。随着风吹拂的节奏，尸体一个接一个地晃动着，薇诺娜靠在鞍座上睡着了，我们什么话都没说，怕把她吵醒。

终于进入田纳西了，我们多少还是有些兴奋的，但那只是表明了，还是我们太天真了，我们对这里的一切一无所知。我们踏足田纳西，很快就一天了，我们于是开始猜测，利戈·马根是什么水准的厨子，想着会不会有床或有干草可以用来打地铺。管它睡地铺还是睡床，我们都认为，能不用继续骑在骡子背上总归是好事。我们不仅落得了“骑兵背”的毛病，也得了“骑兵腿”和“骑兵屁股”。薇诺娜倒是一次也没叫过苦，虽然她一路以来都是蚊子的美餐，我也没见过有谁的鼻子曾被冻得这么红，这么皮开肉绽。我们或许认为，她是喜爱和享受这趟旅程的。

就在我们信马由缰、从容缓行的时候，有四个黑衣人出现在了路上。傍晚才刚来临，微光在地面上倒映出黑乎乎的树影，一千万英亩的红色天空笼罩在头顶。十二月的暮色微光，看来是为幽灵鬼怪的出现专门准备的，这里就有几个，好像是从路边灌木丛林中上来的，莫名其妙突然就冒出来了。沉默的四个家伙，骑的都是好马，外套亮闪闪的。他们都还是小伙子，也不是很粗野，穿戴打扮甚至还挺光鲜的，但也许之前在野地里先睡了一会儿。其中一人，外面是熊皮大氅，里边是一件浅蓝色的短夹克，看上去像头大狗熊。他们都戴着帽子，不是那种年份很古旧的。总的来说，他们呈现出一种熟悉的军人风貌或姿态。但准确来说，他们不是士兵。穿南方叛匪上装的那人面部轮廓极为模糊，我们只看得清，他长长的鬓须黑胡子垂挂在脸侧，黑黑的大络腮胡，在胸前构成一个倒锥体，看上去像个半着制服的上校军官。

马儿们在路沿边上踢踏了有一阵儿，从鼻中喷出大团的白气，开始撒开蹄子奔跑起来，正如上帝授予一匹马的使命那样。他们每人抓着一把挺像样的步枪，枪托到胳膊一半的位置这里，看上去像斯宾塞卡宾枪，就是斯塔林·卡尔顿曾嫉妒羡慕过的那一种。我们只有一把长火枪，挂在约翰的腿后面。幸运的是，假如有必要的话，我的手无须在衣服里探得很深就能摸到那把手枪。约翰已经从腰带间拔出了他的手枪，抓枪的手随意而友好地——或许你可以这么说吧——横搁在骡子的鬃毛间，就好像枪不知何时生在长在了那里似的。那大胡子笑起来，对我们点头。其他三张脸盯着这边，目光越过我们的肩头，大概在试图弄明白薇诺娜是怎么回事，那也是所有白人常见的习惯举动。“你们这是去哪儿？”大胡子上校说。约翰没有问答，他只是把手扣在扳机环内，就仿佛手指痒了，要摩擦几下似的。

“你们去哪儿?”那人又说了一遍。

“帕里斯。”约翰说。

“你们还有很长一段路要走。”那面目隐蔽的黑胡子说。

“我知道。”约翰说。

“这是你的女人?”另一个家伙说。他个子要小一些，看起来更为饥渴的模样，一只眼睛上戴着眼罩，帽檐内侧耷拉下来两绺儿黑头发，一直垂落到脸旁，模样看上去比其他三个要更脏更下流。另外两个人，一个是大胖子，应该赶得上斯塔林那么沉，但面貌长相还挺帅；另一个有着红褐色的、蓬松凌乱的头发，帽子就浅浅地盖在头发上。

独眼龙先生又耐心地重复了一遍他的问题，但约翰已经拿定主张，不打算回答那个问题。“你们是北方佬?”那红头发的家伙说，“是这样吧，我猜他们是蓝肚子，你不觉得吗?”“我倒也不怀疑的。”上校用一种挺愉快的语气说道。那种愉快的调调可不是好事，我们很清楚，更麻烦的地方在于，他们有斯宾塞。我暗自琢磨，约翰手枪中的一颗子弹可以干掉一个人，我应该可以对付另一个。在我射杀哪个家伙的空当期，约翰或许能把长枪拿到手，解决掉第三个人，只要那时候我们还没被打到。这一系列动作必须非常利索，他们大概不会预料到我们也会开枪吧。无论如何，必须有所行动，因为我们知道得很清楚，就跟对教堂弥撒的仪式一样清楚，他们要干的可不只是问几个问题而已。

“能和各位聊几句还是挺开心的，”约翰说，一边作势好像夹了夹骡子下肋，要继续前行。

“朋友，你们那头骡子驮了什么东西?”上校说。

“就是一些衣服。”约翰说。

“你们保不准带了金子吧?”他说，语气像个单纯的孩子。

约翰笑了：“我们可没什么金子。”

“联邦那边的美元呢?”

“也没有，简直甭提了。”约翰说。

“这样啊，我们这里可容不得叫花子瞎跑的。”那上校说道。

然后，谁也没说一句话。马儿喷出鼻息，呼出的白气如堆积的花朵一同盛开。突然吹过一阵风，拉扯着叶子掉光了的灌木。一只知更鸟飞落到那几人前面的路面上，仿佛是希望马蹄子踩踏之后，有点儿零星的吃食从土下被翻出来。知更鸟的眼力极为敏锐，它们是田间劳动者的朋友。就在我盯着知更鸟的那一瞬间，约翰做出了决断——是该开枪的时候了！两匹马受到惊吓，也带着一定程度的恐惧，抽身往后跳腾了几步。子弹穿透了上校的右手，击中哪里不得而知。我也没空去研究这破事了，而是急忙伸手从衣服里抽出那把手枪，尽最大努力以最快速度将子弹射向了另一个家伙的眼罩。不管怎么说，那是个很好的射击目标，我不可能打得有多大偏斜，那独眼龙从马背上直直地倒栽了下去，就仿佛尸体从绞架上被卸落下来。紧接着，约翰拿长枪对那“红”先生开火了。

这一切都发生在三秒钟之内。红发男和上校也开了枪，但在一片仓皇忙乱中，我可没注意到他们的子弹射向了哪里。估计他们绝对没想到约翰会如此鲁莽地开枪，就连我也没想到。不过，反正我们已经走到了这一步。上校从马上跌落下来，“红”先生看上去是死透了；戴眼罩的那位，子弹反正也打中了他身上的某一处；唯一剩下的是那胖大个，他在同样屈指可数的几秒内也开枪了，但有一颗子弹也打中了他，以至于我有那么一瞬间竟然想到，我们的骡子当中，肯定有一头是带了枪的。当然，开枪的不可能是骡子，而是薇诺娜。她有一把女士用的小手枪，举正了瞄准了，直截了当地就对那胖子开火了，而对方也朝她开了一枪。那小小的迪林格手枪，射出的子弹你恐怕觉得并没有多大杀伤力。她仰身向后跌下了骡背，就仿佛是骑行奔跑途中，迎面撞到了一根横生的树杈。上天啊，我立刻跳下地抱起她交给约翰，然后慌乱地重新跨上骡子。我们疯了似的不停踢夹骡子，拼命催动它们快跑。那上校靠坐在砾石路基边上，歪头瞪眼注视着我们，就仿佛他是被圣母玛利亚一家三口给袭击了似的。我们继续奔逃。感谢上帝，催赶之下，骡子们还是肯跑的。从大激流城出发的整个这一路上，我们可从没让它们狂跑过，至多就是慢跑。现在我们逼迫它们像羚羊那般飞奔。老天做证，它们竟然还就真的帮忙了。驮行李的骡子和那头失去了骑手的畜生愣了一下，决定跟着我们跑。

我们心里没底，害怕有人追赶，更害怕被抓，于是就一直让骡子嗒嗒嗒奔跑，夹挤脚蹬上的马刺，尽量激发出骡子最大的潜力。恐惧在我们心中蔓延，约翰只能一只手拉动缰绳，另一只胳膊还得环抱着薇诺娜。在骡背上狂奔了大约两英里，让我们几乎都要垮了，然后意外地发现自己来到了一处像样的林地。我们略微放慢速度，进入林子，也顾不上刺藤荆棘把腿和手都划出了血道子。我们在一处林间空地拴好了骡子，天已经够黑了，约翰让我把枪重新装上子弹，以防遭遇追杀时措手不及。他把薇诺娜放到冰冻的地面上，就像处置一具尸体那般。薇诺娜的眼睛紧闭着，世上所有的死亡，约翰都能忍受，唯独眼前这一个是他无法接受的。他盯着子弹打穿她裙子的地方，用手把那破口扯着拉大了，尝试找她皮肤上的弹孔，多少进行一点儿护理。极为暗弱的黑夜光线也阻碍了他的努力。他已见过千万个弹孔，但薇诺娜身上的，他实在害怕看到。薇诺娜的脸上一片茫然，如同睡意深沉的暗夜。她看上去完全是个死人，但她又没死，因为我们能看到她还在呼吸，胸口微微起伏。约翰摇摇头。“一点儿痕迹也没有，”他说，“我们得想办法救救她。她是我们所有的一切，我们必须救她。”他现在把她的长裙撕扯开，看到了狄恩维蒂小姐缝进衣服的那几块金币，其中一枚上面有一道暴力冲击造成的凹痕——它抵挡了子弹的伤害！“万能的上帝啊，”约翰说，“苍天有眼，上帝万能。”

那些驴子根本没那么冥顽不化，在我们身后跟着跑来了，这真是我们的好运气，因为我现在需要脱掉那长裙，再次换上呢绒裤。我们原本以为，在马斯基根买的那些骡子很顽固，而事实上，它们却跟猎狗一样忠实听话。天性并非一切，这一点清晰又明确。看上去，约翰是会轻易动手杀人的人，但他照料薇诺娜的那举动，却又展现了他的另一面，与冷血杀手截然不同的一面。眼下的大问题是，薇诺娜是被威力很强的长枪击中了，那子弹速度快，冲击猛烈，尽管那枚金币先挡住了子弹，薇诺娜肚子上还是会有大块的挫伤，而且她暂时还是昏迷不醒的状态。我们像老鼠般惊惶，担心那些坏蛋会悄悄跟踪过来，无论如何，我们还是得逃。那个大胡子混球，他受的枪伤看来是足够严重，甚至有可能是被打中了肚子，那就很有希望让他永远也没法跨马驰骋了，但对此我们并不敢打包票。假如我是他的话，我想必会气得牙根痒痒的，一定要报复我们的。他现在会不会正扑向这边，像一只黑不溜秋的短吻鳄那般，偷偷地从那阴险邪恶的下层灌木间爬过来？该死的刺藤荆棘和恶毒野草，响尾蛇和棉口水蝮蛇也该死，只不过现在这么冷，它们才没出来。田纳西也他妈的该死，又黑又阴沉，还有那帮杀手王八羔子。我们必须赶快行动起来，去利戈那里。幸运的是，薇诺娜然后苏醒了。“我死了吗？”

她说。“没有，你不会的。”约翰说。

薇诺娜说，她能自己骑骡子。我估计，她是要再等一段时间才会感觉到疼吧。那颗被阻挡了的子弹，就像是在她身体里插进了一把隐形的矛头，很快疼痛就会发作的。薇诺娜还是个小姑娘，大概才十三岁，要么十四岁，她怎么会如此勇敢？“你那枪是哪来的？”约翰问她。“走的时候贝乌拉给我的。”她说。假如有她参战，林肯先生的战争大概会赢得更容易些的。该死的战争，真他妈肮脏，但我估计，仗还是得照打不误的。“在美国，所有坏东西都会挨枪子儿，”约翰说，“所有好东西也一样挨枪子儿。人们都深切地哀悼林肯先生，可他也挨枪子儿了，这就是一个极好的证明。”约翰牵着他的坐骑和薇诺娜的骡子往树林外去，我就带上了驮行李的骡子，还有我自己骑的那头。如果能成功脱逃，我们要拿燕麦来犒赏这几头忠实的伙伴。我们出了林地，来到那黑蒙蒙的路上，月亮在远处升了起来，清冷的光线沿着冰冻的路面一路抛洒，在地面的霜冻层上反射出那银色的光芒。我不禁有种幻觉，仿佛是走进了一本老古董的故事书中，一切都是如此奇异。我们战战兢兢、小心翼翼地骑上骡背。约翰将目光投向我们的好姑娘薇诺娜，叫她在前面骑，以防她在黑暗中跌落在地我们却看不到。“我没事的，”她说，“托马斯，你在后面盯着点儿，就怕万一有情况。”约翰他会注意的。

我们一整夜都在持续赶路，放铺盖卷倒头睡一觉这种事我们想都不敢想。夜空放晴了，夜空就是这样随心所欲的，一切都任其取舍。月亮升得高高的，又亮，仿佛是透过灰扑扑的窗玻璃所看到的一盏明灯。我不禁要瞎想起来，月亮上的万事万物是个什么样？有人说，月亮就像一枚钱币，就是之前救了薇诺娜小命的那种金币。像那么大的一个圆盘，纯银的，大概能值一大笔钱吧。有人说，只要你手伸得够远，就能抓到它。但无论如何，那间隔的距离肯定还是相当遥远。从我们的帽檐边下面，严寒鬼祟地爬了上来，顺着我们衣领与脖子的空隙向下，冰凉冰凉的。树木变成了银色，仿佛它们是银月的忠实追随者。肯塔基，它所有的小生灵和零落漂泊的人儿，都睡着了，甚至那些树木可能也在昏睡。月亮绝对清醒，毫无睡意，就像出来捕猎的猫头鹰。我们听到西边那寒冷潮湿的沼泽地上空，肯塔基的猫头鹰发出尖厉的鸣叫，那叫声回响在一大片树木乱阵中，就好像它们正在苦苦寻觅着彼此。我有了一丝突如其来的轻松感，对上天生出深深的感激之情，感谢上帝让薇诺娜活了下来。骡子们迈步前行，执拗但也优雅，谨慎的脚步在暗夜中作响。

除此之外，只有夜晚那惯常的声音，什么东西在林间弄出断裂声，黑熊踩断了树枝，或者可能是大角马鹿。也可能是狼群，饥饿地穿过那矮树丛。天空现在也变成银色，如同打薄后展开的银片。月亮的光线也稍稍改变了明暗色泽，似乎要确保将自己与天空区分开，能让人看见。现在有了些许的铜黄色。薇诺娜填满了我的心，占据我心的还有约翰。我们怎么会得到薇诺娜这么好的女儿？我也不知道。我们经历了那么多的屠杀，约翰和我。但我现在平和又轻松，就跟从前一样。恐惧飞远了，我那思绪的闷盒子里也变得轻快起来。我在想，相对于那头骡子而言，约翰的个子不免太大了。约翰把帽子往下拉，压紧了头部。这个世界如果没有了他，我会很难过的，这个念头我想都不敢想。这片陌生的原野上，每分钟我们都能看到两三颗流星滑落，想必此时正是一年中的流星季吧。彼此寻觅，就像世间万物一样。

薇诺娜垂头弓腰，脸色煞白，痛苦的样子越来越明显了。破晓时分，我砍下两根树棍子，再用第三根横撑在中间，做成印第安式马拉雪橇那样的架子，拿我们备用的衣物系上去，捆绑固定好，把长裙盖在薇诺娜身上，让她可以平躺在架子上，让骡子拖着她。她非常轻，拖她就像拖一片树叶。她伤得那么重，却一次都没有叫唤，换成别人可能早就疼得直哼哼了。老实告诉你，换了我我可忍不住，子弹造成的冲击就如同死神的折磨。

利戈·马根的信里说了，去他那里，我们得从帕里斯镇的边缘悄悄地绕过去，借助镇子西边的树林来隐蔽自己。当我们从树林另一侧出来会看到一处小溪，然后就顺着溪流岸边的小路往西走。我们照办了。

第十八章

沿着那小路行进时，我们立即明白了为什么利戈急需帮手。透亮的溪水就像结了冰霜的大胡子，大片大片的田野显得愁容满面，茂盛的野草焦黑如焚烧过一般，溃烂的庄稼东倒西歪，看样子能收起来一半就算是好事了。暗黄的土地横陈眼前，惊惶的天空向远方蔓延，直至天际。与天相接的地平线上，不知名的树木将嶙峋的剪影投射向地面，残株与树干折断后形成的尖刺锐利无比，小山交叠着涌向更远处，那里的树林木讷而固执，群山顶上积着雪，像犹太人戴着小白帽。这里显然没有足够的人手来好好开垦利用这些田地，这点确凿无疑。这里没有整齐利落、生机盎然的农耕活动，也不像军队那般秩序严明，更谈不上井井有条。我们放慢脚步，朝房子走过去，利戈就住在那里，隔得老远我们就能看见，他的头顶已满是白发，上帝保佑他吧。他面前是一只白色斑驳的大杯子，杯身挺高，利戈的目光从杯口上方投射过来，冲着我们露出了笑容。

他没戴帽子，头发像一团凌乱的烟雾，说句实话，看到他穿平民服装，感觉还挺古怪的。是战旗手马根军士，是负责扛团队彩旗的。他从门廊台阶上走下来，走到夯实的沙地上，握住我们的手。老天做证，他亮晶晶的眼睛有些湿润。

然后我们告诉他薇诺娜还有那大胡子劫匪的事情，利戈说他知道那家伙，他不是什么上校，但在“黄裤腿”军队中也确实算个人物。跟他一起的几个小弟，是他原先负责指挥的手下。他们一直在四处转悠，为非作歹，绞死黑人。我们说，看来在路上看到的那些黑人尸体就是这个王八蛋的“杰作”了。利戈说准没错，并告诉我们，他的名字叫塔克·皮特里。

管他呢，我们要干的活儿可是多了去了，而不是操心这个塔克·皮特里，猜他到底是玩完了，还是又活过来了。利戈这里有个很好的女人，叫罗莎丽，她可以照料薇诺娜。她把薇诺娜带过来，架着去了屋内，安置到了锯木架搭起的搁板上，紧靠着高大的炉火。我努力回想，以前什么时候见到利戈这么开心过，似乎从来没有。估计他现在大大松了一口气。罗莎丽的一个兄弟名叫丁尼生·伯格罗，他也为利戈干活。他们是被解放了的黑奴，丁尼生负责耕种五英亩地，参与收获分成。我们看到，他们所有的一切，就只有一匹上气不接下气的母马，用于犁地。利戈说在这里，一头骡子赶得上三匹马顶用，骡子就像金子。所以当他一下子看到四头骡子的时候，简直喜出望外。我告诉他，这些可是世间有过的最好的骡子，并对他讲述了驮行李的骡子和没人骑时薇诺娜的骡子是如何跟着我们跑的。“他妈的，这太绝了，”利戈感叹道，“谁能想到还有这样的事。”我们问他有没有收到斯塔林·卡尔顿的消息，知不知道他在那边过得怎样。

“北普拉特河以西的全部情况他都听说了，大平原那边很糟，全乱成了一锅粥，苏人横冲直撞。有人看到了‘第一个抓住马’，他组建了一个新的武装团伙。整个局面越来越糟，就快成地狱了，”利戈说，“丹·菲兹杰拉德也从安德森维尔战俘营回家了，眼下在阿拉斯加伐木。”

“那真挺不错的。”我说，说实话，我本来还以为他必死无疑的。

“是啊，”利戈说，“他总算活着出来了。”

我们多少算是安顿下来了。我开始照料一只受伤哀鸣的鸽子，这小东西是偶然来到我们身边的。约翰在小树林中发现了它，见它的翅膀耷拉着，显然是折断了。当白日那长长光线的静脉将血液输送向庄严的大地时，一切都显得如此凝滞又安静，我听不到任何人发出响动，那就仿佛是世界已经终结。一个悄无声息的中午，约翰蹑手蹑脚地进来了，捧着一只木头盒子。他在我边上坐了一会儿，一直喋喋不休地唠叨。我听到盒子里传来咯吱咯吱、含糊不清的声音，于是就一直盯着盒子看。看到我好奇的样子，约翰倒是乐在其中，好像觉得挺好玩的。此时的约翰已经留起了大胡子，整个人看上去就像南方叛匪。也许在阿波马托克斯战役中为李将军奋战过，或者干过更坏的什么勾当，他现在看上去简直像是“黄裤腿”上校，但我不想直接就说出这样的话。因为，不管怎么说，他还是挺俊朗挺漂亮的。时间在流逝，他还在鼓吹那些歌手，说人家四处巡演，每到一处都如同女王，诸如此类的。然后，他展开双臂，两手近似于托举起他的脸庞，仿佛是在说，哎呀，我能猜到你的心思，你在猜我带来了什么宝贝，对吧？他打开了盒盖，那小家伙的头立即冒了上来，弯弯的喙，珠子般的眼睛，亮晶晶的。约翰问我愿不愿意照顾它，让它康复？我说我愿意，相当乐意。“咱们给它起个什么名呢？”约翰问我。“就叫‘李将军’吧，”我说，“你看它那模样，就好像要挂帅上阵了似的。”

接下来，整个一月，我们都要帮利戈的农地烧荒，在苗床边上劳动，埋下烟草种子，然后拉开长长的亚麻布卷，防止寒潮霜冻伤害幼芽。大雪把我们困在了屋内，丁尼生唱起了老歌，而罗莎丽弓腰在洗衣板上，忙得就差抓狂啦。利戈有一把小提琴，那上面拉出的顿足爵士舞曲，可是你从来都没听过的。薇诺娜康复了，她是我们所有人当中最兴奋的，一直在轻盈旋转，畅快跺脚，就像一抹古铜色的烈焰。利戈拿出了备用的咸牛肉。为了保暖，骡子被关在那大大的烟草库房中休养。那仓房捻缝仔细，密封很好，骡子们肯定以为它们到了“泰比”国①。我和约翰告诉大伙儿，我俩曾在努恩先生的剧院演过戏，我不得不穿上花边短衬裤，还有小旅行袋里装着的鞋子，才能充分展示我们的打扮造型。我顶上了一个干草做的娃娃玩偶，权充假发，于是这一切都显得挺逗趣的。“你这表演怎么也值得点两根蜡烛看的。”利戈说。他又点起一根蜡烛，壁炉的火光把我的身影投在墙上，影子显得很高大。

积雪消融之后，我们开始犁地。想要获得收获，就只能放手去劳动了。四头骡子被挂上了耕犁，也展示了它们的价值。四十英亩的田地，它们来来回回，犁了三遍。地被整成长田垄，为的是一条条分批栽种植株。小小的烟叶苗被移植到地里来，第一个人负责拿铁锥往土里戳坑，第二个人就往坑洞里放进一株幼苗，第三个人负责浇水和施肥。中午我们在田边树下埋头吃饭，利戈经常会拉起小提琴，丁尼生唱起了他的非洲民歌。音符飘入树林中，让鸟儿们沉睡的小身体微微抽动，仿佛要随着乐曲打节拍。我们从没这么辛苦地干过农活，也从来没在夜晚睡得如此深沉。烟叶苗长出来以后，我们还要负责耙地除草。一天又一天，我们在田里走来走去，给植株打顶，掐去烟叶上开的花——那只会消耗养分，没有任何的娱乐活动。薇诺娜是个冷酷的杀手，无情残杀烟叶天蛾，把那些肥嘟嘟、圆

①出自赫尔曼·麦尔维尔的第一本书，旅行与历险经典，1846年出版，风靡一时；书名Typee，为故事中南太平洋海岛的一地名。

滚滚的大青虫赶尽杀绝。

夏季到来之时，热风吹过田地。我们穿着薄薄的衬衫，举着脏兮兮的双手，满头大汗地站在田里。我们之间的友谊也日渐深厚，一种类似战友的情谊。利戈的老爹送罗莎丽上过学，在许多事情上，她就跟苏格拉底一样智慧。她和薇诺娜变得亲密无间，简直像亲姐妹一样。至于丁尼生，我不太了解，但要是跟他这样和善的人一起，我们即使身经百战也是乐意的。我从没见过什么人枪法有他厉害，除了利戈。他在围栏的一根立柱上插起一条小树枝，在五十英尺的地方就能一枪把枝条打裂，其他人根本不可能办到。

终于到了收获季，一连几周，烟叶不断变黄，我们毫不停歇地持续采摘。这些叶子被挂在横放的木头棍子上，棍子一路接到谷仓里，用于烤干烟叶的炉子点起了火，骡子们大概会觉得，自己这次是进了地狱。无数的火星从谷仓门口飞出去，再有更多的柴火被运进来。那谷仓就仿佛是一台巨大的蒸汽机火车头，即将启程开到什么地方去。然后，等烟叶干燥到合适的程度，谷仓的大门就会打开，秋日那温润厚实的好空气流进来，让烟叶逐渐醇化丰满。接着，它们将被一层层堆叠，扎在一起，被压平后卷起来，绑扎成捆，运去帕里斯镇上的市场，再装上大车拉去孟菲斯。利戈拿到了货款，我们因此有机会品尝那种小瓶装的威士忌，口味浓郁香醇。我们在孟菲斯街头快活地晃悠，东跑西颠，跟点燃了的炉火似的，然后干了什么，谁也不记得啦，总之就是打道回府了。我们由衷赞美这人世，因为这世间毕竟有些美好事物的。利戈买了几匹马，又进入了十一月，已经没有什么庄稼再需要照料的了，也没有什么庄稼能带来比烟草更多的回报。人家付款给利戈时用的是金子，因为那是唯一可行的支付手段了。南方人都很讨厌用钞票，不喜欢纸票子，说实话，就算南方人把纸币跟木头一起塞进炉子里，我也不会惊讶的。

花开蜂自来，而金子引来的则是盗贼。通常来说，人们带着货款回家，还没进家门时，盗匪们就知道生意来了。我们提前把枪支都准备好了，荷枪实弹，以备不时之需。为了缓解紧张，消除担心，利戈将两把长枪都放在身边。我们一直全副武装，随时可投入反击。冰霜让整个农场再次冻得硬邦邦的，长长的莠草黑乎乎地拖挂着，垂向小溪的水面。黑熊在寻找冬眠藏身地，对冬季没有热情的鸟儿们，都消失了，只有知更鸟还在固守着地盘。假如我们感到满足或自豪，一半是因为薇诺娜，另一半就在于我们的工作，还有我们自己。我和约翰差不多恢复了吧，重新变得健壮又硬朗。我俩的面庞也日渐明朗丰盈起来，仿佛是烧荒处理之后再投入耕种的两块农地。

我们经常聊起曾经度过的那些日子，肩并肩坐着，抬眼盯着屋顶下面的蜘蛛网。从前发生的那些事，我们一一回顾，说着说着把话头又带回到现在。约翰苦苦思考着，想知道我们能为薇诺娜做点儿什么。她需要学会一门技能，演黑脸戏不能算数的，她至少应该去哪里上个大学，适合她的大学。秋初的时候，约翰试过一次，想把薇诺娜送进学校，但帕里斯这边的学校不收印第安女孩。“这姑娘可是比全美国的小妞都更好啊，”约翰笃定地说，“这个坏良心的世界，去他妈的，都是些瞎子。他们难道看不见这丫头有多好吗?”

塔克·皮特里来了，在他自己最合适的时间点，没有操之过急。估计就是这样的。估计他之前就是受伤了，要耐心等着痊愈。这一天，我们早早醒来起床了，看到他站在农场一头的远处。那里有些老树，隐藏几个人没问题，但他走出来了。我们站在罗莎丽打理的厨房中，喝着咖啡。昨天下冰雹了，像挺大的石头那样砸下来，砸死几只狗轻而易举，但现在根本看不到冰雹的痕迹了。他看上去是孤身一人在那边，穿着黑衣服，枪横架在胸前胳膊上。烟叶的茎秆还在地里挺立着，等待烧荒点燃的新火焰。很快就要忙乎那事了，一轮漫长的农活又将重新开始，这倒也没让我们畏缩。我记得，或者说是我认为自己知道，站在那里的人就是塔克·皮特里，但隔了这么远的距离，我怎么可能看得清？要说记忆的话，记忆可什么都不喜欢的，只喜欢它自己——你只记住想记的东西。

塔克·皮特里继续朝我们这边移动，不仅是他，他身边还出现了另外两个人，就像是突然在那里冒出来的鬼魂。也许他们是在试水，或者查探路线吧，他们原本可以沿着小溪，从那边的田地过来的，但结果选择了走这边。当时天色还早，在他看来，我们大概率还在睡觉，但他仍然先停了下来，停在长枪射程之外。他对射程很清楚，就像用量杆精确测量过一样。其实，那么远的距离，子弹哪怕能打到他，也只会如一颗橡果籽实般挨着他的夹克落下。利戈曾说过，塔克·皮特里很胆小，传闻说他是个懦夫，但在这个晴明寒冷的早晨，他看上去可不像个胆小鬼。我们有两把步枪，还有两把火枪。罗莎丽和薇诺娜接到指令，有需要的时候，她们要帮着填装子弹。步枪射击动作更快，一次可装好几发子弹。利戈和丁尼生各拿了一杆枪，瞄准了目标。他们坐着，陷落在旧椅子中，从后面看去，仿如趴在父亲肩头睡觉的小朋友，但其实他们正弓着身子，专注地盯着塔克。全世界都知道，利戈是个神枪手，关于这一点我们毫不怀疑。将会有三个人死掉，但那不会是他爱的人或他喜欢的人。“去他妈的‘黄裤腿’，”他说，“之前他们打仗输了，这一次也会输的。”然后，从塔克·皮特里身后的什么地方，一下子冒出了更多的人，大概有六七个之多，惊得利戈从长枪上抬起了头。“最好查看一下后面，赶快。”他对罗莎丽说，把头探出去以便看得更清楚，像是在确认我们有没有被两面夹击。罗莎丽噼里啪啦地穿过大屋，跑向屋后。恐惧潜入了我们的身体，就像一只饥饿的蟑螂，心口和肠胃都被搅动了。我觉得我真有可能把喝下去的咖啡吐出来。

我们用火枪分别瞄准了塔克两侧的家伙，但问题在于，没有富余的备用人手来击毙那些新增加的敌人。好在还有房屋做掩护，如果今天能把我们干掉，估计他们会很开心的。估计那个被我们逃走的晚上，塔克这王八蛋一定羞愤交加。塔克·皮特里他们过来了，阵势还真有两军对垒、即将开战的感觉。只见那帮土匪猫着腰开始行动了，正在寻找倒伏的树木，以及栅栏和柴堆，总之任何可以充当掩体的东西都不放过。他们一路向前移动，现在他们大概已经在射程之内了。罗莎丽跑回来了，说在后面没看到什么危险的迹象。后侧的大门闩着，窗子的护窗板也全都牢牢插上了。近些天刚刚下过大雨，洪水也漫流过，房屋与小溪之间的土地成了一片泥泞的沼泽，没人会愿意踩着那烂泥坡地走路的。“那倒也是，”利戈说，“但现在来的这个可不是人，是魔鬼，是杀人狂魔。”罗莎丽·伯格罗抬起一只手放到了胸口。真是，确实是魔鬼。眼下，房子前面那大片的宽广土地看起来空空的，那些人蛰伏在哪里？我们就只是等着，壁炉还没点火，相当冷。我们把窗子推开了，因为要准备开枪，霜冻刺骨的寒风趁机蜂拥而入。门廊将我们的位置挡在暗影之中，那正前方还是空荡荡的，昏暗朦胧。隐约能看到有一个人在奔跑，像长耳大野兔，迅速奔向一个新的藏身处。他弯腰躲起来了。别处又有了另一个家伙，偷偷摸摸地靠近，仿佛正在玩童年时期的某种游戏。现在，利戈的大鼻子往下压，差不多靠在了枪管上，他的头往一侧歪斜，整个人一动不动，静得如同一幅画。他不打算现在开枪，要等到能看见至少三个人的时候才会开火，届时他很乐意让对方知道，我们其实都已经醒了，在等他们自投罗网呢。

利戈开火了。漂亮的长距离远射，正中靶心，掀掉了一个正在跑动的烂崽的帽子，同时也打进了他脑壳的顶部。隔得老远你也能看到大量的血液飞溅出来，那家伙重重地倒下了。接着，丁尼生也开枪了。五十英尺打嫩枝，相当于百步穿杨嘛，所以打活人移动靶也毫无困难。干掉两个了，我们在心里默默数着。他们还击了，但只是在碰运气，希望子弹能像瞎猫逮到死耗子。有那么一会儿，一切都变得很安静。我看到三个匪徒缩进了暂存烟草的棚子那里，隐蔽在了山墙后边。一长条阴沉的黑云带裹挟着的雨水到来，将万物的高亮色彩剥除，灰褐的黑色调的世界迅速降临。烟草的棚子上还斑驳残留着以前涂过的红色油漆，而天气和时间，是抹除油漆的一把好手。我们马上就意识到了，这边得有人出去阻止他们。他们这样偷偷摸过来等待时机，可不是好事。我们必须建立新优势，占据有利位置才行。其他四个家伙看上去依旧是分散开的，各自保持着距离，但棚子那儿的三个人，没有探头出来张望，那肯定意味着他们在后面迂回活动。我得马上解决这些人！这个念头回响在我的脑海里。约翰知道我要干什么，我什么都不用说，他就明白了。于是，我弯腰向屋子后面走，提起了后门上的横闩。在我身后，罗莎丽把门闩又放回去了，木头擦刮时发出了巨大的声响。

走了有一小段路，没有能当作掩体的东西，我整个人都暴露在外。我试图绕着大谷仓前行，还要准备着与那几个潜伏的家伙过招。我拿了一杆火枪，还有利戈那把可连射的手枪，所以并非赤手空拳，甚至感觉自己又酷又冷静，就像是静悄悄地行动，去捕杀鲑鱼。鲑鱼躲在水里一块黑乎乎的大石头下面，捕鱼人在岸上可不能弄出丝毫的响动。向前，向前，去干掉他们。我听到背后传来枪声，噼里啪啦的射击声，一片嘈杂，还有子弹嗖嗖嗖的啸叫，既有从屋子里打出去的，也有从田野里打过来的，那就像在我的伤口上撒了盐和醋。这些浑蛋在哪里？几个人偷偷地摸到这里来，难道不知道杀人是罪孽深重的恶行？顺着谷仓的山墙，我脸靠墙体，慢慢地移动着。我现在看到那三个家伙了，跟我呈九十度角，面朝远处看着。雨水不断落下，在他们头上也在我的头上往下流，一边还冒出水汽。跟我相比，他们的位置更加是在风口上，风就像我的盟友，怒火直冒，在对他们发作。其中只有一个穿了黑色的长外套，其余的看上去冻得够呛，仿佛孤儿。我举起长枪射向了靠后的那个家伙，随即扔下枪，拔出手枪瞄准第二个目标射击。那家伙，我想我只是打中了他的胳膊，然后还得赶紧对付他们当中最前面的人，否则的话我就完蛋了。

与此同时，正面的交火也依旧在延续，枪声大作，但我看不到具体的情况。我跟上帝之间没什么合约，我也不是上帝的战士，但我还是祈祷，求上帝保佑薇诺娜，让她好好活着。在开枪激战的中途，我所能想到的，全都是薇诺娜。约翰能照顾好自己，他挺机警灵活的。利戈和丁尼生也没问题，罗莎丽已经是成人，很聪明。但薇诺娜还是个鲜花般的小姑娘，保护她是我们的职责。我冲过去袭击眼前这个人，现在我能看清楚他的模样了，活脱脱就是个衣衫褴褛的漂泊流浪人，睡眼蒙眬的样子，眼屎都没擦掉。他看上去像是从某种旧生活中逃难跑出来的爱尔兰人，也许吧，天知道是哪里呢。他逃到了这里，却遇上一个他不认识的人，正发狂般地飞奔过来袭击他。我射出了两发子弹，但这位流浪汉动作飞快，躲到了一个饲料槽后面。我就像橱窗里的鸭子那样暴露在外，无处躲藏，只得飞身快跑，去寻找可供隐蔽的掩体。好不容易找到了一大块废铁，大概是什么旧锅炉的外壳。那家伙的子弹打到了铁皮上，一颗，两颗，那噪声倒也形成了某种和弦的音效。田纳西的雨突然停掉了。无论谁都可以起誓说，是努恩先生，或者是他手下哪位天才的弟兄，从这个死亡的舞台上升起了一张背景巨幕。田纳西那阔大的天光倾泻下来，一片银白。大屋那里还是枪声不断，就像一个大军团在作战。我一眼瞥见，在棚子和大谷仓之间，塔克·皮特里在奔跑，一边还朝他的属下挥手。那些人在我的视线之外。从我所在的位置，拿手枪是打不到他的，我需要强攻那该死的饲料槽，干掉藏在后面的那家伙。对的，在这事上，上帝也会帮我的，我心里想着，就看我的表现了。这里是决定性的一张大牌，命运扔下来的。请成全我，上帝，求你了。我纵身跳起，想要快速跨过到饲料槽的这段间距。我感觉有颗子弹撕裂了我的肩部，也可能是耳朵这里。我说不准。我的身体是向下栽倒了，真可恶，手枪从我手中甩了出去，打水漂般掠过地面。我的敌人跳了出来，弓着腰朝我冲过来。“不许动，不许动。”他喊道，满嘴的嘘嘘声和咒骂。他踩在我的手上，说：“你动一动就死定了。”我相信他说的是真话。我朝上看，他那凶巴巴的黑脸膛对着我，奇怪的眼睛和脸庞上布满皱巴巴的疤痕，就仿佛是世上最差劲的裁缝给他缝合的伤口。大屋那边的枪声忽然停了，四周一片岑寂，好像有什么人说话了。“别动，动你就死定了。”这家伙又说了一遍，他竟然仁慈到这个地步，我反倒有些惊讶了。他为什么不直接杀掉我算了？但人毕竟是奇怪的，杀手甚至更奇怪。大屋那边大张声势的射击又开始了，我看到在屋舍间隙的空地上，有跑动的人影闪过。或许，塔克·皮特里和他的手下正尝试突袭吧。枪声不断，打了又打，各种喊声混杂在一起。我停留在谷仓后面，看着雨后的新天空向高处展开如马匹腾跃，感觉挺古怪的。我和那个斜眼怪物仿佛是在一处宁静的小水潭中，心平气和地自在呼吸着。这里将会是结束我的地方吧，没有薇诺娜和约翰，我也不想再活下去了。远处又响起了噼啪咔嗒的子弹声，很大声，然后又沉寂下来。斜眼货往左迅速看了看，想知道那边是什么情况。交火结果如何，他知道的可并不比我多。“嗨，塔克，”他喊起来，“塔克·皮特里？”他没有得到任何回应。“塔克·皮特里，他妈的结束了吗？”

一个奇迹发生了。有另一个人绕着棚子走了过来。另一个人，不是我们这边的，也不是塔克那边的，而是一个满脸汗津津的大块头，魁梧到让人肃然起敬。他牛一样的大眼睛，沉甸甸地瞪着。我认识那张脸，我的敌人甚至还没看到他，那肥壮的男人就开枪了。我这新朋友的脸几乎被轰飞了一半，血落到我的头上，跟我自己的血混在了一块儿。耶稣啊！神圣的基督老天爷啊！这老哥是从哪里来的？那是斯塔林·卡尔顿啊！

他甚至一声招呼都没打，紧跟着就去了棚子和谷仓之间的空隙，在那边开始举枪射击。我把血污从眼睛上面抹掉。这整个世界就像一只起劲敲响的大钟，但我还是一瘸一拐地拖动身体，站到了斯塔林那宽大的肩背后面，往外窥探。我看到丁尼生已经直接站在了门廊平台上，挺立着，拿步枪瞄准并射向远处的田野，目标是那些矮小杂树林中逃窜的人影。罗莎丽捧着一盒子弹站在他边上，只是在给他的斯宾塞长枪重装子弹时，丁尼生才会暂停片刻。他开火，就像个货真价实的勇猛战士。斯塔林也在射击，也许丁尼生认为那是我吧。对方有个人几乎来到了屋子跟前，但被及时击倒，四仰八叉地毙命了，另一个在更靠后的地方，倒在霜冻上面，黑黢黢的，就像画笔抹出的一道墨迹。之前的落雨已经在地上结冰了。

奇妙的和平意外降临了，枪声还在我的脑袋中回响，就像死神倒计时的秒针在嘀嗒作响，我们尝到了那时的煎熬，但死神最终却撤回了脚步。我急切地想知道屋子里发生了什么，最后在门廊这里的射击，约翰为什么没参加？我们的傻大憨老朋友怎么会冒出来，这恐怕又是一个疑问。我的耳朵还是血流如注，时间的丧钟依旧在古怪地轰鸣，我感觉自己已经支撑不住了。在我完全倒地之前，斯塔林弓腰，伸手将我拉了起来，把我的胳膊架在了他的肩上。“他妈的爱尔兰人，”他说，“我可一直受不了这些人。”

第十九章

斯塔林和我是绕着谷仓走回去的，我们可不想被丁尼生误杀了。进门之后，我们看到利戈屈膝跪在约翰身边。一开始我以为他死了，但他只是在我进来的那一刻刚巧闭上了眼睛。然后他睁开眼，看到了斯塔林。

“老天啊，”他说，“中士，你怎么会来这里的?”

“他简直就是天使现身。”我说。

“假如天使就这模样，那我就不想上天国喽，”利戈说，“斯塔林，你突然冒出来，究竟是怎么回事?”

约翰的大腿还在汩汩往外冒血。他大腿上怎么会中弹，这让我大惑不解。肯定是子弹正巧从木屋墙缝里穿过，打中他了吧。我问他伤得重吗，同时薇诺娜在一旁，靠着厨房的墙壁，脸色苍白，如同夏日清晨的天空。罗莎丽返身进屋了，而丁尼生没跟着她一起回来，他一定还在门廊上把守着。我用长柄马蹄钳在约翰的伤口里翻查，找到子弹，拔了出来，然后斯塔林和利戈压在约翰的身上固定住他，我拿通红冒烟的拨火棍给那伤口烫压消毒。我可以闻到约翰肉被烫焦的气味。他发出一声号叫，仿佛一头受伤的驴在哀鸣。

“上帝保佑，求神可怜我。”约翰反反复复地念叨。

“我希望那些杀人犯不要再回来。”利戈说。

“他们不会回来的，因为被我们打死太多人啦。”罗莎丽说。

“我觉得，他们团伙的大部分都被我们给收拾了，”丁尼生走进来，“不管怎么讲，我反正把塔克·皮特里给崩了。”

“干得漂亮。”利戈说。

一个钟头之后，罗莎丽煮好了咖啡，我们就只是看着杯子，谁也没喝一口。

“呃，那个，斯塔林，”利戈说，“究竟是什么风把你吹到这里来的？”

斯塔林可不是慢条斯理喜欢卖关子的那类人。他如实相告了。“我来这里是因为别的事，”他说，“我可不是来搭救你们这些蹩脚货的。不过我倒是吃了一惊，你们竟然活得这么任性，跟这些谋杀犯贼人有了瓜葛，还让人家偷偷摸上了门。”

“得了吧，斯塔林，你说说究竟是在忙什么。”

原来。“第一个抓住马”把尼尔太太和她的两个女儿都掳走了，随后有人看到他出现在克劳人的地盘上。那是很广阔的一片土地，尼尔少校和手下两百人马骑行搜寻过几天，依然没找到苏人的丝毫踪迹。接下来的这天，一个德国商人走进了军队驻地，带来了“第一个抓住马”的一条口信，这位酋长已经杀了尼尔太太和黑头发的姑娘，如果想要剩下的那个孩子，就得拿酋长的妹妹的孩子交换。酋长还说，希望与尼尔少校再订立一个盟约，大平原上从此将会是和平时光。斯塔林说，少校听到这些时，脸色惨白得仿佛有人往上面刷了白涂料，自己从没见过任何大活人有过如此惨白的脸色。

“他妹妹的孩子是什么人?”利戈问。

“就是那边的那个印第安孩子，”斯塔林说着指了指薇诺娜，“少校想知道去哪里才能找到她，我说我知道，她在田纳西，跟约翰·柯尔和托马斯·麦克纳尔蒂一起生活。”少校说，求求上帝，但愿你们能同意。

约翰在床上发出抱怨哀叹。“这是我听过的最烂的馊主意!”他大声嚷道，“去他妈的!”斯塔林也大声喊了一串骂人的话，约翰叫嚷着回击。我心猛地一沉，见薇诺娜朝我走过来，靠近约翰，抚摸他摊在破旧床单上的手。

“我必须回去。”她说。约翰注视着她，一言不发。

我猜约翰是从她那句话中感受到了某种力量。他脸白得像苹果核。

“我不会让你走的。”他说。

“尼尔太太很善良，”薇诺娜说，“我亏欠她很多。”

“你是个好姑娘，薇诺娜，”约翰说，“但你心里是不想回去的。”

“不想，但我不得不回。”

第二天早晨，薇诺娜跟着斯塔林·卡尔顿走了。她从地里拉了一匹马骑走，悄悄地在凌晨时分离开。约翰动不了，于是我就从利戈那里找了另一匹马，动身去追他们。最多是在六个钟头前离开的吧，我猜，我一定会追上他们的。我快马加鞭，像狂魔般飞奔了一会儿，后来又不得不减速了一会儿，不想把马儿累垮，落下气喘病。此时正值十二月末，是最不适合前往怀俄明的行程。我要去的那地方，如今被人们叫作怀俄明州。三天后，我一路向西北，抵达了内布拉斯加，在那里寻到些痕迹，比如薄薄雪地上的马蹄印之类。这也许是我的一厢情愿，那些痕迹很可能是别人留下的，任何其他毫不相关的陌生人。经过密苏里时，遇到的每一个农夫，我都要停下来问一问，可曾看到一个胖大个带着印第安小姑娘骑行路过？毫无疑问，斯塔林是在全速赶路，丝毫不给机会。

四天已经过去，我知道是追不上他了。现在，当夜晚来临，我就会感到急躁，但我也必须得睡会儿觉才行。这一路上，我能逮到什么就吃什么，捕捉到的大都是鸟类和长耳大野兔，好在我还随身带了些牛肉干。一天下午，我看到在距离很远的地方，有一抹黑烟般的东西，超巨大的扁平底煎锅的形状，从看似黑压压的一大片迁徙动物中升起。那是阵势浩大的野牛群！我心中感到一种奇异的振奋激昂。那肯定是成千上万头野牛，但它们在南边，离得实在太远了，我没法赶上去碰碰运气。壮阔的普拉特河出现在我北边，隔了些距离。我知道，近来的这些年，很多爱尔兰人也参加了修铁路挖土，有多少野牛，就有多少爱尔兰劳工。人们说，这一带的波尼人脾气火暴，性情凶残。我心怀恐惧，几乎不敢擦燃黄磷火柴来生火取暖，但是夜里的气温，又确实会降到冻死人的地步。我希望斯塔林能找到水和吃的，我这样想当然只是为了薇诺娜。

暴风雪降临了，寒风刺骨，锋利如刀的寒风简直能剃掉我的大胡子。我能看到的一切，就只有眼前的罗盘，这一轮小月亮。暴风雪呼啸了五天，当风雪消停，我也没变得更聪明，还是一筹莫展。内布拉斯加西边，原来只有一片野草的海洋，在冬季显得挺怪。现在我惊讶地看到，那里零星散布着农场和房屋。既然是年终岁尾，那宽大的乡间土路，没人再赶着牛群走过。牧人和牛群如今是不是还往这边来，其实都成了疑问。那新铁路蜿蜒起伏，绵延无尽，但铁轨眼下跟岩石一般寂静无声。荒野整个一片银白，天空高远，暗沉得令人生厌。这里见不到一个活人，连个鬼魂也没有。积雪有两英尺深，可怜的马儿可不喜欢这个。我从一小块墓园之间穿过，那里埋着爱尔兰劳工，一丁点儿的小块土地边上围着木栅栏，就在这陷于冬日围困的无边寂静之中。那天夜里突然又电闪雷鸣，电光衬托出了远处的群山，黑黝黝的，像烤焦了的面包。我不得不给马绑上绊腿绳，以防这畜生受惊，然后一起缩在了一块大石头下方。雷声轰响，把我脑袋里的梦都给吓出来了。旧日记忆随之而出，我只想要回薇诺娜。少校痛失亲人，那让我的心也不禁疼了起来，但我依然想要回薇诺娜。

终于到了营寨，我感觉到悬着的心终于放了下来。警卫什么都没说，放行让我通过了。我直接去了少校的办公室，甚至都没想着要先搜寻斯塔林。我必须去有权拍板决定的人那里，那样才能解决问题。我走进去面见少校，他的脸又瘦又苍白，看上去已经完全不像我认识的尼尔少校了。他从办公桌边径直走过来，握住我的右手不放。他甚至都没说话，那枯瘦的面庞上皱纹横生，有些红褶痕就像画上去似的。他整个人都不对头，就仿佛是吞下了一条活着的响尾蛇，那蛇正从身体里撕咬他。那剧痛一次又一次地冲击他，但他绝不退缩屈服。他说了几句表示感激的话，说事情全都安排好了，就定在明天，通知信息也送出去了。如果我想要一个为期九十天的服役合同，他可以签给我，等期满了，就解除。

我想告诉他我为什么而来，但找不出什么该死的字词说出口。他肯定以为，我是跟斯塔林一起来的。他的桌上放有尼尔太太的一张银版相片，可能是他俩结婚前后那段时间拍的，拍照的人也许就是泰坦·芬奇本人，那位老摄影师。少校注意到我在看相片，眼中闪过一丝脆弱的微光。

关于女儿安琪儿，他说了一点情况，我说我不敢相信尼尔太太去世了，始终无法接受。“尼尔太太就是没了，确实如此，”他说，“我的一个女儿也是。卡尔顿上尉去找你要回那个印第安小姑娘，这是唯一能让我保持呼吸、继续活着的念想。上帝保佑，明天我们就能把安琪儿弄回来了。我们给薇诺娜穿上了鼓手的制服，女扮男装，以此表明我们把她当成了重要的人。”

约翰会希望我用什么话语来说服尼尔少校？我不知道，我只能注视着少校，举手敬礼，离开房间，重返营寨，自我沉溺在旧日的时光中。那些奇异的幽灵暗影和声音在记忆中翻涌，我曾经认识的那些骑兵，还有威灵顿军士长，那个讨人厌的家伙，成天唱着令人抓狂的民歌。哪怕命运再丑恶，每个生命也都有属于自己的快乐时光吧。许多画面从我的脑海中掠过，既有我赞赏的，也有我根本不以为然的。但瘦削憔悴的少校不在此列。我觉得，我在思索的就是这个问题。这个坦率刚直的人，从来都无法容忍不公或不义之举。

我开始寻找薇诺娜，想看看她过得怎么样。跟斯塔林·卡尔顿共处两周，使徒圣保罗也会被折磨死的。我饿得不行，即使施洗者圣约翰的头[1]，我也能吃下去，但首先我还是得去找人了。斯塔林是A连队的上尉连长，我也

①取自莎乐美的故事，见《圣经·马太福音》。——译者注

在那里找到了薇诺娜。她坐在暖炉旁边，穿着一身新装束。老天啊，有那么一瞬间，我果真以为她是个男孩子了。她那亮泽的黑头发被塞进了军便帽里面，看到我，她跳起来向我冲过来。

“那个斯塔林怎么样，对你好吗？”我问她。

“一路上他都不说话。”她说。

“一个字也没说过吗？”

“就只是给我下命令，坐哪里，躺哪里，就这些。”

“还是那么古怪。”我说。话音刚落，斯塔林就迈着重重的步子进来了，木地板在他脚下沉降又弹起。他停下来，盘算我来有何目的，接着就拔出了腰间的转轮手枪。

“你退后，离她远点儿。”他说，“否则我现在就毙了你这混账。”

“看在神圣基督的面上，卡尔顿，你少安毋躁，我不是来跟你作对的。”

带着一种冷淡又阴暗的步态，我走去了申领军需的仓库，领取我的下士军装。在货架之间换上了那制服。对我这样小个子的人，军需官的部下总会出手相助的。他尽其所能地帮我选尺码试穿，给我发了皮带还有其他装备。我保留了自己的鞋子，军队的粗革皮鞋，穿着磨脚，我可不想再受折磨了。军械库发给我一杆步枪和一把手枪，我系上衬衫，掖好下摆塞进裤腰，这个瞬间激起了我的许多回忆。好多年的时光消散了，我仿佛回到了跟约翰·柯尔来到军营的第一天。圣路易斯变得很遥远，仿佛隔着一千年的时光。我仿佛又看到了约翰，躺在田纳西的床上，裤腿破了一个洞；密苏里的树篱下，我第一次遇到他时，他还是个衣衫破烂的少年。这幻觉让我感到眩晕，我在思考，自己真的要背叛这个最亲近的朋友吗？我在暗中祈祷，祈求的东西，我甚至无法说出口。

一个德国商人将带我们去会见酋长。这事，他能拿到多少美元回扣，钱从何而来，我真不知道。他是个小个子，郁郁不乐的样子，没头发，戴着一顶外国式样的帽子。据说往南一百英里，有个随着铁路出现的拉勒米新城，而他在那里拥有股份。这个德国人穿了身白色条纹的西服，自从《创世记》里的大洪水消退之后，他这衣服就一直没洗过吧。有人说，他的名字叫亨利·沙约翰，在我听来也不是很有德国味儿。不过，沙约翰先生很喜欢口嚼烟草，时常在嘴里嚼出一大团湿乎乎的白沫。他跟少校讲话时，只是不断地转头吐烟渣。

为了面见酋长，我们要骑行两天，应该没有大炮随行。营寨中有五个团的兵力，人数配备得满满的，毕竟苏人让所有人恐慌，已经侵入蔓延到政府的心中。1868年，政府和土人达成了另一个协约，但铁路又开始在他们的领地上横空出世。我甚至要设想，我们原本可能五千人马一起过去的，但这次的“友好舞会”仪式，“第一个抓住马”只允许两个连队过去。也就是说，这边只有两百个士兵，而他那边的团队据说已经增长到了三百人。少校不以为意，他要去带回自己的女儿，假如他没能如愿，有多少士兵参加作战都没关系的，换不回女儿他情愿死了算了。他始终带着孤注一掷的神情，不成功便成仁，就像一个人站在高桥上，考虑着什么时候跳下去。我已经有点儿害怕他了，想尽量躲远点儿。斯塔林·卡尔顿骑着一匹高大的灰色马，这是一年中最冷的日子，可他却在流汗，汗水滴滴答答地流淌到衣领里，还有几滴挂在他的眉毛上，结成了微小的冰凌。斯塔林无疑是这人世间最反常的基督徒。我们骑行在队伍末尾部分的位置，薇诺娜此前已渐渐拐了进来，靠在我的身边。

“你确定要回去吗?”我问她，“我可以带着你走的，这个地方很轻易就能逃走，只要你给我一个信号。”

“我确定。”她对我露出微笑。

“真是见鬼。”我说，听见自己的心在胸腔中破碎。

我试着来弄明白这个计划。我们要把薇诺娜还给她的舅舅，换取安琪儿·尼尔，然后就是把她带回来。那之后呢，薇诺娜要经历什么？他们认为她将穿上苏人的裙子，成为苏人？这帮家伙会为薇诺娜着想吗？我不敢肯定。很可能不会的。斯塔林就只是爱戴他那令人尊敬的少校，为了支持长官，他会调集自己权力范围内的一切资源。当然，少校是我遇见过的人当中最公正、最磊落的人，但如今悲伤哀恸的刀子已经把他切碎了。从前服役时与我相熟的那些人，此刻也仍然在这个团队中。不过，我再次穿上蓝军服，还是太怪异了。小个子的沙约翰在最前面骑行，在骡子背上忽高忽低地颠簸着，好像很清楚自己在干什么的样子。那些常见的丘陵和山峰，现在点缀上了冬季霜雪的花边或披巾。大地即使处于阴郁的苦难中，也能给旅人以些许的安慰。一个黑色的事实，苦痛已刺穿我的心。

斯塔林统领着我以前的老连队，而我则有自己下士的活儿要干。一个脸皮黄黄的陌生新人——名叫索维尔上尉——负责领导A连。他的脸颊，看起来仿佛是来自木头的一层刨花。他也留着邓德里雷爵爷样式的长胡子，就跟多年前的战友沃齐豪恩那样，像有人在他两侧的腮帮子上各挂了一小簇荆棘枝条。斯塔林显然不情愿跟我说话，所以我什么也不问他。我怀疑他大概是不信任我，但我其实并没有谋划什么，只是想保证薇诺娜的安全。现在，她收到指令，上前去了少校身边骑行。少校的坐骑是一匹漂亮的黑色母马。看到那样的骏马之后，我就明白了，我一路骑行，穿过内布拉斯加和怀俄明，胯下只有一匹不上台面的差劲老马，当然是赶不上他们的。在雪地映照的迷人银色光线中，那母马的皮毛也隐隐发亮。距上次与少校一起骑行，已经过去了好久。往事蓦然潮水般涌入我的心底，让人忧伤。过去这些年来失去的老战友，战役中阵亡的人，还有尼尔太太这么美好的女人，很久以前在斯莱戈亡故的我的家人，他们的身影萦绕在我的脑海中。斯莱戈，这个词在近十年里很少被我记起，而如今，妈妈那脏兮兮的衣裙再次浮现在我眼前。我妹妹的围兜被死亡撕毁了，她们消瘦的面容有冰凉的触感。我的老爹倒在地上，枯瘦的身躯贴着地面，像一抹黄色牛油留下的痕迹。一道污痕。他那高高的黑礼帽被压碎了，就像六角手风琴从两头挤压下去。有时候，我也知道，自己并不是什么聪明人，但偶尔地，当理智的轻风吹来，惯常思维的迷雾消散，我似乎也能把万事万物看得很通透，如同烧荒后一览无余的田野。我们一路跌跌撞撞，摔倒又爬起，并把经历称为智慧，但那其实不是智慧。人们说，我们是基督徒啊，但我们并不是。人们说，我们是上帝养育的生命，超越了动物的层次，但只要在这世上活过的，谁都知道那是鬼话。这一天，我们动身去找“第一个抓住马”，在无声的共识中，我们已经判定他是个杀人犯。但事实上，是我们杀害了他的妻子和孩子，那第一个薇诺娜。还有更多的人死在我们手下，都是他的同族亲属。我们自己的薇诺娜，就是从大平原那边抢来的。我们收留了她，就仿佛她是我们的亲生女儿。但她不是。她现在是什么身份呢？她被两边争夺着，穿戴成美国骑兵部队中少年鼓手的模样，却还能从容地笑出来。在内心深处，她愿意承担责任，尽力弥补少校所受的伤害，因为尼尔太太曾善待过她。薇诺娜就是这片气势恢宏的土地上的小女王。真他妈的煎熬，但身为一个下士，我最好还是别伤心哀哭。约翰还在家里，猜想着我会干什么。我难道不是背叛了他，也背弃了我真实的心声？这个世界也不是只有抢夺和攫取，同时也存在思考。但我没那个能力把一切都思考清楚。天开始下雪了，飞舞的雪霰后面隐藏着黑暗深邃的空间，连带着风，一起吹拂着我们的黑暗和愚蠢。两个连队继续行进，最前面是那个骑骡子的德国佬，看上去像一只人猿。实际上，此刻没有谁比我更像一只傻猴子。

“第一个抓住马”没有直接露脸。他的手下在一道深谷靠近尽头的地方等着我们。两边的斜坡十分陡峭，却长着树，你不禁要奇怪它们怎么能扎根落脚的。苍翠的常绿灌木往上朝天空恣意生长，仿佛是某种凝固着的火焰。坡底是桦树，一片冷冷的银白，丛集在一起，像婚礼上的伴娘和少女。在我看来，苏人似乎已经变了。原本花哨的装饰不见了，他们不再戴羽毛头饰，头发看上去也找理发师修剪过了。他们穿起了白人的衣服，各种奇奇怪怪的款式，只要是你看过有卖的，这里都有人穿——大部分是破衣烂衫。他们中有的人，身上还挂着细钢丝编成的护胸甲。这些苏人，在战争中没帮过我们，现在无论谁都不太喜欢他们。近期以来他们与政府达成的几个交易，也不会有任何补救。少校在马鞍上坐得挺直，勾起脖子四面张望，似乎以为能在什么地方看到他的女儿。一种奇怪的气氛笼罩在我们四周，不仅是我们这些士兵，也包括印第安人。就像在努恩先生的剧场里，一幕戏即将开演。士兵们彼此瞥一眼，快速地交换眼神。印第安人的武器装备充足，还崭新锃亮的，这可是我们都不愿意看到的。对方的匕首和手枪，也够新够亮。他们那神态似乎在说，他们遇到的是一群流浪混混，不是什么好人。这里的一切，都属于他们的父辈，而我们都是闻所未闻的外来人。现在，有近十万的爱尔兰人晃悠在这片土地上，还有逃避暴政、远渡重洋而来的荷兰人与德国人，以及闯荡至此的东部人。人们蜂拥而至，漫过了荒野中的土路，就像一个无休无止的畜群。我们面前的每一张脸，看上去都像被扇过耳刮子那样。扇过这边的脸颊，又扇那边。黑黝黝的脸，从便宜的破帽子下眯眼斜睨着我们，用那种屡受摧残的人才有的目光。

“第一个抓住马”从远远的矮树丛那边骑行而来。我已经很多年没见他了，他还是戴着印第安武士的羽饰战帽，穿戴得体。为这一天，他肯定做出了些特别的安排和努力。他的脸看上去挺骄傲，但又不似耶路撒冷洁净圣殿里的耶稣那般严肃愠怒。他骑着一匹漂亮又神气的公马，也不用费事给马装上辔头缰绳之类。沙约翰看来会说苏人的语言，他们交谈了一会儿。少校眼下就只是坐在马背上，平和又镇静，好像是在练兵场检阅军队。我只能看到他的后脑壳。他的制服也刷过，整齐利落，勤务副官还帮他把帽檐卷过了。前一天夜里睡觉，他可能还把制服压在了身下，以便压出挺括的折缝。当印第安人的队列往后退缩，让出一条小小的间隙通道，少校的女儿被领着走出来，少校甚至也没动一下。那是一个大马蜂窝，他不想去踢上一脚。

沙约翰回头来带薇诺娜，斯塔林·卡尔顿跟着薇诺娜一起上前。在双方之间那一小片冬日的草皮上，交换仪式完成了。“第一个抓住马”扭转了马头，用光脚跟踢了踢马的前肩下腹。就像往日的南方邦联士兵，他也没靴子穿。薇诺娜跟在他后面，马儿挥蹄小跑。印第安人倏然间漂流而去，动作一致，就仿佛空气是无声的大洪水，推走了他们。安琪儿·尼尔留在原地吗，看上去不超过八九岁吧。一个小女孩，背后是那火焰般涌动的深绿灌木。她被打扮成了苏人小姑娘的样子。少校策马上前，朝骑在小马上的女儿弯腰俯身。他一手抱起她，就像提起一个散货小包裹，反手把她放到了身后的马鞍空位上。只要想听的，谁都可以听到安琪儿在呜咽啜泣。我们一起集体掉头，原路返回。

第二十章

你的血液中沉淀着古老的哀伤，如同第二天性；也有新的悲伤，让感观的居所陷入狂躁的风浪。在那里引发了骚乱动荡。我离开了薇诺娜。我也没脸再见约翰·柯尔，我认为是如此。我能找到什么言词来向约翰讲述事情的经过？一个人，如果用零来加减乘除，不可能得出等于1的结果。那天夜里，在回程半途，我们扎营休息。军官们的帐篷支了起来，那里面很快溢满了灯光。大平原伸展开去，四周都黑乎乎、冷飕飕的。哨兵们哼着歌，声音很低，仿佛是迅速堆积的深沉夜色压制了歌声。夜空中，有云朵遮蔽的星星，半明半暗，也有一览无余、星辉闪耀的。大伙儿都放下了铺盖露宿，看似挺满足，毕竟可以睡一觉，还算人道。一件大事已经完成，救回了少校的心肝宝贝。我能看到少校在地图上潦草标注着什么，女儿就在他身边。他的作战指挥桌上放着一杯酒；灯光穿透杯身，所以那杯酒看似就像一块悬浮着的宝石。时不时地，他会扭头看看女儿。目睹此情此景，我感到高兴。但我头脑中依旧混乱不安。

回到驻地两天之后，少校把女儿送到了向南百十英里之外铁路边的新城。一个年轻的中尉副官与两个列兵护送小姑娘过去。他们还要跟她一路，全程送到波士顿，那样她妈妈那头的亲眷就能照顾和保护她。有传言说，少校将辞去他的军职，回归布衣平民角色。估计他已经厌倦了军营，多年来那些烂糟糟的蔬菜吃够了。而我究竟该干些什么，我真不知如何是好。我让那年轻副官带了一条短讯去城里发电报，发给约翰·柯尔。因天气受困句号还有更多坏天气句号薇诺娜安好句号。发三个谎言，花费七十五美分。

斯塔林·卡尔顿军衔级别高了，所以现在要碰上他不像以前那么容易，要给他使绊儿更不容易。这里有个小伙子，名叫波尔森，来自密西西比州杰克逊，跟我一样是下士。他是当地人口中的那种支持北方的混账南方佬，为联邦军队扛枪打仗。很好的一个小哥，红头发浓密厚实如丛林，以至于帽子都戴不稳。行为举止不是很雅观，但是正派好人。黄脸皮的西拉斯·索维尔上尉，对手下倒是平易近人。他是个虔诚的家伙，不喜欢赌咒骂人的粗言粗语，所以跟他讲话就不能那么随性，不会一帆风顺。我只是想看清前面的路。摸索自己的出路。尼尔少校，脸上就跟火烧一般。大伙儿都说，他狂喝威士忌，烂醉如泥，经常头脑昏昏。估计他是想在酒里找到解药，借酒浇愁吧。他是接回了女儿，但另外还有两座坟墓撕扯啃啮着他的心。近些年，营寨驻地扩大了很多。军官们的妻子，做士兵生意的妓女，破落潦倒的印第安人，随处都是。还有数千的战马，以及负责饲养马匹的少年。克劳人仍然在军队里混，充当探路野狼的角色，都是些很出众的小伙子。那天夜里，我试着在他们的营盘喝酒，因为想了解一下他们是不是知道什么内幕。他们都是好人，易于相处。他们整夜所做的，就是开开玩笑，一些离奇又花哨的玩笑。拉拉杂杂、拖拖挂挂的搞笑故事，长得很。克劳语和英语混着用，差不多各一半。没法听懂多少。不过，关于薇诺娜，他们一无所知。

一天之后，我还是像这样游荡着想办法。整整四个团的人马被召集起来，整装待命。早晨起床号刚吹过，每个人就接到了集合令，所有连队都聚拢到了一起，战马蹬踏着地面，喷出白气。少校将统领这支队伍，波尔森说，那是因为上校去旧金山出差了。“但我们这是要去哪里?”我问。“谁也不知道，”他说，“等会儿会接到命令的。”只有一个团留守大本营，其余的兵力全都潮水般涌出了营寨的大门。骑兵们一组跟着一组，像一条蓝色的大蛇，足足有二三百米长。我们有五台新的加特林重机枪，还有一整列十二磅炮弹规格的拿破仑火炮。但这种天气根本不适合出征作战，地面硬邦邦、光秃秃的，大平原上一马平川，连草都没有。这肯定只是一次快速出击，然后大家就会打道回府。只不过，似乎没人清楚自己究竟要去干什么。那老鼠般恶心的德国佬亨利·沙约翰也跟着我们，这就更糟了。他看上去不开心，骑行时都耷拉着眼皮。波尔森说，少校不喜欢那个人。我想说可不是吗，即使是他的亲妈，也会觉得很难喜欢这儿子吧。我们行进的路线正是之前走过的那条路，我不知道是该高兴还是该忧惧，看来我们是要回到我们曾经去过的那溪谷，回到有松柏灌木和桦树的地方。夜色降临，但少校催着我们继续赶路。在寒冷的星光下，大家只管埋头前进。我想从波尔森那里得到一点儿线索，但他一无所知，我只得去试着从斯塔林嘴里套话。我骑到了他旁边。“嗨，斯塔林，我们这是在往哪儿去？”他一个字都不说，就只是盯着正前方。不过，他还是忍不住用眼角余光瞥了我一眼。一轮模糊的月亮，升到了平常半高的位置，发出暗淡的光，就像一盏油料将尽的灯。旭日冒出最初几根金手指般的光芒之后，我们就来到了那V字形峡谷的入口处。顶部有一处小隘口，我们因此得以穿行而入。隘口通道那边是一道斜坡，坡面是灰色的岩石，还有斑驳的积雪，更远处的小溪反射出太阳的光线。忽然之间，我看见了“第一个抓住马”和他所在部落的棚屋村庄。上帝啊，以耶稣的苦难起誓，少校这是要搞什么名堂？

“第一个抓住马”肯定在准备迎接那友好协定，因为村里飘扬着的是北方联邦的旗帜。这旗帜安插在村落中心的那顶最大的圆锥形帐篷的顶上，我们这边的弟兄们弄出了很大的动静，要么是在收拾手头的武器，要么是在整理随身装备，行动即将开始。火炮架了起来，加特林重机枪被迅速安放到位。这里离村落只有不到二百码，如果他们开炮，他妈的绝对不会打偏的。薇诺娜啊！薇诺娜！估计她就在下面，在那见鬼的该死的帐篷中。少校已经下达了命令，现在上尉们都忙着指挥各自的连队，各就各位。我可以看到印第安人在四处走动，清晨煮食的炉火是那些女人在打理。他们当中有些人现在站了出来，隔着那段距离看着我们。他们看来非常惊讶，就跟我自己一个样。根据印第安棚屋和锥形帐篷的分布来判断，他们肯定有大约五百人。村落后方的小溪河面上，晨雾升起，如温柔的烟岚。再往后，是逐渐上升的地面，延伸到一处小树林的边缘，然后是深绿色的田亩，再然后是远处的黑黑山峦，堆叠着，高高隆起，顶部的积雪，构成那些山头的发型。现在，一阵静默扩散开来，笼罩了我们的队伍，也笼罩了那村庄。死一样的沉寂扩散到了那树林的每一处，也蔓延到了群山之间，万物生灵都大为困惑。波尔森现在站到了我身边，朝我瞄了一眼。尼尔少校过来了，骑马从士兵们的行列前顺次经过。每个团队组合有五十人，他向每一组都喊出他的命令。他大声宣告的时候，有大约二十个武士从村庄那边奔跑而来。他们甚至都没带武器。就那么朝我们跑过来。“第一个抓住马”在人群最前面，他已经把旗子从帐篷上取了下来，正举着那旗子在跑动。他挥舞摆动旗子，似乎认为那等于是语言，是在讲话。尼尔少校眼下到了我们这一组跟前。“你们要发起进攻，扑向他们，弟兄们，全都杀光！不留一个活口！连一片草叶子都要放倒！给我杀个精光！”这样的话语，让人很难相信是从少校嘴里说出来的。索维尔上尉策马奔来，对他的上司提出异议。看到两人争吵，士兵们紧张起来，因为哪怕军官们不大吼小叫，战争本也已经够残酷、够倒霉的了。所有人的眼睛，总共四千人左右吧，就那么左看看右看看，震惊而茫然。“第一个抓住马”到了我们队伍的边缘。他也发出了呼喊，少校则在吼着索维尔上尉。我们听不清上尉回了什么话。

所有士兵看上去意识清醒地哆嗦了一下。我们注意到，现在有其他印第安武士从村落那边跑来，手中提着步枪。我们看到妇女与儿童开始从村落后面离开。那些女人弄出了一片嘈杂，手忙脚乱，情绪反应非常激烈。一阵尖叫和吵嚷之声传到了我们这边。索维尔上尉没别的办法，只能重新加入他自己的团队。加特林机枪开始朝远处的妇女们射击，我们能看到她们中弹倒下，仿佛她们原本就属于另一个世界。拿破仑火炮开火了，发出的是另一种啸叫声，十几枚炮弹应声落到村里爆炸了。现在，大家要做那不得不做的事情了。有人喊出了动手开杀，而这是他们只得去执行的指令。否则的话，死掉的很可能就是他们自己。“第一个抓住马”已经止步了。他挥手让武士们后撤，让他们掉头奔逃。他跑得跟年轻人一样敏捷轻快，双腿快速掠过那山艾蒿草丛，少校举起他的恩菲尔德步枪，端稳瞄准，开枪了。“第一个抓住马”，这印第安人的大头领，直愣愣地栽倒下去，死于无尽的困惑之中。“一个活的都不留！”少校再次吼道，“把他们全杀光！”士兵们全都向下冲过去，就如古老的大河洪流。

那天行动的道理何在，谁能告诉我？估计那天早上，人性中的野蛮东西在我们那些士兵体内引爆了。既包括我老早就认识的兄弟们，也包括没认识几天的新人。士兵们呐喊着朝村庄冲过去，如同阵势浩大的一群草原狼。印第安武士们回头拿起了他们的长枪，从他们的棚屋中冲出来挺身应战。女人们在哭在叫喊，士兵们恶魔般声嘶力竭地狂吼。开枪，不断开枪。我看到斯塔林冲在他连队的最前端，马刀挥舞着指向敌人。他的脸红得像一道伤口。他那肥胖硕大的身材平衡自如，充满威胁。镇静自若，仿佛一个杀人如麻的舞者。这里到处都是蛮勇、暴力宣泄和恐怖。每个骑兵的心中都充斥着恐惧，害怕阵亡，害怕受伤，害怕开枪慢了先被击中，怕坚硬的子弹钻进柔软的肉身。

“把他们全杀光！”这是我们以前从未听到过的命令。我跟着大家向前冲，就在到达村庄帐篷营地的时候，我从马上翻身跳落。接着该干什么，我一点儿概念也没有，只是让自己向着村落中心跑过去。我向着约翰的灵魂祈祷，希望薇诺娜就在那里。如果她不在，那就是末日灾难。我从那些帐篷间穿过，产生了一种奇异的感觉，好像浑身轻灵了。我仿佛有了此前从未有过的速度。我来到酋长的那棚屋，那五颜六色的帐篷，从出入口冲进去。里面比外表看上去还大，清晨那最初的冷冽光线，浮游在棚顶之下。然后，有个人抱紧了我，身体裹住了我。这里有十多个印第安女人，但缠在我身上的，是薇诺娜。“仁慈的上帝啊，”我说，“跟在我身边，千万别离开。我们必须从这里逃出去。”“托马斯，你要救救我。”我说我会尽力保护她的。其他那些女人，我甚至看都没看。对她们，我无能为力。面临这突发状况，她们只是盯着我看，脸上空白又茫然。我们四周，都是炮弹炸出的凹坑，还有子弹的呼啸与恶毒诅咒。子弹射穿了这间棚屋，又从另一侧飞了出去。我跟她们在一起，只停留了两秒吧，这些女人中甚至已经有两三人中弹了。她们可都是薇诺娜的族人。我的脑袋中现在如烈焰升腾。呛住我喉咙的，是爱。我不是说爱她们所有人，而只是对薇诺娜的爱蔓延到了她们身上。薇诺娜不是我的女儿，可我并不在乎，我知道自己深爱着她。

我转头回去，一路保护着薇诺娜。但说实在的，我到底能往哪里去？大概只能是再一次铤而走险，冒着流弹，把她带到机关枪阵地后面去。幸运的是，她还是穿着那身军装。这真让我出乎意料，但管它呢，不管是上帝还是魔鬼在帮忙，只要有助于我们逃命就行。队伍中也有两个鼓手小家伙骑着小马随行，但我没看到他们冲过来作战。这不像一次正常的冲锋。但那制服，或许就是能让我们得救的东西，虽然酋长之前举着的那面旗帜并不管用。骑兵是不乐意朝蓝衣服开枪的，这连老天都知道。我们差不多快要出村子了，战役此时正处于激烈状态，到处枪声大作。现在，死尸的数量恐怕跟剩下的活人一样多了。我并没有特意去关注这个，但周围的情况不想看也会看到，就仿佛我有一百只眼睛似的。战友们继续跨马席卷而过，挥舞着手上的长刀，随心所欲地开枪射杀。我看到地上连一个骑兵也没有，不管是阵亡的还是受伤的。现在，有很多人溜身下了马，用手枪和马刀继续作战。印第安武士为什么没有开枪回击？也许，他们连一颗见鬼的子弹也不剩了吧。我在心里暗自祈望，希望这是我一生中最后一次打仗。只要我能把薇诺娜带走。现在，大块头斯塔林·卡尔顿来到了近旁，站的地方离我只有五英尺。

“上尉，”我说，“你能帮帮我们吗？请帮帮我。这是约翰·柯尔的女儿。”

“那可不是他的女儿。”斯塔林咆哮说。

“那是他女儿啊，斯塔林，我求求你，站在她这一边，替她想想，就这一次，帮帮我。”

“你难道不懂吗，托马斯·麦克纳尔蒂？现在一切都变了。上面说什么，我们就要照做。要把他们全都杀光，不留一个活口。”

“但这是薇诺娜啊，你认识薇诺娜的。那只是个印第安小姑娘，她从没伤害过任何人！”

“你还不明白吗，下士？这些家伙是杀人犯，杀了尼尔太太，杀了少校的女儿。站一边去，托马斯，我要结束她的性命。既然得到了命令，那管他妈的干什么，我们就得执行。”

他的身躯看上去硕大无朋，仿佛吹气后膨胀起来的祈求。他就像一条要发起攻击的猪鼻蛇，汗水直流，简直像圣经传说里的大洪水。天哪，挪亚，你的方舟在哪里？斯塔林这老小子要淹没世界啊！这哥们儿，我确实是把他当成朋友的，毕竟我们共同经历过成百上千的屠杀。但现在，他举起了他引以为豪的武器，一把史密斯与韦森出品的锃亮的手枪。他的腰带上还拖挂着一杆漂亮的斯宾塞步枪。看起来，他如愿得到了向往的东西。斯塔林·卡尔顿，那可不是什么无足轻重的东西，他用枪瞄准的，是我和约翰的整个世界。他举起了那精致的手枪，准备开火了。我能明白情况有多糟糕，耶稣做证，我别无选择。我抽出了马刀，就像医生拔出一根刺似的，刀刃掠过了那三英尺的短短间距，一半的刀锋与斯塔林的大脸相遇，砍削进去，越切越深，直至我看到他的眼睛暴突出来。他甚至都没来得及扣动扳机开火，就倒下了。我这疯癫的老朋友，倒地毙命。我扔下他，继续往外突围，甚至都不回头看一眼，而是带着斯塔林之前那般的疯劲，提防着不让任何杀人狂夺走薇诺娜。

我们奔跑着，能多快就多快，穿过了那些棚屋，到了外面那冰冻的草地上。我左顾右盼，找我的马，但它肯定是跑掉了，逃出了这个鬼地方。我一点儿都不怪它。一定得设法去到炮兵阵地后面的高地上才行，那里是唯一能让人觉得像家的地方。我牵着薇诺娜的手，就相当于是两个蓝衣士兵在奔跑。说实话，她个子比我小不了多少。假如有子弹从我们后方射过来，那也只是射偏的流弹所交叉形成的一张乱网。现在没有印第安人继续开火，一个也没有，我们接近那一排加特林机关枪时，经过了“第一个抓住马”的尸体，他直挺挺地躺在那里。他是杀死尼尔太太和海芙齐芭的凶手，眼下，此时此地，他所付出的代价却令人难以置信。这一切有何荣光可言？我真说不上来。根本没什么可说的。

那一天看起来纯粹是恶魔撒欢的日子。一切都被杀死了，没有人能幸存下来讲述当日的遭遇。一共四百七十人，杀人程序完成之后，那些混蛋开始切肉。他们把女人们的性器割下来，扯开，绷到自己的帽子上；他们割下男童的生殖器，风干之后当作烟斗袋子来装烟丝；他们割下死人的头颅，砍下死者的四肢，这样一来，那些武士的亡魂就去不了天国的狩猎场了。骑兵们回到小山这里，浑身都沾满鲜血的污痕和少量的零碎血管，像红色的卷须。他们跟执行了屠杀任务的恶魔一样开心，眉飞色舞，喜气洋洋，彼此大呼小叫，沉浸在杀戮带来的荣耀与成就感中。我从未听过如此奇怪的笑声，和山一样高，和天空一样开阔的狂笑。他们相互拍击后背、捶打前胸，邪恶黑暗的话语比风干的血迹更诡异，脸上完全没有一丝一毫的懊悔和愧疚。他们很欢乐，仿佛生活因杀戮而变得完美。屠杀，他们最渴望的肆意屠杀，终于实现。活力与生命的快感，生杀予夺的力量，还有内心盛大的满足感，将他们的士兵生涯推到了高潮。那一天，他们完成了正义的讨伐和罪恶的清算。

不过，穿越大平原回去的日子里，有的只是深深的疲惫和古怪的沉默。骡子们拖着大炮，专心致志。赶骡子的家伙一路看着它们。找回坐骑的那些骑兵，倦怠地骑着马，马也恹恹欲睡。囊地鼠的一个洞，都足以把马绊一个大趔趄，让骑手像个菜鸟掉落马下。中途停歇时，甚至也不吃东西。每个人私下求告的心愿，甚至也不记得了。残杀伤到你的心，也让灵魂沾染污秽。索维尔上尉看起来很恼火，就跟老宙斯一样愤怒，同时又病态尽显，像条遭投毒的狗。他跟谁都不说话，也没人跟他说话。

另一个沉默无声的生灵，是薇诺娜。我让她一直紧靠着我。我不信任任何人。我们所经历的，从中走出来的，是对她族人的攻击和清洗。就像用一把金属刷子，彻底刷掉士兵外套上的脏痕污垢和风干的血迹。由乖戾的、无法平息的仇恨所构成的金属刷子。甚至少校也不可信任。如果士兵袭击的是在斯莱戈的我的家人，情况也会是一样的。

当年，老克伦威尔那老家伙[①]来到爱尔兰，也说过不要留下一个活物，说爱尔兰人是害虫和魔鬼，要清理那片土地，以便让好人进来安居，打造一个天国。现在，我猜我们是要打造美国人的天国吧。竟有如此之多的爱尔兰同胞在干这个活儿，难不成人间就理应是这个样子的？高尚正义的君子，大概是不存在的。薇诺娜是部落里唯一没被扔到火堆上的人，她这次目睹了最可怕的灾难，这让她陷入沉默，连冬日本身的寂静都显得喧哗嘈杂。她现在什么话也不说了，我只能把她紧紧地护在身边，把她带回到约翰那里，让她得到更彻底的守护。我问她，希望我为她做些什么。我问了三遍都没得到回应。我又试了第四次。“田纳西，”她说，“田纳西。”

---

①奥利弗·克伦威尔（Oliver Cromwell），1599—1658年，英国内战中议会军的大将军，号称铁甲统帅。

第二十一章

外面的大平原上落雪了，深深的雪的海洋覆盖了往北走两天才能到的战场，也盖住了死去的苏人，这景象会一直持续到春季。少数几个阵亡骑兵的尸体在下雪前被运了回来，负责埋葬的后勤兵在坟场那边忙碌了好一阵子。号手们吹响喇叭，悲凉的曲调如同结了冰霜。无论山坡高地还是河谷低地，都被严寒死死钳住，仿佛是铁一般的铁钳。树木的涌动起伏被遏制镇压，小溪也凝滞无声。狗熊呢，我觉得是这酷寒的大手把它们推搡关进了冬眠的洞穴。现在，从更遥远的北方，也许是蒙大拿那一带吧，跑来了白狼和白狐狸，有人说甚至还有大白熊。往东南方向去的路，千疮百孔，破破烂烂，到处都是人类带来的各种痕迹，像各种擦伤和瘀肿。四下里并非一片平和安宁，雪暴动不动就气急败坏地在大地上跺脚踩踏。而高远的天空是个铁匠铺子，时不时地火花四溅，砰然轰响，好在我们不用再投身狂暴的战争。

驻地这里满是流言。我必须等着少校撤销我的服役文件才能离开。薇诺娜被安置在少校那里，住在那冷寂的指挥官营房中。他的心爱之人都已离去，只剩下空屋子，我估计他大概觉得，一定要保护薇诺娜吧，把她当作头等重要的大事。她脱去了那身少年鼓手的行头，穿回了出行时的衣装。少校说，只要薇诺娜合身合用的，他太太的那些衣物就尽管拿，反正现在全都没用了。说这些话时，他没有显露出悲伤的神色，让我也不禁动容，比牛头犬的表情更沮丧凄惶。事情的整个局面怪怪的，令人难受。当上校从加州回来之后，情形甚至变得更古怪不安了。西拉斯·索维尔上尉竟然碰巧是上校的女婿，所以上校最听得进去的，自然是女婿的声音。索维尔仍旧还满腔狂怒，脸板得死死的，气得发红。亨利·沙约翰也极为恼火，那是因为他在印第安人那里的良好信誉完全给毁掉了。这两个人差不多是双重龙卷风，已经合二为一了。这些消息都是从我的朋友波尔森那里听来的，流言被散布得到处都是，疯狂撕扯着营寨。我期待着能搭乘驿车南下去新城，停靠点就在军营大门外，车是由六匹马拉动的，车厢摇摇晃晃，但也热闹欢腾。军队让那驿路保持了畅通，这可是好事，必须有路可走，铁道边仓库里的军需品才能被运送过来。看起来，这个冬季会很漫长，人被困在一个地方，无计可施，但薇诺娜和我可不会被困在这里。出乎意料的是，少校遭到了拘押。索维尔上尉说，他那次行动是失控发狂酿成了大错。他心境悲哀，只想复仇，因此造成了苏人的大浩劫。苏人本已准备签订新的友好协议，正如他们村落中飘扬的旗子所表明的那样。“第一个抓住马”原本要跟大平原上其他的酋长一起去华盛顿的，而现在，一切都被蛮横地破坏了，和平危在旦夕。是的，就是这样，是蓄意谋杀，这就是真相。跟别的任何动机，跟什么正当理由都扯不上边，少校只是在发泄自己的痛苦。

流言有着怪异的躁动活力，不受控制，把斯塔林·卡尔顿也牵扯了进来。“勇敢的上尉，被发现死在了战场上，”亨利·沙约翰说，“他看到那是一个骑兵干的好事，用的是马刀。”他不认识那骑兵，但也许能指认出那人的脸，可我几乎从没见到他在我们近旁出现过，他的形迹是隐蔽的。马刀这一点，他已经说对了，真他妈的见鬼。我在试图保护一个印第安人，他看到这个肯定挺高兴，因为他不厌其烦地絮叨，反复重复着这件事。所以，接下来军队将会在练兵场列队集合，方便他逐一指认。不错，那当然是很多人，很多张脸，但从心底里讲，我不愿去冒这个风险。我得保障薇诺娜的安全，必须如此。于是，我去了营地的理发师那边。理发师是我早先就认识的一个黑人，正直可信，名叫乔治·华盛顿·贝利。若论在皮带上磨剃刀刀片，他可是最棒的。我让他给我仔细剃干净胡须，一定要把每一根要命的胡须都给剃光。我留着长头发，人们口中的南方式长发，长到另一个人觉得还算合适、可以容忍的最大程度。然后，我穿过那阴郁昏沉、被风吹得枯槁荒凉的空地，去叫薇诺娜，让她准备动身。驿车四点钟离开，只剩下两个钟头的时间了。路上需要的行装，我甚至都不去拿了，我的鞍具和我的马只得留在这里，薇诺娜的也是。马匹就算是送给军队吧，我现在是这样想的。永别了。一路回家所需的盘缠钱，我们并不缺，这也是一方面的原因。我跑到少校住处，现在他住到了其他地方，被关进了牢房，没人会发现我。我觉得凡事都有些幸运成分，即使大灾祸也不例外。我脑袋里一直都是各种疯狂的思绪，比如说他们肯定挖了个大坑，那样才能埋下斯塔林。我一辈子也从未真的希望看到他死掉，但如今，确实是我杀了他。在那天的大屠杀中，这也许只是夹杂其中的一个小事件。

少校的那几个房间很安静，又冷，薇诺娜没有点燃暖炉，什么也没烧。我告诉她，我们最终还是要走的，但首先我得找一条该死的长裙才行，然后她还得帮我在脸上涂脂抹粉。少校卧室的位置，薇诺娜很清楚。进入那房间，就像闯入什么人的墓室。我内心里真不愿意这么干，但又必须如此。尼尔太太的东西，一件也没清理掉。她那一排的衣服，还是挂在漂亮的衣柜里，那种感觉就像我们是在从她的身上抢劫财物。上帝啊，请原谅我，但我得翻出一条长裙和一双长袜。女装灯笼裤或者诸如此类的裤裙，可以不用考虑了，因为裙子够长，下摆直到脚踝。我把头发拉紧，压在头顶上，然后从鸟类乐园般花枝招展、五颜六色的一堆帽子中，选了一顶不那么俏丽张扬的戴好，把头发都塞在了里面。整个过程中，一直感觉自己是在做贼。活着到底是为了什么？是为了来剥夺死者的财物的？薇诺娜倒是没有这样的看法，她喜欢尼尔太太，真心爱戴她，甚至觉得那裙子就是她亡魂的象征。她让我在梳妆台前坐好，便开始忙乎了。就跟在大激流城上场演出前差不多，但这当然又不是那回事。把粉底涂抹到腮上，搽眼影粉，涂口红，她满怀疑虑地打量我，然后再将脂粉扑满整个面庞。我看上去像个妓女，十美分一次，速战速决的那种。这妆容不是为舞台灯光准备的，所以我们必须搞得自然真实一点儿。眼影太浓了，要淡些才好，她伸手去抹擦，于是我看上去就成了这副德行，仿佛是被最心爱的人重击了几拳，打在眼眶上。这没关系的，口红也要淡下来，不能那么扎眼。最后，上帝保佑，我们终于搞定了。所有的必备之物都被塞进了薇诺娜那只毯子面料的旅行袋。我还不得不偷了少校的剃须刀，这次新样式的旅程会持续多久，我并不确定，但肯定的是，我要一直扮淑女，绝不能半途长出胡子。

外面是广阔又沉重的天空，大雪迫在眼前。一团巨大的阴云，歪斜着，压在房舍屋顶上。有一支特勤小队正进入军营，在地上踩出踢里踏拉的声音。这些伙计外出有几天了，看上去疲倦又神经紧绷，但也还算井然有序，整洁利落。我颇感震撼，这当兵的活儿，他们干得还挺有精神的，带着一点儿疯癫气息的高贵，我之前可从未想到过这些，忽然就对那些军人涌现出了奇怪的感情，就像鲑鱼跃出河面，激起水花。他们那帅气美好的青春被尽数献给了苦役。骑兵们的军饷只是一点儿零碎小钱，一直以来都是如此。跨马出征，去对付混乱暴力局面，可也没什么迹象充分体现那种使命的荣耀。在我经过的时候，小队最前头的中尉朝我行了军礼，我差点儿就举手回礼了，心口因为恐慌而猛地抽紧，手牢牢裹在披巾里面不敢妄动。是啊，我还偷了一条大披巾还有一件外套，进一步增加了我的罪行。薇诺娜拿了一件斗篷式样的外套，那也许是尼尔少校的一个女儿曾穿过的，不太合身，因为胳膊这里实在不够长，但保暖要紧。

我们出了营寨大门，门岗值勤的也挺直腰杆向我们行了举手礼。他对我应该不熟吧，但我估计，他就是认为所有女人都是值得致意问候的。我冷汗直流，比那时候的斯塔林还严重。驿站马车就在那边，但那更应该说是一辆泥巴大车。里面已经坐了不少乘客，聚在一起像个烂泥球。赶车的不让薇诺娜坐进车厢，于是她就爬到了车顶上，我也挣扎着跟她往上爬。对爬上爬下而言，女士长裙可是个麻烦。“你可以坐进去的，夫人，”赶车的说，“只有印第安人才不能坐进车里。”“没关系，”我说，“我和她坐在一起。”我看到列兵们到处跑来跑去，仿佛是喝了劣质的威士忌，眼前出现了幻视。士兵，士兵，到处都是。是出来巡视搜查的，我敢赌咒，这是他们的任务。我猜想他们每个人都在寻找杀死斯塔林·卡尔顿的凶手。这该死的破大车，他妈的快点儿开动吧。天空中的巨无霸云团投降了，大雪簌簌而下，打着涡旋，斜飘着从眼前快速掠过。那整个的旧世界，充斥着喇叭、虱子和马刀的世界，都消失了。大车跌跌撞撞，蹒跚着远去。

颠簸着行进差不多一百英里，路还是那么的肮脏冰冷。我当然可以爬下来吃点儿东西填填肚子，但坑坑洼洼的旅程会让人晕头转向，胃里发胀，忍不住要把全部的食物都吐出来，扔向怀俄明那鲜美的空气中。跟我们一起坐在车顶的另三个受难者，开始因为恶心难受而干呕起来。其中一人，是为几个探矿者跑腿送信的，据说他们在荒野深山中寻找金子，祝他们好运吧。另一个家伙，我认出来是个探子，参加了最近一期的所谓什么项目，叫作“搬迁”。尽管上下牙齿碰得咯咯直响，薇诺娜还是用她那有限的本族语言，跟那人聊了一会儿。我问她，他们在谈什么，她说他们在聊下雪的事。“你们聊天气？”我说。“是的，先生。”她说。

在停靠站那边，粗大的火车喷出蒸汽，像是一个独立的生命体，某种持续燃烧的东西，长长的躯体上有大块的肌肉，四个大块头的家伙正将煤捅进燃烧的锅炉底部。它将拖着四节车厢开往东部。人们说，他们会一路顺风的。雪花薄薄的一层，就像棺材罩布，在锅炉房顶盖上发出嘶嘶声。三等车厢的情况，我倒是想说点儿好话的，但里面冷得跟鬼一样，又潮湿。薇诺娜和我只得紧挨着坐在一起，像猫儿彼此依偎。连挪动一寸的空当都没有，因为同行的乘客估计是把他们全部的家当都统统带上了，甚至连山羊都有，而山羊的标志就是腥臊臭味。我旁边的那个男的，带了噩梦般的一堆衣物，左一层右一层地包裹着，里面的躯体（或尸身）到底是多大，就说不上来了。我们从拉勒米带了几块馅饼，还有一袋大名鼎鼎的玉米面包，那面包能让你整个肚子绞扭翻滚起来。有人告诉我们，接下来将会见到大约一百个中途停靠站。尽管样子庞大粗笨，这火车动起来照样像个巨人舞蹈者。在外面最前部，除雪板将落雪向两边推开，就像一艘船切开水面，从翻腾飞溅的浮沫中穿过。被掀起的雪从车厢顶上掠过，朝后抛洒，又经由没了玻璃的车窗飞进来，成为煤灰的兄弟，成为那令人窒息的烟雾的姐妹。火车继续前进，撕开广袤的原野，如果骑马，我们或许会需要熬过漫长的时间，而这火车就像中了邪的野牛，在惊惶地狂奔。过个两三天，我们就能看到圣路易斯啦，虽说那只是个茫然又空洞的奇迹。我们行进得这么快，以至于我觉得，心里复杂混沌的思绪都落到了后头，只有我们那破破烂烂的肉身在往前猛冲，脑子晕乎乎的，身体也被冻僵了。如果有几美元可花，够买头等座，上帝做证，我们一定会坚决花掉的，即使我们穷途末路，那是手上仅有的几美元。火车摇摆着靠站时，我们就买一点儿吃的。那神奇的引擎机车就这样一路喝水，一路震动，哐当哐当地吵闹着。本想说这火车是个大妞的，但它肯定是头雄兽才对。我和薇诺娜聊天，消磨了大把的时间。现在，她最大的愿望就是回到约翰身边。约翰身上有一种能让人平静下来的东西，这么多年来，他在我眼里几乎没什么缺点，他本性如何，我甚至都没真正了解。他是个永恒的陌生人，我对此反而感到愉快。

每一天，我们都会在车上找个安静的角落，用剃刀来修面。但我忘了把磨刀皮带也带上，所以刀锋慢慢变钝了，脸上被刮出了一道道伤痕和破口，就仿佛突然得了黄热病。薇诺娜给我涂脂抹粉，掩饰得挺好。但令人抓狂的是，我变得很怕冷，汗津津的，浑身酸痛，内心却日渐快乐起来，因为我们正离死亡越来越远，至少看上去是那样。薇诺娜也放松了，不时会露出笑容。她还是个小姑娘，本该经常开心欢笑的。如果她再小一点儿，大概应该还是忙着游戏玩乐的年纪。当然，她眼下摆出的是成年女子的举止，也知道要怎么做，我对此十分感激。也许，在内心的最深处，我真的把她当成了自己的女儿。

到了圣路易斯，我们发现跟从前相比，现在这里有了不少变化。码头边建起了大片的库房，高高的，跟小山一般。各种各样的自由民涌到了这一带，就像成批的庄稼冒出来。沿着大河边，你看到的几乎每一张脸孔，都是黑色、棕色、黄色的。没有哪里的工作，是他们不干的，干的活儿也五花八门。他们拉东西，给货物挂上钩子，系好绳子，但神态和模样看上去不再那么像奴隶了。管事的头儿也有黑人，那些命令的吆喝声，也发自黑人的胸腔，以前那样的鞭打很少发生了。我不知道真相如何，但这一切看上去似乎好多了，只不过我和薇诺娜依旧没看到一张印第安人面孔。我们当然也没打算逗留在这里，只是粗粗看了一下周遭，发现了一个新情况——战争正在远去，并且把圣路易斯扔向了萧条颓败，四下里依然是遭炮火损毁的房屋，偶尔也有新房子正在修建中，让人心中涌起两个世界交缠的感觉。

我算是美国人吗？我不知道。薇诺娜和我，还有其他的底层贱民加在一起，只能构成第五等人口。能乘船沿河旅行倒也挺有趣的，古老的密西西比河大部分时候都是个温顺的好姑娘，皮肤柔软又平滑。她在时间的长河中永远伫立，永远是一副古老却又年轻的样子。河流从来不会生出皱纹和褶痕，除非她兴风作浪。我们度过了几天温和的日子，虽然沿岸的丛林被冰霜稳稳地钳住，沿途还有绵延不绝的白色雾凇。藤类爬上去，缠住了停止生长的枝干，而霜雪又裹住了爬藤的身姿，以至于让人觉得，树林中全是白花花的冰冷大蛇。大片大片的广阔农田，以及棉花地，都在等着远游的太阳归来，烟叶种植场刚经过烧荒清理，天空中弥漫着一种苍白淡弱但极为美妙的光线。我依旧在四处张望，担心有人跟踪，但在这顺流而下、威力强大的水面上，我的内心毕竟得到了缓和与安慰。

我心爱的薇诺娜，从屠杀的目击记忆中逐渐摆脱出来，恢复活力。她现在像盛开的花朵，一朵美丽非凡的花儿，在霜雪中绽放，甚至能让春天也自惭形秽。她真的是一个美好可爱的孩子，有着芬芳的呼吸，举手投足之间升起的是生命和美的甘甜气息。我估计她，我的女儿，大概有十五岁了，但谁又知道呢。我的监护人角色，我的关怀顾虑，是内心深处某种奇异本能的产物，是从不公不义中夺回的一点爱的碎片。薇诺娜的手掌就像两张故乡的地图，掌纹就像古老的归乡之路，直指回家的方向。她那绵软的双手很漂亮，手指往指尖处渐渐变得很细长，她触碰到你，就像推心置腹的言语。在狂暴死神为所欲为的这荒野中，守护她，给她一个家，就是我的使命，我胸中因此涌起一种狂热的自豪感。到圣路易斯之后，我们就先发了电报给约翰，说我们即将归来。直至到了河边上船，我都不敢惹麻烦。我可以想象，约翰接到了那消息之后无比激动的心情，期盼着我和薇诺娜的到来。他此刻肯定就在屋子外边，坐在门廊上，望眼欲穿，等着我们像候鸟一样飞回。在某种程度上，我们将要从孟菲斯走回去，因为驿路上的有些站点断了或撤了。但我们会很坚定地稳步前进，穿过沿途的农场，越来越有把握，离家园越来越近。无论有什么危险和恶魔，我们都将绕过，直至重逢的那一时刻。宽广的大河在船的平底之下滑过，有些乘客来了兴致，高声合唱起了歌，而那些打牌的人保持着沉默。船上所有的活计，都是黑人在忙碌，就仿佛他们要把这些得到豁免的白人灵魂送往乐土。一切似乎都停滞了，又似乎被河流夹持在中间，无所谓进退。

南下到了孟菲斯，我发现自己的衣服发臭了，灯笼裤里弥漫着一股尿骚味。我们在一家包食宿的小旅店休息了一晚，好好洗了一把澡，第二天早上醒来后带着振奋的情绪准备上路。虱子重新回到我们干净的身躯和四肢上，给人一种古怪的感觉，我们就差没开口和它们打招呼。这些烦人的小家伙整晚都寄居在衣服的褶缝间，就像那些新移民，顺着“俄勒冈小道”西进，慢慢穿过那陌生的美洲大陆，只不过虱子们爬过的是我们的皮肤。

徒步去往帕里斯的路程寒冷而漫长，艰难的旅途过后，远处农场房舍的轮廓逐渐显现。约翰·柯尔从里面走出来，用胳膊紧紧搂住了我们。

第二十二章

是约翰告诉了罗莎丽和丁尼生我私下里对他讲述的一切，事无巨细，包括斯塔林·卡尔顿那可悲的结局。约翰说，在人类历史上经常出现三足鼎立的态势，不同势力相互牵制，彼此冲突争斗。“世界就是那个样子。”他说。利戈·马根的好朋友死了，这让他哀伤不已，但约翰没告诉利戈，是我干掉了他的朋友。约翰原本也是会在斯塔林身边并肩作战的，从前也经常这样打仗，有危险时也照样会挺身为他挡刀挡枪，但仔细估量一下那天的情形，斯塔林想要结果薇诺娜的性命，那肯定就是不能原谅的。斯塔林疯了，太恶毒了。约翰对利戈说，我们不清楚会有什么事发生，但眼下如果托马斯·麦克纳尔蒂不在这里的话就好了。对此，罗莎丽没有大惊小怪，而丁尼生看上去根本就不在乎，照旧跟我说话。他很礼貌，看到我的时候都脱帽致意。那只哀鸣的鸽子，状况越来越好，越来越漂亮，但它仍然住在盒子里。约翰从餐桌上给它悄悄弄过来一点儿好吃的。

我们窝在屋内，直到春天，狂风暴雪依然在外面肆虐，那喋喋不休的咆哮嘶吼。约翰当起了薇诺娜的老师，他买了两本书来辅助这新事业，一本叫作《美国淑女与绅士现代书信范本：关于公务、生意、职责、爱情与婚姻》，另一本是《英文语言语法进阶》。薇诺娜成年后不管是说话还是写东西，都会跟贵族一样优雅。大风吹动积雪，把雪堆到了谷仓边上，堆得高高的。大雪盖住了那些简陋的坟墓，挖出那些坑，是为了让塔克·皮特里和他的马仔们长眠。雪盖住了万物那沉睡的根茎，盖住了逍遥法外的亡命徒、孤儿、天使，以及无辜者，盖住了一长条一长条的林地。

随着春天的降临，林地深处传出了鸽子的叫声。"李将军"伸脖仰头，咕咕，咕，哩咕，那叫声仿佛是在寻觅伴侣，唯恐年华老去。等它的翅膀痊愈了，我肯定会放它走的。咕咕，咕，哩咕。相爱的生命彼此寻觅，就像那流星一般，像田纳西的猫头鹰一样，像世间的万事万物。

春天真正到来时，我们听到从怀俄明远远传来的一些消息。索维尔上尉被杀了，凶手身份不明。没了指控者，尼尔少校得到释放。我们听说他光荣退役，回到了波士顿的家乡。把他关起来的那军队，我心里想说的是，见他妈的鬼去吧。他受到的指控，我们不知道是怎么处理的。还有倒霉蛋斯塔林，关于他的死亡调查进度，我们也一无所知。也许那德国佬没被当多大的事吧。我们从各个角度全方位地考虑了这事，就像“李将军”盯着一样东西审视时的姿态，然后就一厢情愿地认为这是好消息。约翰烦躁得很，因为在他看来，西拉斯·索维尔的主张多少还是对的。印第安人不是寄生在世界这大外套衣缝褶痕里的害虫，不该被烧杀清除。约翰自己体内，他那太奶奶的血脉可以为此见证。他意识深处有这个影子，骑手般驾驭着他的身心。

“假如我不是什么神枪手就好了，那我们也永远不会遇上这些麻烦，一个也遇不上，”利戈·马根说，“我从来都没想过要杀妇女和小孩。”

“那已经是老生常谈了，”约翰说，“很久很久以前就是这样。”

“少校那时都喊我了，叫我停下，我也听到了，可真他妈见的鬼，我怎么还会继续的?”利戈说。

“那一切，你还是忘掉算了。”约翰说。

“活着的日子里，每天夜里我都会想起这事。”利戈说。

“我倒是不知道有这事。”我说。

“就是的，”他说，“活着的每个夜晚都会想起。”

今年，我们要收获的庄稼是小麦和玉米，不种烟叶，让土地休养调整。这也让一年的日子感觉短一些。因为不用在谷仓里烤制烟叶，也不用给烟草挑拣分级什么的。就像任何一个村姑那般，我把裙脚拉得高高的，在男人们旁边干活。为了这个那个的事情，薇诺娜赶着马车在镇上进出。看起来，帕里斯的居民们已经逐渐习惯了在镇子街头看到她。只是把她当作普通居民，而不是印第安人看待。镇上布料店柜台后面的那个小伙子，约翰估计他对薇诺娜挺迷恋。“如果她跟商业沾上边，去做生意，”约翰说，“那也不是多糟糕的坏事。”“她还没到该嫁人的时候吧。”我说。不过，薇诺娜找到了好差事，给镇里很神气的律师布雷斯柯当起了文员，因为她的字迹是本县最工整的，跟铜版印出来似的。

夏日的一个傍晚，我和约翰坐在外面的门廊上，看着暮色的影子在万物表面渐渐拉长。利戈歪在椅子里睡着了，北美小夜鹰们疯疯癫癫的，一遍又一遍地重复唱着同一首小歌。薇诺娜在厨房桌子边，忙着布雷斯柯的客户资料。沿着溪边的小路上，一群骑手远远地出现了，大约十二个人，骑着马，新降临的暗影模糊了他们的身姿。西边灰色的天空中，巨大的颤抖的落日仍在燃烧，标示出了更高远的天幕。不得不承认，这世界很美。

那些骑手很沉稳地前行。一路走近，仿佛早已知晓心中的目的地。没过一会儿，我们就看明白了，他们是军人，穿着我们曾经穿过的军队上装，步枪插在枪套里。看起来似乎有两个军官，领着一伙小毛头。“哎呀，真见鬼，远远看去，那不会是波尔森下士吧，怎么会?”这就是我对约翰说的话。昏睡中的利戈被扰动，醒了过来。他什么也没说，跟往常一样，我们是把长枪卧放在了门廊这边凑手的地方，但也比较隐蔽。我们三人，一个旗手中士，还有两个下士，看到军队的人也不会心虚烦躁。他们继续向这边靠近。约翰站在那里，仿佛是要起身去打招呼似的倚靠在门廊柱子上，轻松随意，姿势优雅，还举着手要脱下帽子致意。天很热，他胸前汗直流，汗迹都洇到了衬衫上。那一刻，我只希望自己胡子剃干净了，收拾打扮得像模像样，就像我所需要或应当的那般整洁利落。我不禁伸出一根手指，在两边脸颊上摸来摸去。好在夜色已经滑落到了门廊里面，遮挡住了我们的轮廓，小夜鹰们也陷入沉默。远方，夏天的闷雷滚过群山。我估计不会有暴风雨麻烦到我们，那太远了。我的手下意识地想抬起，要向波尔森问好，但必须阻止这动作，因为这身装扮之下，我应该是不认识他的。马蹄嗒嗒嗒地不停作响，其他的那些小家伙我不认识，除了一两个有点儿面熟。

“晚上好。”波尔森下士边说边朝着我们脱帽示意，显然是没认出乔装过后的我。

“下士先生，有何贵干啊？”利戈说，友好得就跟贵格会教友一般。

“我们是来处理逃兵的事情，”波尔森说，“从圣路易斯一路骑马南下的。”

“本人就是柯尔下士。”约翰说。

“我知道，我以前也是在你们团里的。你正是我们要找的人，”波尔森说，“我们在执行一个让人头疼的任务，要找到托马斯·麦克纳尔蒂下士，那家伙是逃兵。我们听说他可能就在这里，跟你们在一起。我认识那哥们儿，他是个好人，但事实不能否认，他服役期没满就走掉了。那应该是什么处罚，你们也清楚的。”

要不是因为斯塔林·卡尔顿那破事，少校被逮捕之前，没工夫给我签退役文书，我也不至于这么狼狈，我心里默默想道。

“公事得公办，你们在这里见到过他没有？也许，他跑到哪里打工去了，诸如此类的有没有？上帝做证，我们也并不想打扰你们，不想翻找搜查，但我们毕竟公务在身，身不由己。我们有个名单，差不多列出了三十个人，都是撒丫子逃跑的。上校想要把这事给清算了结掉。否则的话，我们还怎么打仗？

“我理解，”约翰说，“我带你去见你要找的人吧。”

约翰这么说，把我吓了一大跳。他是要出卖我吗？只见约翰走下了那几级台阶，波尔森甩腿下了马。“你肯帮忙，我非常感谢。”他说。

“那没什么，”约翰说，“我要不要带着枪？有备无患。”

波尔森说不用。

约翰领着波尔森一行人穿过了烟草棚子，从农庄后面拐过去，走进那小小的尸骨坟场，在一个坟堆旁停了下来。草被酷暑高温蒸蔫了，但依旧毯子般盖着坟头。他对波尔森点了点头。“他在这下面。”约翰说。

“谁？”

“就是你刚才提到的麦克纳尔蒂下士。”

“他是怎么死的?”

“有土匪来袭击我们。其他的坟堆，里面埋着的是匪帮的三个混蛋。三个全是托马斯干掉的。”

“保卫家园，这听起来确实像那家伙的做派，”波尔森说，“是个正经好人。这个结局真让人挺伤心的，但也给我们省了事。”

“确实如此。”约翰说。

“你们都没给坟堆标注一下吗?”波尔森提出疑问。

“这个嘛，我们反正知道下面埋的是谁，我觉得没问题。”约翰说。

薇诺娜在这时走了出来，她之前都在埋头整理布雷斯柯的客户账目，对外面的这一切毫无察觉。看到那些人，她满脸愕然，大惊失色。不过，骑兵们温和的态度让她平静下来，不再恐惧。那天夜里，他们在谷仓中临时借宿，第二天一早就离开了。

“你脑子转得可够快的，约翰，这种随机应变都行，”利戈说，“我连枪都快拔出来了，已经准备好干架了。”

因此，按照我们的理解，现在从官方角度来讲，托马斯·麦克纳尔蒂就是死了。他没活多长久，四十岁就去地下长眠了。我有一种奇怪的悲哀感，因为我在反复思索他跟战争的角力，还有他与整段人生的较量。我想到他在爱尔兰的艰辛出身背景，又是如何成了一个美国人，还有命运拿来为难他的那一切遭遇，而他又是怎样战胜这些磨难的。他曾如何保护了薇诺娜，他与约翰深刻的友谊，他又是如何善待每个人，并努力成为他们忠实朋友的。他只是沧海一粟，是亿万灵肉中最不足道的一个。那天夜里，我躺在床上回想着自己的一生，仿佛自己真的已经死掉了。约翰肯定也是处于同样的心境中，他说保险起见，我们得找帕里斯的墓碑工匠做一块石碑，刻上“托马斯·麦克纳尔蒂安息于此”，然后把碑立在谷仓后面。

是时候了，应该让“李将军”重返自由。第二天上午，我把它放走了。眼下是夏天，是个好时节，让它在绿树丛中碰运气会容易些。它飞离了住了好久的窝棚，迅速飞远，像一支模糊的飞箭射向了丛林。作为一只重获自由的鸟儿，恐怕也没法更快了。痊愈的翅膀看起来非常健康，把它托在空中轻松自如。

估计，肯定有个邮寄地址叫作“傻瓜乐园”的地方，就在田纳西。几天之后，邮差从帕里斯送来一封信，信纸底部的落款是波尔森下士。我看完一遍，把信拿进去给约翰，他正在谷仓里清理锅炉，以便下一年种烟草时不再被烟灰搞得浑身黑漆漆的，跟煤块似的。他的双手比煤桶还黑，于是就让我把那该死的信读给他听。这一天热浪滚滚，即使是在幽暗的谷仓里，热气到处横冲直撞的闷热地方，我仍觉得浑身发凉。我只好把信读出来。

首先，很糟糕的一点是，信上有我的名字：托马斯·

麦克纳尔蒂下士。

麦克纳尔蒂下士：

你好！

如果你认为我是睁眼瞎，竟然都没能看出那长胡子的女士一望而知就是你自己，你心里肯定认为我亨利·M.波尔森这个人是天底下最蠢的大傻蛋吧。能让你有这想法，你必须感恩才好。我之所以带着手下离开，是因为我亲眼看到了门廊后面搁在架子上的那些步枪。老天做证，还有你的朋友马根先生，他要是看上去不像个冷血枪手才怪。我曾看过你英勇作战，表现良好。这些各个州的联合军队，你在里面长期服役，交往的人也不少了，那你或许也知道，尽管是来自南方州，我却一直为联邦军卖命效力。我知道，你的生活也是在找平衡，在自由和罪恶之间权衡比较。所以，你该明白，我并没有那个意图，把你的朋友也逼成犯法之徒，就像你自己那样身负逃兵的罪名。只要对合法的官兵开枪，那你们一伙人就都是有罪的。因此，我请你，要么也大概可以说我求你，求你像个男人那样穿上裤子，来镇上吧。我们在这里等着，好把你抓捕归案。既然有些事情是需要你去担当去面对后果的，那我相信你是君子，会合作的。老兄，小弟在此叩谢了。

你最卑微顺从的仆人

亨利·波尔森下士敬上

“信写得挺不赖。”约翰说。

“我们到底该怎么办才好？我想我恐怕只能去自首了。”

“什么？不，你不能那样。”约翰说。

“可这事情我必须去摆平。”我说。

“他们不是为了可怜虫斯塔林的事来追究我。我可以请尼尔少校来为我说话求情。我那只是一个短期服役合同，他本来要给我签遣散文件的，但他们把他抓走了。他现在罪名解除了，所以应该会帮我说话的。那只是个误会，他们会明白的。”

“更有可能是让你上绞架，”约翰说。“逃兵绝大部分是会被枪毙的。“黄裤腿”是拿枪崩，蓝衣军是上绞架，不管哪种死法，你都不能去。”

“可我不想让谁成为罪犯，特别是薇诺娜，”我说，“如果我还留在这里，波尔森一定会找过来。”

约翰沉默了一会儿。“我们三个可以一起逃跑。”他说。

“不行，我们不能那样。”

“那不还是一回事嘛，约翰，要记住，你得照顾她。”

约翰摇摇那黑乎乎的脑壳，烟灰飘落下来，就像一场黑色的雪。“你知道你在说什么吗？你要去自首，把我们留在这里，自己死了？”他说。

“没办法，我别无选择。一个当兵的，可以请军官为他说情的。我赌七个美元银币，少校会出面帮我的。”

“好吧，”约翰说，“我得把这锅炉清理干净。”

然后我就从仓房的一片阴暗中走了出来，走进火烧般滚烫的室外空气中。上帝他也在什么地方烧着同样的大锅炉吧。外面的光线盘踞在我的脸上，如同章鱼的凌乱触角。我感觉自己完全是个死人了。对那个神经错乱的少校，我现在全无信心。然后，我听到身后传来约翰的声音。

“托马斯，你会尽快回来的对吧？我们还有很多活儿要干，这里缺人手可干不成。”

“我知道的，”我说，“我很快就回来。”

“你他妈的最好快回来。”他说。

我换好衣服时，积压在心中的更多的是悲哀而不是恼怒。我整理好换下来的衣服，又用刷子梳理一会儿，然后把裙子挂进老旧的松木衣柜。那是利戈·马根的妈妈曾经用过的衣柜，里面还存有她在农场时穿的裙子，都是一些粗糙的老古董服饰。我估计，利戈每一次往那里面看时，他妈妈都会复活一会儿，音容宛在。他很小的时候是个跟屁虫，总爱抓着这些旧衣服的裙摆。好吧，我必须实话实说，在衣柜前，我泪水哗哗直流。我不是石头，我很难受。

薇诺娜走进了大门的方形轮廓中，站在那里的模样宛如一幅画，一幅公主的肖像。我知道，她会在她自己的世界中做得很好，自豪又自信。场院中那暴烈的光线已经穿透了门廊，现在正试图渗透到卧室中。那光线让她纤弱的身躯有了一层柔软的白色光晕。薇诺娜，珍藏在我心头的孩子，我永远会记得她那一刻的模样。我现在状态很糟糕，等于是毁了。

“得去城里一趟。”我说。

“要我带你过去吗?”她问。

“不用，我打算骑那匹栗色马去镇上。稍后，我恐怕还要搭长途驿车，去孟菲斯。你上午就可以去领回那匹马。我会把它拴在布匹店那里。”

“那没问题的，”她说。“可你去孟菲斯干吗呢?”

“要去买戏票，那是约翰喜欢的剧目。”

“那计划真美妙。”她笑出声来。

“丫头，你从现在起就要乖乖的。”我叮嘱道。她点点头。

我骑马到了镇子里。那匹小小的栗色马向前跑动，挺优雅的。比起我曾经骑过的马，它的步态最好最漂亮。就那么一路向前，蹄子在干燥的地面上敲出嗒嗒声。这甜美的生活，在田纳西的所有辛苦劳作，我都很喜欢，喜欢到心里发痛。在公鸡报晓声中起床，在夜幕渐深时上床睡觉，日复一日，仿佛永不休止。当结局到来时，我也觉得理所当然。我的大限到了，定额用完了——日常生活的一切，尽管我们有时都唾弃鄙夷的，就仿佛那是浪费生命。但全部生命就在那里，参与其中就已足够。我确信如此。约翰·柯尔、薇诺娜、大好人利戈老哥、丁尼生和罗莎丽，还有这轻快驯顺的栗色马。还有我们的家，我们的财产，我拥有的一切。此生无憾了。

我继续往前骑。正如乡民们所说的，这是执行绞刑的好日子。

第二十三章

波尔森并不是一个坏蛋。但是，当有一群人聚集，而且其中一个还戴着手铐脚镣时，情形就变了。在帕里斯镇上，大家弄到了一台先前被改造成战地急救车的大车，我们就是要乘这车北上去到圣路易斯，然后再坐火车去往堪萨斯城，末节车厢是专门留给士兵的。这趟旅途要花上几天的时间，起初我看似还能跟其他那些家伙插科打诨，但被镣铐磨出的伤口和疼痛感，让我陷入了无言的沉默。波尔森告诉我，我将在莱文沃斯堡军营受审。我问他，这件事尼尔少校是否听闻过一丁点儿的消息。他说他也不知道，不过，因为我服役表现好，他们肯定会考虑从轻发落的。我也殷切地希望能如此。就在那一刻，我开始相信自己大概能交上好运，还突然冒出了这样的念头，或许不久之后就能掉头返回田纳西。如果你从未有过那样的体验，我就没法给你描述感觉是怎样的了，脑袋仿佛成了甜瓜，里面满是糖和水。我问波尔森，能不能帮我寄一封信，他说有什么不行的呢，不管怎么说，少校都是要被请过来的，法官需要看看，罪行发生的时候他是怎么指挥的。“当然，主要是为了指控你的那罪行。”波尔森说。“当了逃兵的如果被定罪，会有什么惩罚?”我问。“十有八九会被崩了。”他说。在车厢里，大部分的人是在打牌和说笑话，他们彼此逗趣，尽力让大家能大笑狂笑，这也是几乎所有当兵的都爱玩的那一套。火车正匆匆赶往堪萨斯城。

到达莱文沃斯堡之后，我感觉没那么乐观了，不像波尔森说的那么乐观。手铐铁圈已经磨破了我的腕部，扎到了肉里，脚镣这里也不甘落后，快赶上手铐取得的成果了。我暗暗后悔，假如跟约翰带着薇诺娜一起逃跑，亡命天涯，那恐怕更好。一开始自首，我挺有勇气的，但现在没那么豪情昂扬了。我全身疲惫，波尔森和他手下的小家伙们迫不及待，上交了他们的鞍具和出行的装备。我估计他们大概出去畅饮作乐了，这也是他们应得的。那段来回跋涉的征程挺长，而且他们没出差错。波尔森说，这一次的抓捕任务，他拿到了三十美金的奖金。他签字交人，把我送进去，就像归还额外的一份装备似的。我被关在了那新住处里面，如同主人新买来的一条狗，我想放声哀号，但我没有，因为咆哮也不会带来改变。我思考要不要写信给约翰，让他跟利戈直接杀过来劫狱，把我从这里解救出去。这是一座庞大的军事堡垒，营寨中充塞着众多的骑兵和其他兵种，还有看上去像才征召入伍的新兵，以及三教九流、五行八作依靠军营讨生活的人，从有《圣经》起就描述过的各色人等。他们告诉我，两三周后才会提审我，在那之前，我都可以清静安稳，可以轻轻松松地吃牢饭。去他妈的。他们叫我“下士”，在那种情形下，这称呼有一种不祥的弦外之音，绝不是好兆头。掌管钥匙的狱卒是个小个子，他说我会没事的，但我估计，他对每个满脸愁云惨雾的在押犯都是那么说的。

外面发生的事我一无所知，因为我被塞在了牢里，就像一捆烟叶被扔在用于烘干的库房里。所以，当那个大日子到来，我被推出去受审，看到尼尔少校坐在那房间中，我长长地松了一口气。那大大的条桌长长的，擦得亮堂堂的，条桌后几个军官看起来相当安逸。我进去的时候，尼尔少校在跟一个上尉闲聊，我这才发现，那人原来就是军事法庭的“庭长”。我的身份，按他们指称的，估计就是第二骑兵团B连的T.麦克纳尔蒂下士。总之，他们说我就是那个人。那一刻，我反正也没提托玛欣娜。罪名宣读完毕，我现在必须得配合，好让军官们能把腿往回稍稍收一收，因为直到那时，他们都乐得靠坐在椅背上，腿向前摊开伸着。那些纸张弄出了窸窸窣窣的声音，房间中什么东西变小了，我估计那大概就是我，开小差的逃兵。他们又陈述了一番他们认为我所干过的坏事，我的罪行，接着他们问有什么好辩护的，另外一个人表示应该判我无罪，尼尔少校也开始为我说情。他解释了，让我短期服役，把我弄进部队，是因为解救他的女儿，只有借助我的好心帮忙才行。他当然也说到了自己被捕的事，以一种略有些艰难的口气提到了索维尔上尉。其他人问索维尔上尉是怎么回事，房间里弥漫着一丝骚动不安，气氛古怪得很，就像什么人在一杯水中滴进了墨汁。少校说，索维尔上尉的事他一无所知，只知道他死了，又说正因为当时那种情况他身不由己，根本没法顾上签文件什么的了，而那些文件，原本是可以让麦克纳尔蒂下士按常规合法退役的。少校还说，麦克纳尔蒂下士冒着极大的危险帮了自己的忙，在自己急需协助的时刻，下士远道而来，倾力支持，给他带来一笔希望的定金，缓解了他的绝望。这时，我才注意到少校的肤色已经红得如同煮熟的螃蟹爪子了，不是因为难堪窘迫，而是因为他身体状况真不好，我猜想是如此。然后，庭长就问有没有另外的目击者，可以给前面的陈述增添一点素材或佐证，而少校回复说他不知道。在这之后，少校就把话题扯得更远了一些，不过是在错误的方向上更远，以一种气愤的声音说，正是索维尔上尉与另一个亲历证人一起，指控他对苏人的军事行动的，指斥他残忍野蛮，而苏人掳走并杀害了他亲爱的妻子和女儿，还把另一个孩子安琪儿也抓走当了俘虏。说到这个的时候，他的脸膛又变成了紫色，所以那肯定不仅仅是因为身体差的缘故。

塞克斯顿上尉——现在我才听清了他的大名——眼下变得跟少校一样火冒三丈。少校那高亢的语调，他可是一点儿也不喜欢。

“我一路从波士顿赶到这里，就是为了帮我的下士，替他说公道话，我来可不是受审的。”尼尔少校说。

“我从没说过你该受审。”庭长说。

“真见鬼，”少校说，“但那恰巧就是我的感受。”他把右手重重地砸在了桌面上，文件和玻璃杯都跳了起来。

“另一个指控你的证人是谁？”庭长问。

“是个该死的德国佬，叫沙约翰。”

“噢，”上尉说，“我认识那人，你指的是亨利·沙约翰吧？”

“是的，”少校说。“亨利·沙约翰是莱文沃斯堡的侦察兵分队中尉，既然这样，我想我可以让他过来的。”于是，塞克斯顿上尉中断了庭审程序，就像给壶盖上盖子，一直要等到沙约翰出庭。神圣的耶稣啊，这就是他安排的好事！

即使庭长召来的是魔王，我也不会比现在更恐慌。此时此刻，在这个世界上，沙约翰恐怕是我最不愿见的人了。见鬼，他为什么一定要出现在这该死的营寨里呢？我原本估计，他会在一百英里之外的，没想到他照样要被叫回来。太可恶了！一个人，他可以有高贵的思想，这些想法栖息在他的脑壳里，就像一排鸟儿，但生活无疑是不喜欢它们蹲在那里的，活要把这些鸟儿都给射下来。每个人都回来了，包括那德国佬。只有天知道，亨利·沙约翰现在竟然成了中尉。人们说，探子和侦察兵，在这一带绝大部分是混血种，爱尔兰裔爸爸加上印第安人妈妈。那原本应该挺搞笑逗趣的，但我却不这么觉得。尼尔少校这次没出庭。他们告诉我，身为退休军官，他有权利如此。庭长请沙约翰从自己的角度讲讲那事，索维尔到底发生了什么情况。于是，小个子德国佬说自己不知道究竟发生了什么。人们先是对尼尔少校提出了一项指控，接着少校就被拘禁起来了，后来发现索维尔被杀了，再然后那案子就被军事法庭驳回了。他知道的全部，就只是这些。他盯着我看起来，目光就跟秃鼻乌鸦一样严酷。他的头伸出来，离我真的非常近。看个鬼啊，滚——我几乎要大声嚷出来，但遏制住了冲动。那人的呼吸，闻上去有将死之人的气息。他开口了，说："杀死卡尔顿上尉的就是这个人。""谁？"庭长说，一脸地惊讶。"斯塔林·卡尔顿上尉，我看到的，"德国佬说，"这么久了，我一直都在留意着找凶手。我知道，只要我能当面看清楚，就能认出他来。他现在就在眼前。"这个意外，对法庭的气氛可是一点儿也不利，对我当然也不好。我被押回了牢房，而他们，估计还在继续讨论。几天之后，他们对我发起了另一个指控，这一次，是谋杀。法庭认定我罪名成立。

我估计那也没错。有多少人喜欢斯塔林，我不知道，但即使只有极少的几个，我也是其中之一。然而，他当时抬起了手，要干掉薇诺娜。我看不出还有什么其他的解决办法，无论我在脑袋里回顾了多少次，不管怎样仔细审视，都别无选择。拉弗斯·塞克斯顿上尉说，法庭已经确定我有罪，所以我要被锁在手铐脚镣里，等日子合适了就押出去，执行枪决。没人会来说情了，因为面对这罪行，谁能够求情轻判呢?

那是一段可怕凄惨的日子。我得到允许，可以给约翰写信，告诉他我的现状。他从田纳西赶了过来，但我是个死囚，根本不可能和他见上面，这让我无比遗憾和心痛。痛苦和怨恨会吞噬身心，让人陷入麻木。不过，如果我非得当个谋杀犯的话，我想杀的倒是那德国佬。这是我真实的想法。他看到那样做是对的，所以就做了，是在尽本分，有人大概会这么说，但我觉得他是个可恶的家伙，只知道瞎掺和。我倒是想问问，西拉斯·索维尔上尉是谁杀的。大概永远也不会有人知道了。就像约翰说的那样，索维尔看待问题有自己的立场，倒也值得被尊重。我们不能就那么冲进去屠杀每一个人，不能像国王亨利们——英格兰王位上可是有过好几位亨利的——那样残暴嗜血。这世界可不是为了变成这样而被创造出来的。

现在，判决已定，只等执行。监牢的小窗外面是夏天。阳光像一大块闪亮的宝石，高高挂在对面的墙上。我想起，过去经常骑马走过这样的炎热日子，心中藏有渴望，期盼着生命中往后的那些日子可能带来的东西，随它是什么。我确实也听到了，每周五，狱卒会把犯人送走。总有一天，太阳升起之时，我也将被枪毙，由“行刑步枪手”执行射杀。将会有一个没有我的白天，接着一个没有我的夜晚，再然后就永远是那般光景。按照我所能看明白的，生活就是要把我们打趴下，让我们俯首帖耳，只得环绕着它乖乖跳舞。一个孩子，不得不出来踩起舞步，迂回躲闪着所有的障碍，最终跳起成年的舞蹈，鞋子踩得咯吱咯吱响。然而，我依旧努力尝试着弄清，这一切究竟是怎么发生的，每件事情是如何一步步发展到今天的。我试图看清楚那个“被从正途上推出去”的时间点，然而我始终无法洞悉那奇异的时刻。说实在的，我到底干了什么？我救了薇诺娜。这绝对是令人安慰的事情。要是我能救她，同时又不用拿马刀往斯塔林脸上砍，我当然更乐意。

我给约翰，给诗人麦克斯温尼写信，跟他们告别，但收到的回信却来自我们的老伙伴努恩先生，信中说诗人麦克斯温尼已经安息了。得知我很快也将那样——他就是没把那词直接写出来——他感到很遗憾。约翰写回来的信，即使是绞刑刽子手看了，心也会撕裂般疼痛难忍吧。同时塞在信封里的还有薇诺娜写的短笺，笔迹一如既往地优美，仿佛铜版印出来的。她在里面放了一小枝无名野花。

帕里斯，马根农场。

1872年6月3日。

亲爱的托马斯，我们在田纳西，都很想念你。只要军队那边能放你回来，利戈·马根说了，我们就会杀那头养肥了的小牛来庆贺。附近的田地，他耙过一遍了。那些捣蛋的马儿都听你的调教，他也因此十分挂念你。这会儿，我只来得及对你说一声我爱你了，因为约翰等不及了，像马在烦躁地咬嚼子，他要立刻去城里寄信。我非常想你，想得不行，心都疼了起来。

你心爱的女儿，薇诺娜敬上

我其实始终没觉得太糟糕，直至看到了这封信。

我不是很清楚，但我很有可能已经四十岁了。这个年纪就要直面死亡，或许有些过于早了，但战争中有大把大把比我更年轻的逝者。我亲眼看到很多小伙子有去无回，之前我并不非常在乎，直到眼下轮到自己走了，感觉骤然变得不同。监狱里即将被枪毙的人都被编成了一个轮候名单。我知道，那上面有个编号是属于我的，死亡迟早降临。其实，大限之日已悄悄靠近。一张刻印出来的通知被钉到了门上，那是会让死囚汗如雨下的东西，那种恐慌程度没有经历过的人完全无法想象。痛苦，以及对外部世界的渴望，沉重地压迫着我。对一个基督徒来说，这种状态可不正常。即使是从墙根飞快蹿过的老鼠，这时候恐怕也替我觉得可悲。我一文不值，连一个林登穆勒分币[①]的价值也没有。我的头脑处于恐惧洪水的冲击之下，双脚如同冰冻。最后，我失声哀号起来，狱卒闻声进来了。他名叫“开心的黑泽伍德”，我估计他是个中士。“在这里乱叫，听起来像猫叫春似的，真的一点儿用也没的。”他说。我跟个醉汉一样前后摇摆，恐惧烧灼着我的肚肠，仿佛生吞了一堆墨西哥辣椒。我对他吼叫。“上帝不来救我？为什么啊?”“不仅是上帝，人也不会来救你的。”他说。我撞向牢房墙壁，像只瞎耗子，仿佛能撞出一道裂口似的。一切都离我而去了，我站在那里，胸腔剧烈起伏，记忆中没有哪场战役比这更糟。黑泽伍德中士走两步靠近了，双手紧紧地抓住了我的胳膊。“像你这样的，我见过有一千个了吧，”他说，“其实死也没你想的那样难受的。”这狱卒有些年岁了，丑得跟个大角驼鹿似的，也相当于是派来接我的傻子天使吧，只不过是伪装成了大火鸡的模样，浑身的洋葱味，我这样默默想道。但这完全于事无补，真的，一点儿用也没有。魔鬼免费送来了我的乐园门票，可上帝却不在那里。既然他不在那里，那我怎么能向他求得平静安宁？我又一次跌入了狂暴失控的痛苦发泄中，就像一块石头被扔进激流。

没过多久的一天晚上，很晚的时候，有人来看我。我知道那不可能是约翰，但黑泽伍德中士给我发了探监通知，

①林登穆勒分币（Lindenmueller），美国内战期间民间发行的代币之一。

说有位绅士要来见我。我可不认识多少的绅士贵人，除非是那些军官。果不其然，来的是尼尔少校。

对了，他现在不是少校了，不是吗？他走进来，穿了一身帅气的笔挺西服，估计是波士顿的某个裁缝精心量身定制的。他看上去状态已经好多了。虽然还没过去几个月，但看得出他过得真还挺不赖。他告诉我，安琪儿上学了，学业进展相当不错，希望她能继续进步，去读个大学，好告慰她妈妈的在天之灵。我说那挺好的。他随身带来了一大摞文件，说自己去回访了那场战役中所有的参与者，凡是能找到的，就当面询问每个人，当时看到了什么，知不知道当时究竟是什么情况。他说自己找到了波尔森下士，波尔森讲述得跟德国佬一样，但还是有一处差异——麦克纳尔蒂下士那会儿正努力阻止一个印第安姑娘被杀害。斯塔林·卡尔顿那家伙当时正在兴头上，热血沸腾，什么事也没法满足他，他只想拿手枪崩了那小姑娘。对呀，当然是啦，我心里想道，他那会儿可是在严格执行少校那该死的命令啊，那完全服从军令的浑蛋——不过我当然没把那念头说出声来。波尔森说他亲眼看到了那一切，但一直没说，守口如瓶，直至少校来问他。那就是军队做人的规矩，不管什么事，最好都别吭气，以防万一。于是，尼尔少校去了首都华盛顿，在那里为此案提出了申诉，然后又南下到了密苏里州驻军处。“是这样，”他说，现在放慢了讲话的语速，“他们没法取消你的刑罚。法律也不允许的。”听到他这样说，我心往下一沉，简直掉到了靴子里。

“不过他们可以减刑，判决服苦役一百天，然后你就能获释。”少校说。

“我真的感激不尽，少校先生。”我难以置信地说。

“不用谢我，”他说，“是我要感谢你，你救了我的女儿，我唯一的女儿。打仗时，你在战场上就像一条勇猛的猎狗，在我手下服役的那几年，你一直是个好榜样。”

“尼尔太太走了，实在遗憾。”我说。

尼尔说他也感到遗憾。他的右手搭到了我的肩上。我已经一个月没洗澡了，但他并没因此往后退缩。他说他会一直记得我的，将来，如果哪一天在什么事情上，他又能为我出力的话，我随时可以联系他。其实，我不知道怎样才能联系他，但我什么也没说，因为那不过是人们常说的客套话罢了。我没说出口的另一件事是：杀了西拉斯·索维尔的那哥们儿，就是你本人吧？“还能够回到田纳西，回到亲友们生活的地方，我很高兴。”我只说了这句。“毫无疑问。”尼尔说。

于是，我就干了一百天的苦役，把大石块砸成小石子。大饥荒的年头，在斯莱戈，很多人也干这样的苦差，只想借此挣得几便士的小钱，好让家人不饿死，那活儿被称为“救济工作”。不过，我倒是真的感觉获救了。用锤子砸那些石块，我干得挺起劲挺开心，一同干活的囚犯们对我的快乐心态感到极为困惑。但不这样，我又还能怎样呢？

我可是要回田纳西的啊。这一天到来了，我的劳役刑期已完成，人们弄了一身平民衣服给我穿，把我放到了监狱外面的大路上。那衣服跟破布片似的，但终归要比衣不蔽体好些，让我起码有个人样。我自由了，就像那哀鸣的鸽子被放飞。我欣喜若狂，以至于完全忘了，自己口袋里连一点儿钱都没有。可我才不会烦心忧虑，我可以依赖沿途善良的老乡们。那些人，只要不是抢劫我的，就会施舍一点吃的，让我填肚子。美国乡下就是这样的光景。那些天里，向南流浪的路上，我感受到一种从未有过的快乐。我从未感受过这样纯粹的快乐，快意如同弹药，填满心底，尽兴发射。我，不仅是一个逃过鬼门关的人，而且也是从挫败迷乱的自我中解脱出来的幸运者。我什么也不想要，只想赶紧回到农场，见到约翰和薇诺娜，看着他们走出来迎接我。这一路，随处都有美景，有树林和田野，像火焰般闪耀跳动。我之前写过信了，说就快回来了，不用多久就会出现在农场那边。只是短短的一趟徒步行程，穿过密苏里，走向田纳西，途中的一切都是如此的明媚灿烂。